故都的秋

郁达夫 著

作家出版社

姑婚嫁姉

目 录

第一辑 故都的秋

故都的秋	3
北平的四季	7
江南的冬景	14
饮食男女在福州	18
住所的话	27
记风雨茅庐	31
移家琐记	34
雨	40
春愁	42
惜掌之歌	44

第二辑 零余者

一个人在途上	51
灯蛾埋葬之夜	58
南行杂记	64
归航	75
小春天气	84

零余者　　　　　　　　　　　　　93

第三辑　水样的春愁

悲剧的出生　　　　　　　　　　103

我的梦，我的青春　　　　　　　109

书塾与学堂　　　　　　　　　　115

水样的春愁　　　　　　　　　　121

远一程，再远一程　　　　　　　128

孤独者　　　　　　　　　　　　133

大风圈外　　　　　　　　　　　139

海　上　　　　　　　　　　　　146

雪　夜　　　　　　　　　　　　152

第四辑　感伤的行旅

感伤的行旅　　　　　　　　　　161

钓台的春昼　　　　　　　　　　182

福州的西湖　　　　　　　　　　190

花　坞　　　　　　　　　　　　196

西溪的晴雨　　　　　　　　　　200

里西湖的一角落　　　　　　　　203

青岛、济南、北平、北戴河的巡游　207

国道飞车记　　　　　　　　　　213

二十二年的旅行　　　　　　　　220

第五辑　北国的微音

回忆鲁迅　　　　　　　　　　　227

怀鲁迅	251
怀四十岁的志摩	253
志摩在回忆里	257
扬州旧梦寄语堂	263
敬悼许地山先生	271
北国的微音	274
给一位文学青年的公开状	280
一封信	286

第一辑　故都的秋

故都的秋

　　秋天，无论在什么地方的秋天，总是好的；可是啊，北国的秋，却特别地来得清，来得静，来得悲凉。我的不远千里，要从杭州赶上青岛，更要从青岛赶上北平来的理由，也不过想饱尝一尝这"秋"，这故都的秋味。

　　江南，秋当然也是有的；但草木凋得慢，空气来得润，天的颜色显得淡，并且又时常多雨而少风；一个人夹在苏州上海杭州，或厦门香港广州的市民中间，混混沌沌地过去，只能感到一点点清凉，秋的味，秋的色，秋的意境与姿态，总看不饱，尝不透，赏玩不到十足。秋并不是名花，也并不是美酒，那一种半开、半醉的状态，在领略秋的过程上，是不合适的。

　　不逢北国之秋，已将近十余年了。在南方每年到了秋天，总要想起陶然亭的芦花，钓鱼台的柳影，西山的虫唱，玉泉的夜月，潭柘寺的钟声。在北平即使不出门去吧，就是在皇城人海之中，租人家一椽破屋来住着，早晨起来，泡一碗浓茶，向院子一坐，你也能看得到很高很高的碧绿的天色，听得到青天下驯鸽的飞声。从槐树叶底，朝东细数着一丝一丝漏下来的日光，或在破壁腰中，静对着像喇叭似的牵牛花（朝荣）的蓝朵，自然而然地也能够感觉到十分的秋意。说到了牵牛花，我以为以蓝色或白色者为佳，紫黑色次之，淡红色最下。最好，还要在牵牛花底，叫长着几根疏疏落落的尖细且长的秋草，使作陪衬。

  北国的槐树，也是一种能使人联想起秋来的点缀。像花而又不是花的那一种落蕊，早晨起来，会铺得满地。脚踏上去，声音也没有，气味也没有，只能感出一点点极微细极柔软的触觉。扫街的在树影下一阵扫后，灰土上留下来的一条条扫帚的丝纹，看起来既觉得细腻，又觉得清闲，潜意识下并且还觉得有点儿落寞，古人所说的梧桐一叶而天下知秋的遥想，大约也就在这些深沉的地方。

  秋蝉的衰弱的残声，更是北国的特产；因为北平处处全长着树，屋子又低，所以无论在什么地方，都听得见它们的啼唱。在南方是非要上郊外或山上去才听得到的。这秋蝉的嘶叫，在北平可和蟋蟀耗子一样，简直像是家家户户都养在家里的家虫。

  还有秋雨哩，北方的秋雨，也似乎比南方的下得奇，下得有味，下得更像样。

  在灰沉沉的天底下，忽而来一阵凉风，便息列索落地下起雨来了。一层雨过，云渐渐地卷向了西去，天又青了，太阳又露出脸来了；着着很厚的青布单衣或夹袄的都市闲人，咬着烟管，在雨后的斜桥影里，上桥头树底去一立，遇见熟人，便会用了缓慢悠闲的声调，微叹着互答着地说：

"唉,天可真凉了——"(这"了"字念得很高,拖得很长。)

"可不是么?一层秋雨一层凉啦!"

北方人念"阵"字,总老像是"层"字,平平仄仄起来,这念错的歧韵,倒来得正好。

北方的果树,到秋来,也是一种奇景。第一是枣子树;屋角,墙头,茅房边上,灶房门口,它都会一株株地长大起来。像橄榄又像鸽蛋似的这枣子颗儿,在小椭圆形的细叶中间,显出淡绿微黄的颜色的时候,正是秋的全盛时期;等枣树叶落,枣子红完,西北风就要起来了,北方便是尘沙灰土的世界,只有这枣子,柿子,葡萄,成熟到八九分的七八月之交,是北国的清秋的佳日,是一年之中最好也没有的 golden days①。

有些批评家说,中国的文人学士,尤其是诗人,都带着很浓厚的颓废色彩,所以中国的诗文里,颂赞秋的文字特别的多。但外国的诗人,又何尝不然?我虽则外国诗文念得不多,也不想开出账来,作一篇秋的诗歌散文钞,但你若去一翻英德法意等诗人的集子,或各国的诗文的 anthology②来,总能够看到许多关于秋的歌颂与悲啼。各著名的大诗人的长篇田园诗或四季诗里,也总以关于秋的部分,写得最出色而最有味。足见有感觉的动物,有情趣的人类,对于秋,总是一样地能特别引起深沉、幽远、严厉、萧索的感触来的。不单是诗人,就是被关闭在牢狱里的囚犯,到了秋天,我想也一定会感到一种不能自已的深情;秋之于人,何尝有国别,更何尝有人种阶级的区别呢?不过在中国,文

---

① 英文:黄金日子。
② 英文:选集。

字里有一个"秋士"的成语,读本里又有着很普遍的欧阳子的《秋声》与苏东坡的《赤壁赋》等,就觉得中国的文人,与秋的关系特别深了。可是这秋的深味,尤其是中国的秋的深味,非要在北方,才感受得到的。

南国之秋,当然是也有它的特异的地方的,譬如二十四桥的明月,钱塘江的秋潮,普陀山的凉雾,荔枝湾的残荷等等,可是色彩不浓,回味不永。比起北国的秋来,正像是黄酒之与白干,稀饭之与馍馍,鲈鱼之与大蟹,黄犬之与骆驼。

秋天,这北国的秋天,若留得住的话,我愿意把寿命的三分之二折去,换得一个三分之一的零头。

一九三四年八月,在北平

北平的四季

对于一个已经化为异物的故人,追怀起来,总要先想到他或她的好处;随后再慢慢地想想,则觉得当时所感到的一切坏处,也会变作很可寻味的一些纪念,在回忆里开花。关于一个曾经住过的旧地,觉得此生再也不会第二次去长住了,身处入了远离的一角,向这方向的云天遥望一下,回想起来的,自然也同样地只是它的好处。

中国的大都会,我前半生住过的地方,原也不在少数;可是当一个人静下来回想起从前,上海的闹热,南京的辽阔,广州的乌烟瘴气,汉口武昌的杂乱无章,甚至于青岛的清幽,福州的秀丽,以及杭州的沉着,总归都还比不上北京——我住在那里的时候,当然还是北京——的典丽堂皇,幽闲清妙。

先说人的分子吧,在当时的北京——民国十一二年前后——上自军财阀政客名优起,中经学者名人,文士美女教育家,下而至于负贩拉车铺小摊的人,都可以谈谈,都有一艺之长,而无憎人之貌；就是由荐头店荐来的老妈子，除上炕者是当然以外，也总是衣冠楚楚，看起来不觉得会令人讨嫌。

其次说到北京物质的供给哩，又是山珍海错，洋广杂货，以及萝卜白菜等本地产品，无一不备、无一不好的地方。所以在北京住上两三年的人，每一遇到要走的时候，总只感到北京的空气太沉闷，灰沙太暗淡，生活太无变化；一鞭出走，出前门便觉胸舒，过芦沟方知天晓，仿佛一出都门，就上了新生活开始的坦道似的；但是一年半载，在北京以外的各地——除了在自己幼年的故乡以外——去一住，谁也会得重想起北京，再希望回去，隐隐地对北京害起剧烈的怀乡病来。这一种经验，原是住过北京的人，个个都有，而在我自己，却感觉得格外的浓，格外的切。最大的原因或许是为了我那长子之骨，现在也还埋在郊外广谊园的坟山，而几位极要好的知己，又是在那里同时毙命的受难者的一群。

北平的人事品物，原是无一不可爱的，就是大家觉得最要不得的北平的天候，和地理联合上一起，在我也觉得是中国各大都会中所寻不出几处来的好地。为叙述的便利起见，想分成四季来约略地说说。

北平自入旧历的十月之后，就是灰沙满地、寒风刺骨的节季了，所以北平的冬天，是一般人所最怕过的日子。但是要想认识一个地方的特异之处，我以为顶好是当这特异处表现得最圆满的时候去领略；故而夏天去热带，寒天去北极，是我一向所持的哲理。北平的冬天，冷虽则比南方要冷得多，但是北方的生活的伟大幽闲，也只有在冬季，使人感受得最彻底。

先说房屋的防寒装置吧,北方的住屋,并不同南方的摩登都市一样,用的是钢骨水泥,冷热气管;一般的北方人家,总只是矮矮的一所四合房,四面是很厚的泥墙;上面花厅内都有一张暖炕,一所回廊;廊子上是一带明窗,窗眼里糊着薄纸,薄纸内又装上风门,另外就没有什么了。在这样简陋的房屋之内,你只叫把炉子一生,电灯一点,棉门帘一挂上,在屋里住着,却一辈子总是暖烘烘像是春三四月里的样子。尤其会得使你感觉到屋内的温软堪恋的,是屋外窗外面呜呜在叫啸的西北风。天色老是灰沉沉的,路上面也老是灰的围障,而从风尘灰土中下车,一踏进屋里,就觉得一团春气,包围在你的左右四周,使你马上就忘记了屋外的一切寒冬的苦楚。若是喜欢吃吃酒、烧烧羊肉锅的人,那冬天的北方生活,就更加不能够割舍;酒已经是御寒的妙药了,再加上以大蒜与羊肉酱油合煮的香味,简直可以使一室之内,涨满了白蒙蒙的水蒸温气。玻璃窗内,前半夜,会流下一条条的清汗,后半夜就变成了花色奇异的冰纹。

到了下雪的时候哩,景象当然又要一变。早晨从厚棉被里张开眼来,一室的清光,会使你的眼睛眩晕。在阳光照耀之下,雪也一粒一粒地放起光来了,蛰伏得很久的小鸟,在这时候会飞出来觅食振翎,谈天说地,吱吱地叫个不休。数日来的灰暗天空,愁云一扫,忽然变得澄清见底,翳障全无;于是年轻的北方住民,就可以营屋外的生活了,溜冰,做雪人,赶冰车雪车,就在这一种日子里最有劲儿。

我曾于这一种大雪时晴的傍晚,和几位朋友,跨上跛驴,出西直门上骆驼庄去过过一夜。北平郊外的一片大雪地,无数枯树林,以及西山隐隐现现的不少白峰头,和时时吹来的几阵雪样的西北风,所给予人的印象,实在是深刻,伟大,神秘到了不可以言语来形容。直到了十余年后的现在,我一想起当时的情景,还会得打一个寒战而吐一口清气,如同在钓鱼台溪旁立着的一瞬间一样。

北国的冬宵,更是一个特别适合于看书,写信,追思过去,与作闲谈说废话的绝妙时间。记得当时我们兄弟三人,都住在北京,每到了冬天的晚上,总不远千里地走拢来聚在一道,会谈少年时候在故乡所遇所见的事事物物。小孩们上床去了,佣人们也都去睡觉了,我们弟兄三个,还会得再加一次煤再加一次煤地长谈下去。有几宵因为屋外面风紧天寒之故,到了后半夜的一二点钟的时候,便不约而同地会说出索性坐坐到天亮的话来。像这一种可宝贵的记忆,像这一种最深沉的情调,本来也就是一生中不能够多享受几次的昙花佳境,可是若不是在北平的冬天的夜里,那趣味也一定不会得像如此的悠长。

总而言之,北平的冬季,是想赏识赏识北方异味者之唯一的机会;这一季里的好处,这一季里的琐事杂忆,若要详细地写起来,总也有一部《帝京景物略》那么大的书好作;我只记下了一点点自身的经历,就觉得过长了,下面只能再来略写一点春和夏以及秋季的感怀梦境,聊作我的对这日就沦亡的故国的哀歌。

春与秋,本来是在什么地方都属可爱的时节,但在北平,却与别地方也有点儿两样。北国的春,来得较迟,所以时间也比较的短。西北风停后,积雪渐渐地消了,赶牲口的车夫身上,看不见那件光板老羊皮的大袄的时候,你就得预备着游春的服饰与金钱;因为春来也无信,春去也无踪,眼睛一眨,在北平市内,春光就会得同飞马似的溜过。屋内的炉子,刚拆去不久,说不定你就马上得去叫盖凉棚的才行。

而北方春天的最值得记忆的痕迹,是城厢内外的那一层新绿,同洪水似的新绿。北京城,本来就是一个只见树木不见屋顶的绿色的都会,一踏出九城的门户,四面的黄土坡上,更是杂树丛生的森林地了;在日光里颤抖着的嫩绿的波浪,油光光,亮晶晶,若是神经系统不十分健全的人,骤然间身入到这一个淡绿色的海洋涛浪里去一看,包管你要张不开眼,立不住脚,而昏厥过去。

北京市内外的新绿,琼岛春阴,西山挹翠诸景里的新绿,真是一幅何等奇伟的外光派的妙画!但是这画的框子,或者简直说这画的画布,现在却已经完全掌握在一只满长着黑毛的巨魔的手里了!北望中原,究竟要到哪一日才能够重见得到天日呢?

从地势纬度上讲来,北方的夏天,当然要比南方的夏天来得凉爽。在北平城里过夏,实在是并没有上北戴河或西山去避暑的必要。一天到晚,最热的时候,只有中午到午后三四点钟的几个钟头,晚上太阳一下山,总没有一处不是凉阴阴要穿单衫才能过去的;半夜以后,更是非盖薄棉被不可了。而北平的天然冰的便宜耐久,又是夏天住过北平的人所忘不了的一件恩惠。

我在北平,曾经过过三个夏天;像什刹海、菱角沟、二闸等暑天游耍的地方,当然是都到过的;但是在三伏的当中,不问是白天或是晚上,你只叫有一张藤榻,搬到院子里的葡萄架下或藤花荫处去躺着,吃吃冰茶雪藕,听听盲人的鼓词与树上的蝉鸣,也可以一点儿也感不到炎热与熏蒸。而夏天最热的时候，在北平顶多总不过九十四五度①，这一种大热的天气，全夏顶多顶多又不过十日的样子。

在北平，春夏秋的三季，是连成一片；一年之中，仿佛只有一段寒冷的时期，和一段比较的温暖的时期相对立。由春到夏，是短短的一瞬间，自夏到秋，也只觉得是过了一次午睡，就有点儿凉冷起来了。因此，北方的秋季也特别地觉得长，而秋天的回味，也更觉得比别处来得浓厚。前两年，因去北戴河回来，我曾在北平过过一个秋，在那时候，已经写过一篇《故都的秋》，对这北平的秋季颂赞过一遍了，所以在这里不想再来重复；可是北平近郊的秋色，实在也正像是一册百读不厌的奇书，使你愈翻愈会感到兴趣。

秋高气爽，风日晴和的早晨，你且骑着一匹驴子，上西山八大处或玉泉山碧云寺去走走看；山上的红柿，远处的烟树人家，郊野里的芦苇黍稷，以及在驴背上驮着生果进城来卖的农户佃家，包管你看一个月也不会看厌。春秋两季，本来是到处好的，但是北方的秋空，看起来似乎更高一点，北方的空气，吸起来似乎更干燥健全一点。而那一种草木摇落，金风肃杀之感，在北方似乎也更觉得要严肃、凄凉、沉静得多。你若不信，你且去西山脚下，农民的家里或古寺的殿前，自阴历八月至十月下旬，去住它三个月看看。古人的"悲哉秋之为气"以及"胡笳互动，牧马悲鸣"的那一种哀感，在南方是不大感觉得到的，但在北平，尤

---

① 华氏度，约三十五摄氏度。

其是在郊外，你真会得感至极而涕零，思千里兮命驾。所以我说，北平的秋，才是真正的秋；南方的秋天，不过是英国话里所说的"Indian summer"或叫作"小春天气"而已。

统观北平的四季，每季每节，都有它的特别的好处；冬天是室内饮食奄息的时期，秋天是郊外走马调鹰的日子，春天好看新绿，夏天饱受清凉。至于各节各季，正当移换中的一段时间哩，又是别一种情趣，是一种两不相连，而又两都相合的中间风味，如雍和宫的打鬼，净业庵的放灯，丰台的看芍药，万牲园的寻梅花之类。

五六百年来文化所聚萃的北平，一年四季无一月不好的北平，我在遥忆，我也在深祝，祝她的平安进展，永久地为我们黄帝子孙所保有的旧都城！

一九三六年五月二十七日

江南的冬景

　　凡在北国过过冬天的人,总都知道围炉煮茗,或吃煊羊肉,剥花生米,饮白干的滋味。而有地炉、暖炕等设备的人家,不管它们外面是雪深几尺,或风大若雷,而躲在屋里过活的两三个月的生活,却是一年之中最有劲的一段蛰居异境;老年人不必说,就是顶喜欢活动的小孩子们,总也是个个在怀恋的,因为当这中间,有的是萝卜、雅儿梨等水果的闲食,还有大年夜,正月初一元宵等热闹的节期。

　　但在江南,可又不同;冬至过后,大江以南的树叶,也不至于脱尽。寒风——西北风——间或吹来,至多也不过冷了一日两日。到得灰云扫尽,落叶满街,晨霜白得像黑女脸上的脂粉似的清早,太阳一上屋檐,鸟雀便又在吱叫,泥地里便又放出水蒸气来,老翁小孩就又可以上门前的隙地里去坐着曝背谈天,营屋外的生涯了;这一种江南的冬景,岂不也可爱得很么?

　　我生长江南,儿时所受的江南冬日的印象,铭刻特深;虽则渐入中年，又爱上了晚秋，以为秋天正是读读书、写写字的人的最惠节季，但对于江南的冬景，总觉得是可以抵得过北方夏夜的一种特殊情调，说得摩登些，便是一种明朗的情调。

　　我也曾到过闽粤，在那里过冬天，和暖原极和暖，有时候到了阴历的年边，说不定还不得不拿出纱衫来着；走过野人的篱落，更还看得见许多杂七杂八的秋花！一番阵雨雷鸣过后，凉冷一点，至多也只好换上一件夹衣，在闽粤之间，皮袍棉袄是绝对用不着的；这一种极南的气候异状，并不是我所说的江南的冬景，只能叫它作"南国的长春"，是春或秋的延长。

　　江南的地质丰腴而润泽，所以含得住热气，养得住植物；因而长江一带，芦花可以到冬至而不败，红叶亦有时候会保持得三个月以上的生命。像钱塘江两岸的乌桕树，则红叶落后，还有雪白的桕子着在枝头，一点一丛，用照相机照将出来，可以乱梅花之真。草色顶多成了赭色，根边总带点绿意，非但野火烧不尽，就是寒风也吹不倒的。若遇到风和日暖的午后，你一个人肯上冬郊去走走，则青天碧落之下，你不但感不到岁时的肃杀，并且还可以饱觉着一种莫名其妙的含蓄在那里的生气；"若是冬天来了，春天也总马上会来"的诗人的名句，只有在江南的山野里，最容易体会得出。

　　说起了寒郊的散步，实在是江南的冬日，所给予江南居住者的一种特异的恩惠；在北方的冰天雪地里生长的人，是终他的一生，也绝不会有享受这一种清福的机会的。我不知道德国的冬天，比起我们江浙来如何，但从许多作家的喜欢以 spaziergang[①]

---

①　德文：散步。

一字来做他们的创作题目的一点看来,大约是德国南部地方,四季的变迁,总也和我们的江南差仿不多。譬如说十九世纪的那位乡土诗人洛在格(Peter Rosegger,1843—1918)吧,他用这一个"散步"做题目的文章尤其得多,而所写的情形,却又是大半可以拿到中国江浙的山区地方来适用的。

江南河港交流,且又地滨大海,湖沼特多,故空气里时含水分;到得冬天,不时也会下着微雨,而这微雨寒村里的冬霖景象,又是一种说不出的悠闲境界。你试想想,秋收过后,河流边三五家人家会聚在一道的一个小村子里,门对长桥,窗临远阜,这中间又多是树枝杈桠的杂木树林;在这一幅冬日农村的图上,再洒上一层细得同粉也似的白雨,加上一层淡得几不成墨的背景,你说还够不够悠闲?若再要点些景致进去,则门前可以泊一只乌篷小船,茅屋里可以添几个喧哗的酒客,天垂暮了,还可以加一味红黄,在茅屋窗中画上一圈暗示着灯光的月晕。人到了这一个境界,自然会得胸襟洒脱起来,终至于得失俱亡,死生不问了;我们总该还记得唐朝那位诗人作的"暮雨潇潇江上村"的一首绝句吧?诗人到此,连对绿林豪客都客气起来了,这不是江南冬景的迷人又是什么?

一提到雨,也就必然地要想到雪;"晚来天欲雪,能饮一杯无?"自然是江南日暮的雪景。"寒沙梅影路,微雪酒香村",则雪月梅的冬宵三友,会合在一道,在调戏酒姑娘了。"柴门村犬吠,风雪夜归人",是江南雪夜,更深人静后的景况。"前村深雪里,昨夜一枝开"又到了第二天的早晨,和狗一样喜欢弄雪的村童来报告村景了。诗人的诗句,也许不尽是在江南所写,而作这几句诗的诗人,也许不尽是江南人,但假了这几句诗来描写江南的雪景,岂不直截了当,比我这一支愚劣的笔所写的散文更美丽得多?

有几年,在江南也许会没有雨没有雪地过一个冬,到了春间阴历的正月底或二月初再冷一冷下一点春雪的;去年(一九三四年)的冬天是如此,今年的冬天恐怕也不得不然,以节气推算起来,大约大冷的日子,将在一九三六年的二月尽头,最多也总不过是七八天的样子。像这样的冬天,乡下人叫作"旱冬",对于麦的收成或者好些,但是人口却要受到损伤;旱得久了、白喉、流行性感冒等疾病自然容易上身,可是想恣意享受江南的冬景的人,在这一种冬天,倒只会得感到快活一点,因为晴和的日子多了,上郊外去闲步逍遥的机会自然也多;日本人叫作 hiking[①],德国人叫作 spaziergang 狂者,所最欢迎的也就是这样的冬天。

窗外的天气晴朗得像晚秋一样;晴空的高爽,日光的洋溢,引诱得使你在房间里坐不住,空言不如实践,这一种无聊的杂文,我也不再想写下去了,还是拿起手杖,搁下纸笔,上湖上去散散步吧!

一九三五年十二月一日

[①] 英文:徒步旅行;远足。

饮食男女在福州

福州的食品,向来就很为外省人所赏识;前十余年在北平,说起私家的厨子,我们总同声一致地赞成刘崧生先生和林宗孟先生家里的蔬菜的可口。当时宣武门外的忠信堂正在流行,而这忠信堂的主人,就系旧日刘家的厨子,曾经做过清室的御厨房的。上海的小有天以及现在早已歇业了的消闲别墅,在粤菜还没有征服上海之先,也曾盛行过一时。面食里的伊府面,听说还是汀州伊墨卿太守的创作;太守住扬州日久,与袁子才也时相往来,可惜他没有像随园老人那么的好事,留下一本食谱来,教给我们以烹调之法;否则,这一个福建萨伐郎(savarin①)的荣誉,也早就可以驰名海外了。

福建菜的所以会这样著名,而实际上却也实在是丰盛不过的原因,第一,当然是由于天然物产的富足。福建全省,东南并

---

① 英文:一种皇冠形状的糕点。

海，西北多山，所以山珍海味，一例地都贱如泥沙。听说沿海的居民，不必忧虑饥饿，大海潮回，只消上海滨去走走，就可以拾一篮海货来充作食品。又加以地气温暖，土质腴厚，森林蔬菜，随处都可以培植，随时都可以采撷。一年四季，笋类菜类，常是不断；野菜的味道，吃起来又比别处的来得鲜甜。福建既有了这样丰富的天产，再加上以在外省各地游宦营商者的数目的众多，作料采从本地，烹制学自外方，五味调和，百珍并列，于是乎闽菜之名，就宣传在饕餮家的口上了。清初周亮工著的《闽小纪》两卷，记述食品处独多，按理原也是应该的。

福州海味，在春三、二月间，最流行而最肥美的，要算来自长乐的蚌肉，与海滨一带多有的蛎房。《闽小纪》里所说的"西施舌"，不知是否指蚌肉而言；色白而腴，味脆且鲜，以鸡汤煮得适宜，长圆的蚌肉，实在是色香味俱佳的神品。听说从前有一位海军当局者，老母病剧，颇思乡味；远在千里外，欲得一蚌肉，以解死前一刻的渴慕，部长纯孝，就以飞机运蚌肉至都。从这一件轶事看来，也可想见这蚌肉的风味了；我这一回赶上福州，正及蚌肉上市的时候，所以红烧白煮，吃尽了几百个蚌，总算也是此生的豪举，特笔记此，聊志口福。

蛎房并不是福州独有的特产，但福建的蛎房，却比江浙沿海一带所产的，特别的肥嫩清洁。正、二、三月间，沿路的摊头店里，到处都堆满着这淡蓝色的水包肉；价钱的廉，味道的鲜，比到东坡在岭南所贪食的蚝，当然只会得超过。可惜苏公不曾到闽海去谪居，否则，阳羡之田，可以不买，苏氏子孙，或将永寓在三山二塔之下，也说不定。福州人叫蛎房作"地衣"，略带"挨"

字的尾声，写起字来，我想只有"蚝"字，可以当得。

在清初的时候，江瑶柱似乎还没有现在那么的通行，所以周亮工再三地称道，誉为逸品。在目下的福州，江瑶柱却并没有人提起了，鱼翅席上，缺少不得的，倒是一种类似宁波横脚蟹的蟹，福州人叫作"新恩"，《闽小纪》里所说的"虎"，大约就是此物。据福州人说，肉最滋补，也最容易消化，所以产妇病人以及体弱的人，往往爱吃。但由对蟹类素无好感的我看来，却仍赞成周亮工之言，终觉得质粗味劣，远不及蚌与蛎房或香螺的来得干脆。

福州海味的种类，除上述的三种以外，原也很多很多；但是别地方也有，我们平常在上海也常常吃得到的东西，记下来也没有什么价值，所以不说。至于与海错相对的山珍哩，却更是可以干制，可以输出的东西，益发地没有记述的必要了，所以在这里只想说一说叫作"肉燕"的那一种奇异的包皮。

初到福州，打从大街小巷里走过，看见好些店家，都有一个大砧头摆在店中；一两位壮强的男子，拿了木槌，只在对着砧上的一大块猪肉，一下一下地死劲地敲。把猪肉这样地乱敲乱打，究竟算什么回事？我每次看见，总觉得奇怪；后来向福州的朋友一打听，才知道这就是制肉燕的原料了。所谓"肉燕"者，就是将猪肉打得粉烂，和入面粉，然后再制成皮子，如包馄饨的外皮一样，用以来包制菜蔬的东西。听说这物事在福建，也只是福州独有的特产。

福州食品的味道，大抵重糖；有几家真正福州馆子里烧出来的鸡鸭四件，简直是同蜜饯的罐头一样，不杂入一粒盐花。因此福州人的牙齿，十人九坏。有一次去看三赛乐的闽剧，看见台上演戏的人，个个都是满口金黄；回头更向左右的观众一看，妇女子的嘴里也大半镶着全副的金色牙齿。于是天黄黄，地黄黄，弄得我这一向就痛恨金牙齿的偏执狂者，几乎想放声大哭，以为福州人故意在和我捣乱。

将这些脱嫌糖重的食味除起，若论到酒，则福州的那一种土黄酒，也还勉强可以喝得。周亮工所记的玉带春、梨花白、蓝家酒、碧霞酒、莲须白、河清、双夹、西施红、状元红等，我都不曾喝过，所以不敢品评。只有会城各处在卖的鸡老（酪）酒，颜色却和绍酒一样的红似琥珀，味道略苦，喝多了觉得头痛。听说这是以一生鸡，悬之酒中，等鸡肉鸡骨都化了后，然后开坛饮用的酒，自然也是越陈越好。福州酒店外面，都写"酒库"两字，发卖叫"发扛"，也是新奇得很的名称。以红糟酿的甜酒，味道有点像上海的甜白酒，不过颜色桃红，当是西施红等名目出处的由来。莆田的荔枝酒，颜色深红带黑，味甘甜如西班牙的宝德红葡萄，虽则名贵，但我却终不喜欢。福州一般宴客，喝的总还是绍兴花雕，价钱极贵，斤量又不足，而酒味也淡似沪杭各地，我觉得建庄终究不及京庄。

福州的水果花木，终年不断；橙柑、福橘、佛手、荔枝、龙眼、甘蔗、香蕉，以及茉莉、兰花、橄榄等等，都是全国闻名的品物；好事者且各有谱牒之著，我在这里，自然可以不说。

闽茶半出武夷，就是不是武夷之产，也往往借这名山为号召。铁罗汉，铁观音的两种，为茶中柳下惠，非红非绿，略带赭色；酒醉之后，喝它三杯两盏，头脑倒真能清醒一下。其他若龙团玉乳，大约名目总也不少，我不恋茶娇，终是俗客，深恐品评失当，贻笑大方，在这里只好轻轻放过。

　　从《闽小纪》中的记载看来，番薯似乎还是福建人开始从南洋运来的代食品；其后因种植的便利，食味的甘美，就流传到内地去了；这植物传播到中国来的时代，只在三百年前，是明末清初的时候，因亮工所记如此，不晓得究竟是否确实。不过福建的米麦，向来就说不足，现在也须仰给于外省或台湾，但田稻倒又可以一年两植。而福州正式的酒席，大抵总不吃饭散场，因为菜太丰盛了，吃到后来，总已个个饱满，用不着再以饭颗来充腹之故。

　　饮食处的有名处所，城内为树春园、南轩、河上酒家、可然亭等。味和小吃，亦佳且廉；仓前的鸭面，南门兜的素菜与牛肉馆，鼓楼西的水饺子铺，都是各有长处的小吃处；久吃了自然不对，偶尔去一试，倒也别有风味。城外在南台的西菜馆，有嘉宾、西宴台、法大、西来，以及前临闽江，内设戏台的广聚楼等。洪山桥畔的义心楼，以吃形同比目鱼的贴沙鱼著名；仓前山的快乐林，以吃小盘西洋菜见称，这些当然又是菜馆中的别调。至如我所寄寓的青年会食堂，地方清洁宽广，中西菜也可以吃吃，只是不同耶稣的飨宴十二门徒一样，不许顾客醉饮葡萄酒浆，所以正式请客，大感不便。

　　此外则福建特有的温泉浴场，如汤门外的百合、福龙泉，飞机场的乐天泉等，也备有饮馔供客；浴客往往在这些浴场里可以鬼混一天，不必出外去买酒买食，却也便利。从前听说更可以在个人池内男女同浴，则饮食男女，就不必分求，一举竟可以两得了。

要说福州的女子，先得说一说福建的人种。大约福建土著的最初老百姓，为南洋近边的海岛人种；所以面貌习俗，与日本的九州一带，有点相像。其后汉族南下，与这些土人杂婚，就成了无诸种族，系在春秋战国，吴越争霸之后。到得唐朝，大兵入境；相传当时曾杀尽了福建的男子，只留下女人，以配光身的兵士；故而直至现在，福州人还呼丈夫为"唐晡人"，"晡"者系日暮袭来的意思，同时女人的"诸娘仔"之名，也出来了。还有现在东门外北门外的许多工女农妇，头上仍戴着三把银刀似的簪为发饰，俗称她们作"三把刀"，据说犹是当时的遗制。因为她们的父亲丈夫儿子，都被外来的征服者杀了；她们誓死不肯从敌，故而时时带着三把刀在身边，预备复仇。只今台湾的福建籍妓女，听说也是一样；亡国到了现在，也已经有好多年了，而她们却仍不肯与日本的嫖客同宿。若有人破此旧习，而与日本嫖客同宿一宵者，同人中就视作禽兽，耻不与伍，这又是多么悲壮的一幕惨剧！谁说犹唱后庭花处，商女都不知家国的兴亡哩！试看汉奸到处卖国，而妓女乃不肯辱身，其间相去，又岂止泾渭的不同？这一种古代的人种，与唐人杂婚之后，一部分不完全唐化，仍保留着他们固有的生活习惯、宗教仪式的，就是现在仍旧退居在北门外万山深处的畲民。此外的一族，以水上为家，明清以后，一向被视为贱民，不时受汉人的蹂躏的，相传其祖先系蒙古人。自元亡后，遂贬为疍户，俗呼"科蹄"。科蹄实为"曲蹄"之别音，因他们常常屈膝盘坐在船舱之内，两脚弯曲，故有此称。串通倭寇，骚扰沿海一带的居民，古时在泉州叫作"泉郎"

的，就是这一种人种的旁支。

因为福州人种的血统，有这种种的沿革，所以福建人的面貌，和一般中原的汉族，有点两样。大致广颡深眼，鼻子与颧骨高突，两颊深陷成窝，下颚部也稍稍尖凸向前。这一种面相，生在男人的身上，倒也并不觉得特别；但一生在女人的身上，高突部为嫩白的皮肉所调和，看起来却个个都是线条刻画分明，像是希腊古代的雕塑人形了。福州女子的另一特点，是在她们的皮色的细白。生长在深闺中的宦家小姐，不见天日，白腻原也应该；最奇怪的，却是那些住在城外的工农佣妇，也一例地有着那种嫩白微红，像刚施过脂粉似的皮肤。大约日夕灌溉的温泉浴是一种关系，吃的闽江江水，总也是一种关系。

我们从前没有居住过福建，心目中总只以为福建人种，是一种蛮族。后来到了那里，和他们的文化一接触，才晓得他们虽则开化得较迟，但进步得却很快；又因为东南是海港的关系，中西文化的交流，也比中原僻地为频繁，所以闽南的有些都市，简直繁华摩登得可以同上海来争甲乙。及至观察稍深，一移目到了福州的女性，更觉得她们的美的水准，比苏杭的女子要高好几倍；而装饰的入时，身体的康健，比到苏州的小型女子，又得高强数倍都不止。

"天生丽质难自弃"，表露欲，装饰欲，原是女性的特嗜；而福州女子所有的这一种显示本能，似乎比什么地方的人还要强一点。因而天晴气爽，或岁时伏腊，有迎神赛会的关头，南大街，仓前山一带，完全是美妇人披露的画廊。眼睛个个是灵敏深黑的，鼻梁个个是细长高突的，皮肤个个是柔嫩雪白的；此外还要加上以最摩登的衣饰,与来自巴黎纽约的化妆品的香雾与红霞,你说这幅福州晴天午后的全景,美丽不美丽?迷人不迷人?

亦唯因此之故,所以也影响到了社会,影响到了风俗。国民经济破产,是全国到处都一样的事实;而这些妇女子们,又大半是不生产的中流以下的阶级。衣食不足,礼义廉耻之凋伤,原是自然的结果,故而在福州住不上几月,就时时有暗娼流行的风说,传到耳边上来。都市集中人口以后,这实在也是一种不可避免而亟待解决的社会大问题。

说及了娼妓,自然不得不说一说福州的官娼。从前邵武诗人张亨甫,曾著过一部《南浦秋波录》,是专记南台一带的烟花韵事的;现在世业凋零,景气全落,这些乐户人家,完全没有旧日的豪奢影子了。福州最上流的官娼,叫作"白面处",是同上海的长三一样的款式。听几位久住福州的朋友说,白面处近来门可罗雀,早已掉在没落的深渊里了;其次还勉强在维持市面的,是以卖嘴不卖身为标榜的清唱堂,无论何人,只需花三元法币,就能进去听三出戏。就是这一时号称极盛的清唱堂,现在也一家一家地废了业,只剩了田墩的三五家人家。自此以下,则完全是惨无人道的下等娼妓,与野鸡款式的无名密贩了,数目之多,求售之切,到了骇人听闻的地步。至于城内的暗娼,包月妇,零售处之类,只听见公安维持者等谈起过几次,报纸上见到过许多回,内容虽则无从调查,但演绎起来,旁证以社会的萧条,产业的不振,国步的艰难,与夫人口的过剩,总也不难举一反三,晓得她们的大概。

总之,福州的饮食男女,虽比别处稍觉得奢侈,而福州的社会状态，比别处也并不见得十分的堕落。说到两性的纵弛，人欲的横流，则与风土气候有关，次热带的境内，自然要比温带寒带为剧烈。而食品的丰富，女子一般姣美与健康，却是我们不曾到过福建的人所意想不到的发现。

一九三六年六月二日

住所的话

自以为青山到处可埋骨的漂泊惯的流人，一到了中年，也颇以没有一个归宿为可虑；近来常常有求田问舍之心，在看书倦了之后，或夜半醒来，第二次再睡不着的枕上。

尤其是春雨萧条的暮春，或风吹枯木的秋晚，看看天空，每会做赏雨茅屋及江南黄叶村舍的梦想；游子思乡，飞鸿倦旅，把人一年年弄得意气消沉的这时间的威力，实在是可怕，实在是可恨。

从前很喜欢旅行，并且特别喜欢向没有火车飞机轮船等近代交通利器的偏僻地方去旅行。一步一步地缓步着，向四面绝对不曾见过的山川风物回视着，一刻有一刻的变化，一步有一步的境界。到了地旷人稀的地方，你更可以高歌低唱，袒裼裸裎，把社会上的虚伪的礼节，谨严的态度，一齐洗去。人与自然，合而为一，大地高天，形成屋宇，蠓蠓蚁虱，不觉其微，五岳昆仑，也不见其大。偶或遇见些茅棚泥壁的人家，遇见些性情纯朴的农牧,听他们谈些极不相干的私事,更可以和他们一道地悲,一道地喜。半岁的鸡娘,新生一蛋,其乐也融融,与国王年老,诞生独子时的欢喜,并无什么分别。黄牛吃草,嚼断了麦穗数茎,今年的收获,怕要减去一勺,其悲也戚戚,与国破家亡的流离惨苦,相差也不十分远。

至于有山有水的地方呢,看看云容岩影的变化,听听大浪啮矶的音乐,应临流垂钓,或松下息阴。行旅者的乐趣,更加可以多得如放翁的入蜀道,刘阮的上天台。

这一种好游旅、喜漂泊的情性,近年来渐渐地减了;连有必要的事情,非得上北平上海去一次不可的时候,都一天天地拖延下去,只想不改常态,在家吃点精致的菜,喝点芳醇的酒,睡睡午觉,看看闲书,不愿意将行动和平时有所移易;总之是懒得动。

而每次喝酒,每次独坐的时候,只在想着计划着的,却是一间洁净的小小的住宅,和这住宅周围的点缀与铺陈。

若要住家,第一的先决问题,自然是乡村与城市的选择。以清静来说,当然是乡村生活比较地和我更为适合。可是把文明利器——如电灯自来水等——的供给,家人买菜购物的便利,以及小孩的教育问题等合计起来,却又觉得住城市是必要的了。具城市之外形,而又富有乡村的景象之田园都市,在中国原也很多。北方如北平,就是一个理想的都城;南方则未建都前之南京,濒海的福州等处,也是住家的好地。可是乡土的观念,附着在一个人的脑里,同毛发的生于皮肤一样,丛长着原没有什么不对,全脱了却也是有点儿不可能。所以三年之前,也是在一个春雨霏微的节季,终于听了霞的劝告,搬上杭州来住下了。

杭州这一个地方，有山有湖，还有文明的利器，儿童的学校，去上海也只有四个钟头的火车路程，住家原没有什么不合适。可是杭州一般的建筑物，实在太差，简直可以说没有一间合乎理想的住宅，旧式的房子呢，往往没有院子，顶多顶多也不过有一堆不大有意义的假山，和一条其实是只能产生蚊子的鱼池。所谓新式的房子呢，更加恶劣了，完全是上海弄堂洋房的抄袭，冬天住住，还可以勉强，一到夏天，就热得比蒸笼还要难受。而大抵的杭州住宅，都没有浴室的设备，公共浴场呢，又觉得不卫生而价贵。

所以自从迁到杭州来住后，对于住所的问题，更觉得切身地感到了。地皮不必太大，只叫有半亩之宫，一亩之隙，就可以满足。房子亦不必太讲究，只需有一处可以登高望远的高楼，三间平屋就对。但是图书室，浴室，猫狗小舍，儿童游嬉之处，灶房，却不得不备。房子的四周，一定要有阔一点的回廊；房子的内部，更需要亮一点的光线。此外是四周的树木和院子里的草地了，草地中间的走路，总要用白沙来铺才好。四面若有邻舍的高墙，当然要种些爬山虎以掩去墙头，若系旷地，只需植一道矮矮的木栅，用黑色一涂就可以将就。门窗当一例以厚玻璃来做，屋瓦应先钉上铅皮，然后再覆以茅草。

照这样的一个计划来建筑房子，大约总要有二千元钱来买地皮四千元钱来充建筑费，才有点儿希望。去年年底，在微醉之后，将这私愿对一位朋友说了一遍，今年他果然送给了我一块地，所以起楼台的基础，倒是有了。现在只在想筹出四千元钱的现款来建造那一所理想的住宅。胡思乱想的结果，在前两三个月里，竟发了疯，将烟钱酒钱省下了一半，去买了许多奖券；可是一回一回地买了几次，连末尾也不曾得过，而吃了坏烟坏酒的结果，身体却显然受了损害了。闲来无事，把这一番经过，对朋友一说，大家笑了一场之后，就都为我设计，说从前的人，曾经用过的最上妙法，是发自己的讣闻，其次是做寿，再其次是兜会。

可是为了一己的舒服，而累及亲戚朋友，也着实有点说不过去，近来心机一转，去买了些《芥子园》《三希堂》等画谱来，在开始学画了；原因是想靠了卖画，来造一所房子，万一画画，仍旧是不能吃饭，那么至少至少，我也可以画许多房子，挂在四壁，给我自己的想象以一顿醉饱，如饥者的画饼，旱天的画云霓。这一个计划，若不至于失败，我想在半年之后，总可以得到一点慰安。

记风雨茅庐

自家想有一所房子的心愿,已经起了好几年了;明明知道创造欲是好,所有欲是坏的事情,但一轮到了自己的头上,总觉得衣食住行四件大事之中的最低限度的享有,是不可以不保住的。我衣并不要锦绣,食也自甘于藜藿,可是住的房子,代步的车子,或者至少也必须一双袜子与鞋子的限度,总得有了才能说话。况且从前曾有一位朋友劝过我说,一个人既生下了地,一块地却不可以没有,活着可以住住立立,或者睡睡坐坐,死了便可以挖一个洞,将己身来埋葬;当然这还是没有火葬,没有公墓以前的时代的话。

自搬到杭州来住后,于不意之中,承友人之情,居然弄到了一块地,从此葬的问题总算解决了;但是住呢,占据的还是别人家的房子。去年春季,写了一篇短短的应景而不希望有什么结果的文章,说自己只想有一所小小的住宅;可是发表了不久,就来了一个回响。一位做建筑事业的朋友先来说:"你若要造房子,我们可以完全效劳。"一位有一点钱的朋友也说:"若通融得少一点,或者还可以想法。"四面一凑,于是起造一个风雨茅庐的计划即便成熟到了百分之八十,不知我者谓我有了钱,深知我者谓我冒了险,但是有钱也罢,冒险也罢,入秋以后,总之把这笑话勉强弄成了事实,在现在的寓所之旁,也竟丁丁笃笃地动起了工,造起了房子。这也许是我的 folly①,这也许是朋友们对于我的过信,不过从今以后,那些破旧的书籍,以及行军床、旧马子之类,却总可以不再去周游列国,学夫子的栖栖一代了,在这些地方,所有欲原也有它的好处。

　　本来是空手做的大事,希望当然不能过高;起初我只打算以茅草来代瓦,以涂泥来作壁,起它五间不大不小的平房,聊以过过自己有一所住宅的瘾;但偶尔在亲戚家一谈,却谈出来了事情。他说:"你要造房屋,也得拣一个日,看一看方向;古代的《周易》,现代的天文地理,却实在是有至理存在那里的呢!"言下他还接连举出了好几个很有征验的实例出来给我听,而在座的其他三四位朋友,并且还同时做了填具脚踏手印的见证人。更奇怪的,是他们所说的这一位具有通天入地眼的奇迹创造者,也是同我们一样,读过哀皮西提②,演过代数几何,受过现代高等教育的学校毕业生。经这位亲戚的一介绍,经我的一相信,当初的计划,就变了卦,茅庐变作了瓦屋,五开间的一排营房似的平居,拆作了三开间两开间的两座小蜗庐。中间又起了一座墙,墙上更挖了一个洞;住屋的两旁,也添了许多间的无名的小房间。这么

---

① 英文:愚笨。
② 指英文 ABCD。

地一来，房屋原多了不少，可同时债台也已经筑得比我的风火围墙还高了几尺。这一座高台基石的奠基者郭相经先生，并且还在劝我说："东南角的龙手太空，要好，还得造一间南向的门楼，楼上面再做上一层水泥的平台才行。"他的这一句话，又恰巧打中了我的下意识里的一个痛处；在这只空角上，我实在也在打算盖起一座塔样的楼来，楼名是十五六年前就想好的，叫作"夕阳楼"。现在这一座塔楼，虽则还没有盖起，可是只打算避避风雨的茅庐一所，却也涂上了朱漆，嵌上了水泥，有点像是外国乡镇里的五六等贫民住宅的样子了；自己虽则不懂阳宅的地理，但在光线不甚明亮的清早或薄暮看起来，倒也觉得郭先生的设计，并没有弄什么玄虚，和科学的方法，仍旧还是对的。所以一定要在光线不甚明亮的时候看的原因，就因为我的胆子毕竟还小，不敢空口说大话要包工用了最好的材料来造我这一座贫民住宅的缘故。这倒还不在话下，有点儿觉得麻烦的，却是预先想好的那个"风雨茅庐"的风雅名字与实际的不符。皱眉想了几天，又觉得中国的山人并不入山，儿子的小犬也不是狗的玩意儿，原早已有人在干了，我这样小小的再说一个并不害人的谎，总也不至于有死罪。况且西湖上的那间巍巍乎有点像先施永安的堆栈似的高大洋楼之以"××草舍"作名称，也不曾听见说有人去干涉过。多一事不如少一事，九九归原，还是照最初的样子，把我的这间贫民住宅，仍旧叫作了避风雨的茅庐。横额一块，却是因马君武先生这次来杭之便，硬要他伸了风痛的右手，替我写上的。

一九三六年一月十日

移家琐记

一

"流水不腐",这是中国人的俗话,"stagnate pond[①]",这是外国人形容固定的颓毁状态的一个名词。在一处羁住久了,精神上习惯上,自然会生出许多霉烂的斑点来。更何妨洋场米贵,狭巷人多,以我这一个穷汉,夹杂在三百六十万上海市民的中间,非但汽车、洋房、跳舞、美酒等文明的洪福享受不到,就连吸一口新鲜空气,也得走十几里路。移家的心愿,早就有了;这一回却因朋友之介,偶尔在杭城东隅租着了一所适当的闲房,筹谋计算,也张罗拢了二三百块洋钱,于是这很不容易成就的戋戋私愿,竟也猫猫虎虎地实现了。小人无大志,蜗角亦乾坤,触蛮鼎定,先让我来谢天谢地。

[①] 英文:滞水塘。

搬来的那一天，是春雨霏微的星期二的早上，为计时日的正确，只好把一段日记抄在下面：

一九三三年四月二十五（阴历四月初一），星期二，晨五点起床，窗外下着蒙蒙的时雨，料理行装等件，赶赴北站，衣帽尽湿。携女人儿子及一仆妇登车，在不断的雨丝中，向西进发。野景正妍，除白桃花、菜花、棋盘花外，田野里只一片嫩绿，浅淡尚带鹅黄。此番因自上海移居杭州，故行李较多，视孟东野稍为富有，沿途上落：被无产同胞的搬运夫，敲刮去了不少。午后一点到杭州城站，雨势正盛，在车上蒸干之衣帽，又溶溶湿矣。

新居在浙江图书馆侧面的一堆土山旁边，虽只东倒西斜的三间旧屋，但比起上海的一楼一底的弄堂洋房来，究竟宽敞得多了，所以一到寓居，就开始做室内装饰的工作。沙发是没有的，镜屏是没有的，红木器具，壁画纱灯，一概没有。几张板桌，一架旧书，在上海时，塞来塞去，只觉得没地方塞的这些破铜烂铁，一到了杭州，向三间连通的矮厅上一摆，看起来竟空空洞洞，像煞是沧海中间的几颗粟米了。最后装上壁去的，却是上海八云装饰设计公司送我的一块石膏圆面。塑制者是江山徐葆蓝氏，面上刻出的是《圣经》里马利马格大伦的故事。看来看去，在我这间黝黯矮阔的大厅陈设之中，觉得有一点生气的，就只是这一块同深山白雪似的小小的石膏。

二

向晚雨歇，电灯来了。灯光灰暗不明，问先搬来此地住的王母以"何不用个亮一点的灯球"？方才知道朝市而今虽不是秦，但杭州一隅，也绝不是世外的桃源，这样要捐，那样要税，居民的负担，简直比世界哪一国的首都，都加重了；即以电灯一项来说，每一个字，在最近也无法地加上了好几成的特捐。"烽火满天殍满地，儒生何处可逃秦？"这是几年前做过的叠秦韵的两句山歌，我听了这些话后，嘴上虽则不念出来，但心里却也私私地转想了好几次。腹诽若要加刑，则我这一篇琐记，又是自己招认的供状了，罪过罪过。

三更人静，门外的巷里，忽传来了些笃笃笃的敲小竹梆的哀音。问是什么？说是卖馄饨圆子的小贩营生。往年这些担头很少，现在冷街僻巷，都有人来卖到天明了，百业的凋敝，城市的萧条，这总也是民不聊生的一点点的实证吧？

新居落寞，第一晚睡在床上，翻来覆去总睡不着觉。夜半挑灯，就只好拿出一本新出版的《两地书》来细读。有一位批评家说，作者的私记，我们没有阅读的义务。当时我对这话，倒也佩服得五体投地，所以书店来要我出书简集的时候，我就坚决地谢绝了，并且还想将一本为无钱过活之故而拿去出卖的日记都叫他们毁版，以为这些东西，是只好于死后，让他人来替我印行的；但这次将鲁迅先生和密斯许的书简集来一读，则非但对那位批评家的信念完全失掉，并且还在这一部两人的私记里，看出了许多许多平时不容易看到的社会黑暗面来。至如鲁迅先生的诙谐愤俗的气概,许女士的诚实庄严的风度,还是在长书短简里自然流露的余音,由我们熟悉他们的人看来,当然更是味中有味,言外有情,可以不必提起,我想就是绝对不认识他们的人,读了这书,至少也可以得到几多的教训。私记私记,义务云乎哉?

从夜半读到天明,将这《两地书》读完之后,神经觉得愈兴奋了,六点敲过,就率性走到楼下去洗了一洗手脸,换了一身衣服,踏出大门,打算去把这杭城东隅的侵晨朝景,看它一个明白。

三

夜来的雨,是完全止住了,可是外貌像马加弹姆①式的沙石马路上,还满涨着淤泥,天上也还浮罩着一层明灰的云幕。路上行人稀少,老远老远,只看得见一部慢慢在向前拖走的人力车的后形。从狭巷里转出东街,两旁的店家,也只开了一半,连挑了菜担在沿街赶早市的农民,都像是没有灌气的橡皮玩具。四周一看,萧条复萧条,衰落又衰落,中国的农村,果然是破产了,但没有实业生产机关,没有和平保障的像杭州一样的小都市,又何尝不在破产的威胁下战栗着待毙呢?中国目下的情形,大抵总是农村及小都市的有产者,集中到大都会去。在大都会的帝国主义保护之下变成殖民地的新资本家,或变成军阀官僚的附属品的少

---

① 马加弹姆:英文 macadam(碎石)的日式读音。

数者，总算是找着了出路。他们的货财，会愈积而愈多，同时为他们所牺牲的同胞，当然也要加速度地倍加起来。结果就变成这样的一个公式：农村中的有产者集中小都市，小都市的有产者集中大都会，等到资产化尽，而生财无道的时候，则这些素有恒产的候鸟就又得倒转来从大都会而小都市而仍返农村去做贫民。转转循环，丝毫不爽，这情形已经继续了二三十年了，再过五年十年之后的社会状态，自然可以不卜而知了啦，社会的症结究在哪里？唯一的出路究在哪里？难道大家还不明白吗？空喊着抗日抗日，又有什么用处？

　　一个人在大街上踱着想着，我的脚步却于不知不觉的中间，开了倒车，几个弯儿一绕，竟又将我自己的身体，搬到了大学近旁的一条路上来了。向前面看过去，又是一堆土山。山下是平平的泥路和浅浅的池塘。这附近一带，我儿时原也来过的。二十几年前头，我有一位亲戚曾在报国寺里当过军官，更有一位哥哥，曾在陆军小学堂里当过学生。既然已经回到了寓居的附近，那就爬上山去看它一看吧，好在一晚没有睡觉，头脑还有点儿糊涂，登高望望四境，也未始不是一帖清凉的妙药。

　　天气也渐渐开朗起来了，东南半角，居然已经露出了几点青天和一丝白日。土山虽则不高，但眺望倒也不坏。湖上的群山，环绕在西北的一带，再北是空间，更北是湖外境内的发祥的青山了。东面迢迢，看得见的，是临平山、皋亭山、黄鹤山之类的连峰叠嶂。再偏东北处，大约是唐栖镇上的超山山影，看去虽则不远，但走走怕也有半日好走哩。在土山上环视了一周，由远及近，用大量观察法来一算，我才明白了这附近的地理。原来我那新寓，是在军装局的北方，而三面的土山，系遥接着城墙，围绕在军装局的匡外的。怪不得今天破晓的时候，还听见了一阵喇叭的吹唱，怪不得走出新寓的时候，还看见了一名荷枪直立的守卫士兵。

"好得很！好得很！……"我心里在想，"前有图书，后有武库，文武之道，备于此矣！"我心里虽在这样地自作有趣，但一种没落的感觉，一种不能再在大都会里插足的哀思，竟渐渐地渐渐地溶浸了我的全身。

雨

周作人先生名其书斋曰"苦雨",恰正与东坡的"喜雨亭"名相反。其实,北方的雨,却都可喜,因其难得之故。像今年那么的水灾,也并不是雨多的必然结果;我们应该责备治河的人,不事先预防,只晓得糊涂搪塞,虚縻国帑,一旦有事,就互相推诿,但救目前。人生万事,总得有个变换,方觉有趣;生之于死,喜之于悲,都是如此,推及天时,又何尝不然?无雨哪能见晴之可爱,没有夜也将看不出昼之光明。

我生长江南,按理是应该不喜欢雨的;但春日暝蒙,花枝枯竭的时候,得几点微雨,又是一件多么可爱的事情!"小楼一夜听春雨""杏花春雨江南""天街细雨润如酥",从前的诗人,早就先我说过了。夏天的雨,可以杀暑,可以润禾,它的价值的大,更可以不必再说。而秋雨的霏微凄冷,又是别一种境地,昔人所谓"雨到深秋易作霖,萧萧难会此时心"的诗句,就在说秋雨的耐人寻味。至于秋女士的"秋雨秋风愁煞人"的一声长叹,乃别有怀抱者的托词,人自愁耳,何关雨事。三冬的寒雨,爱的人恐怕不多。但"江关雁声来渺渺,灯昏宫漏听沉沉"的妙处,若非身历其境者绝领悟不到。记得曾宾谷曾以《诗品》中语名诗,叫作《赏雨茅屋斋诗集》。他的诗境如何,我不晓得,但"赏雨茅屋"这四个字,真是多么的有趣!尤其是到了冬初秋晚,正当"苍山寒气深,高林霜叶稀"的时节。

春 愁

　　说秋月不如春月的,毕竟是"只解欢娱不解愁"的女孩子们的感觉,像我们男子,尤其是到了中年的我们这些男子,恐怕到得春来,总不免有许多懊恼与愁思。

　　第一,生理上就有许多不舒服的变化;腰骨会感到酸痛,全体筋络,会觉得疏懒。做起事情来,容易厌倦,容易颠倒。由生理的反射,心理上自然也不得不大受影响。譬如无缘无故会感到不安、恐怖,以及其他的种种心状,若焦躁、烦闷之类。

　　而感觉得最切最普遍的一种春愁,却是"生也有涯"的我们这些人类和周围大自然界的对比。

　　年去年来,花月风云的现象,是一度一番,会重新过去,从前是常常如此,将来也绝不会改变的。可是人呢?号为"万物之灵"的人呢?却一年比一年地老了。由浑噩无知的童年,一进就进入了满贮着性的苦闷、智的苦闷的青春。再不几年,就得渐渐地衰,渐渐地老下去。

从前住在上海，春天看不见花草，听不到鸟声，每以为无四季交换的洋场十里，是劳动者们的永久地狱。对于春，非但感到了恐怖，并且也感到了敌意，这当然是春愁。现在住上了杭州，到处可以看湖山，到处可以听黄鸟，但春浓反显得人老，对于春又新起了一番妒意，春愁可更加厚了。

在我个人，并且还有一种每年来复的神经性失眠的症状，是从春暮开始，入夏剧烈，到秋方能痊治的老病。对这死症的恐怖，比病上了身，实际上所受的肉体的苦痛还要厉害。所以春对我，绝对不能融洽，不能忍受，年纪轻一点的时候，每思到一个终年没有春到的地方去做人；在当时单凭这一种幻想，也可以把我的春愁减杀一点，过几刻快活的时间。现在中年了，理智发达，头脑固定，幻想没有了。一遇到春，就只有愁虑，只有恐惧。

去年因为新搬上杭州来过春天，近郊的有许多地方，还不曾去跑过，所以二、三、四的几个月，就完全花去在闲行跋涉的筋肉劳动之上，觉得身体还勉强对付了过去。今年可不对了，曾经去过的地方，不想再去，而新的可以娱春的方法，又还没有发现。去旅行么？既无同伴，又缺少旅费。读书么？写文章么？未拿起书本，未捏着笔，心里就烦躁得要命。喝酒也岂能长醉，恋爱是尤其没有资格了。

想到了最后，我只好希望着一种不意的大事件的发生，譬如"一·二八"那么的飞机炸弹的来临，或大地震大革命的勃发之类，或者可以把我的春愁驱散，或者简直可以把我的躯体毁去；但结果，这当然也不过是一种无望之望的同少年时代一样的一种幻想而已。

一九三五年二月十五日

惜掌之歌

北国的人，欢迎春天，南国的人，至少也不怕春天，只有生长在中部中国的我们，觉得春天实在是一段无可奈何的受难时节；苏东坡说"欲断魂"，陆机说"节运同可悲，莫若春气甚"，而"王孙游兮不归，春草生兮萋萋"，当不只是楚国人的悲哀，因为"吴地月明人倚棹，江村笛好晚登楼"的吟者，也正在啼春怨别，晚上睡不着觉。

今年的春天，尤其狞猛得可怕，这一种热法，这一种tempo[①]的快法，正像是大艳的毒妇，在张了血腥气的大口要吞人的样子。我已经有两三个星期，感到了精神的异状，心里只在暗暗地担忧，怕神经纤弱，受不了这浓春的压迫。果然前几天阮玲玉自杀了，西湖边上也发现了几次寻自尽的人；大抵疯症总是在春天发作的。

---

① 英文：节奏。

前几天遇见了友人沈尔乔氏，他告诉了我以济良所女择配的经过，告诉了我举行仪式的节目，送了我两张请帖，叫我到了那天，一定去参观一下，或者还可以发表一点意见。这原是与节季无关、与我的神经也无大碍的事情。可是到了集团结婚式举行的昨日，天气又是那么的热，太阳又是那么的猛。早晨起来，就有点预感，觉得今天可有点不对，写东西是写不成了。出去也未见得一定可以得到一天的快乐，因为空气沉浊，晴光里似乎含有着雷电的威胁的样子。

十点半钟，到了戏院，人实在挤得太多；先坐在楼上，可真了不得，哪里来的这么些个人头，这么些个人的眼睛！你试想想，一层一层堆在那里的，尽是些身体看不见的人头，而人头上又各张着了两只眼睛。我到了这些地方又常要犯一种抽象幻视的毛病的，原因大约是为了年轻的时候教书教得太多的缘故。坐落不久，向四周上下看了几转，这毛病果然发作了；我的近旁，我的脚下，非但不见了人的身体，并且也不见了人头，而悬挂在空中，一张一合在那里堆垒着的，尽是些没有身体也没有头只上下长着毛毛黑黝黝的眼睛。我发起抖来了，身上满身出了冷汗。霞是晓得我有这一种病症的，手招着我，就陪我到了楼底下前排还空着的座上。闭上了眼睛，正想把精神调整一下的时候，耳边又来了几声同野兽远远在怒号似的鸣声。张开眼睛来一看，只看见了一堆肉，向我说话。再仔细一看，又看见这一堆肉上，似乎有猴儿玩把戏时穿的一块棕色的洋呢罩在那里，肉的堆上仿佛更有两块小玻璃在放光。在这里，我的幻视的神经，只捞取了一堆肉，一件大小不配的棕色的洋装，和一个能发音的小小的空洞。

"请你走出去吧！这里不是你坐的，请走出去吧！这里不是你坐的！"

我又发起抖来了，脸色似乎也变了青绿。可是耳神经接受了几句成言语的声音以后，病魔倒是被逐走了，到此我才看出了一个圆脸肥胖穿着西装胸前挂有一块粉红绸的人，他大约是救济院的职员，今天是受了院长之命，来司纠察的。我先告诉他以人挤得太多，楼上的座位于我不宜的理由，后来更告诉他我是被院长请来参加这盛会的；他听了我这哀告，神气更加飞扬了，本来还带有几分劝告语气的词句，立时变成了强迫命令的腔调。脱离了恐怖病和幻视病，回复到常态以后的我，原也是个普通的人，反拨的感情，当然是有的。手掌是举起来了，举到了和腰骨成直角的地位了，就可以伸出去了，眼睛稍稍偏了一偏，我却看见了坐在我边上的霞。

"一样的是人，他也是有父母老婆的人，我若批他一掌，于我原是没有益处，而于他且将成为奇耻大辱。万一他老婆也在这里，使她见了她男人的受此奇辱，岂不要使她失去对丈夫的信仰？"

心里这样想着，我的神经，非但脱出了病态，并且更进入了一种平时不大逢着的镇静谐和的极境。我站了起来，柔婉地将手拍上了他的肩头，并且宽慰他说："朋友，我原谅你。我就离开此地，但以后请你也保持着这一种严格守法的精神。"

到了戏院外面，觉得空气虽则稍稍稀薄了一点，但闷人的春霭，仍旧是熏蒸得厉害。

饭前三杯酒一喝，昏昏沉沉有点想睡了，忽而又来了一位新丧老父的朋友，接着又是海外初回的诗人等的来访，大家围坐着谈了半日闲天，天气向晚转凉，头脑既清，而兴致又回复到了二十年前年少无愁的境地。傍晚出去吃酒，在盐桥边更遇见了那位邀我去参加胜会的沈氏，立谈了一下，向他道了贺，我们就上了酒店。

在酒店里，事情又发生了，原因是为了酒的不足，和酒保的狡猾。同去的叶氏，大约是有点醉意了吧，拔出拳头，就演了一出《打店》。

黄昏起了西北风，在沙石乱飞、微雨洒襟的暗路上走着回来，我用了钱大王欢宴父老时所唱的吴歌拍子，唱出了这么的一曲小调：

> 我爱惜我侬的手掌，
> 我也顾全了他的面子！
> 打人出气者谁氏？
> 叶公可是疯子？

三月十七日

第二辑　零余者

一个人在途上

在东车站的长廊下和女人分开以后,自家又剩了孤伶仃的一个。频年漂泊惯的两口儿,这一回的离散,倒也算不得什么特别,可是端午节那天,龙儿刚死,到这时候北京城里虽已起了秋风,但是计算起来,去儿子的死期,究竟还只有一百来天。在车座里,稍稍把意识恢复转来的时候,自家就想起了卢骚①晚年的作品《孤独散步者的梦想》头上的几句话:

  自家除了己身以外,已经没有弟兄,没有邻人,没有朋友,没有社会了。自家在这世上,像这样的,已经成了一个孤独者了。……

然而当年的卢骚还有弃养在孤儿院内的五个儿子,而我自己

---

① 卢骚:今译"卢梭"。

哩,连一个抚育到五岁的儿子都还抓不住!

　　离家的远别,本来也只为想养活妻儿。去年在某大学的被逐,是万料不到的事情。其后兵乱迭起,交通阻绝,当寒冬的十月,会病倒在沪上,也是谁也料想不到的。今年二月,好容易到得南方,静息了一年之半,谁知这刚养得出趣的龙儿,又会遭此凶疾呢?

　　龙儿的病报,本是在广州得着,匆促北航,到了上海,接连接了几个北京来的电报,换船到天津,已经是旧历的五月初十。到家之夜,一见了门上的白纸条儿,心里已经是跳得忙乱,从苍茫的暮色里赶到哥哥家中,见了衰病的她,因为在大众之前,勉强将感情压住,草草吃了夜饭,上床就寝,把电灯一灭,两人只有紧抱的痛哭,痛哭,痛哭,只是痛哭,气也换不过来,更哪里有说一句话的余裕?

　　受苦的时间,的确脱煞过去得太悠徐,今年的夏季,只是悲叹的连续。晚上上床,两口儿,哪敢提一句话?可怜这两个迷散的灵心,在电灯灭黑的黝黯里,所摸走的荒路,每凑集在一条线上,这路的交叉点里,只有一块小小的墓碑,墓碑上只有"龙儿之墓"的四个红字。

　　妻儿因为在浙江老家内不能和母亲同住,不得已而搬往北京当时我在寄食的哥哥家去,是去年的四月中旬,那时候龙儿正长得肥满可爱,一举一动,处处叫人欢喜。到了五月初,从某地回京,觉得哥哥家太狭小,就在什刹海的北岸,租定了一间渺小的住宅。夫妻两个,日日和龙儿伴乐,闲时也常在北海的荷花深处,及门前的杨柳荫中带龙儿去走走。这一年的暑假,总算过得快乐，最闲适。

秋风吹叶落的时候，别了龙儿和女人，再上某地大学去为朋友帮忙，当时他们俩还往西车站去送我来哩！这是去年秋晚的事情，想起来还同昨日的情形一样。

过了一月，某地的学校里发生事情，又回京了一次，在什刹海小住了两星期，本来打算不再出京了，然碍于朋友的面子，又不得不于一天寒风刺骨的黄昏，上西车站去乘车。这时候因为怕龙儿要哭，自己和女人，吃过晚饭，便只说要往哥哥家里去，只许他送我们到门口。记得那一天晚上他一个人和老妈子立在门口，等我们俩去了好远，还"爸爸！爸爸！"地叫了好几声。啊啊，这几声的呼唤，便是我在这世上听到的他叫我的最后的声音。

出京之后，到某地住了一宵，就匆促逃往上海。接续便染了病，遇了强盗辈的争夺政权，其后赴南方暂住，一直到今年的五月，才返北京。

想起来，龙儿实在是一个填债的儿子，是当乱离困厄的这几年中间，特来安慰我和他娘的愁闷的使者！

自从他在安庆生落地以来，我自己没有一天脱离过苦闷，没有一处安住到五个月以上。我的女人，夜夜和我分担着十字架的重负，只是东西南北地奔波漂泊。然当日夜难安、悲苦得不了的时候，只叫他的笑脸一开，女人和我，就可以把一切穷愁，丢在脑后。而今年五月初十待我赶到北京的时候，他的尸体，早已在妙光阁的广谊园地下躺着了。

他的病，说是脑膜炎。自从得病之日起，一直到旧历端午节的午时绝命的时候止,中间经过有一个多月的光景。平时被我们宠坏了的他,听说此番病里,却乖顺得非常。叫他吃药,他就大口地吃,叫他用冰枕,他就很柔顺地躺上。病后还能说话的时候,只问他的娘:"爸爸几时回来?""爸爸在上海为我定做的小皮鞋,已经做好了没有?"我的女人,于惑乱之余,每幽幽地问他:"龙!你晓得你这一场病,会不会死的?"他老是很不愿意地回答说:"哪儿会死的哩?"据女人含泪地告诉我说,他的谈吐,绝不似一个五岁的小儿。

未病之前一个月的时候,有一天午后他在门口玩耍,看见西面来了一乘马车,马车里坐着一个戴灰白色帽子的青年。他远远看见,就急忙丢下了伴侣,跑进屋里叫他娘出来,说:"爸爸回来了,爸爸回来了!"因为我去年离京时所戴的,是一样的一顶白灰呢帽。他娘跟他出来到门前,马车已经过去了,他就死劲地拉住了他娘,哭喊着说:"爸爸怎么不家来吓?爸爸怎么不家来吓?"他娘说慰了半天,他还尽是哭着,这也是他娘含泪和我说的。现在回想起来,自己实在不该抛弃了他们,一个人在外面流荡,致使他那小小的心灵,常有望远思亲之痛。

去年六月,搬往什刹海之后,有一次我们在堤上散步,因为他看见了人家的汽车,硬是哭着要坐,被我痛打了一顿。又有一次,也是因为要穿洋服,受了我的毒打。这实在只能怪我做父亲的没有能力,不能做洋服给他穿、雇汽车给他坐。早知他要这样的早死,我就是典当强劫,也应该去弄一点钱来,满足他无邪的欲望,到现在追想起来,实在觉得对他不起,实在是我太无容人之量了。

我女人说，濒死的前五天，在病院里，叫了几夜的爸爸！她问他："叫爸爸干什么？"他又不响了，停一会儿，就又再叫起来，到了旧历五月初三日，他已入了昏迷状态，医师替他抽骨髓，他只会直叫一声："干吗？"喉头的气管，咯咯在抽咽，眼睛只往上吊送，口头流些白沫，然而一口气总不肯断。他娘哭叫几声："龙！龙！"他的眼角上，就会进流下眼泪出来，后来他娘看他苦得难过，倒对他说："龙！你若是没有命的，就好好地去吧！你是不是想等爸爸回来？就是你爸爸回来，也不过是这样地替你医治罢了。龙！你有什么不了的心愿呢？龙！与其这样地抽咽受苦，你还不如快快地去吧！"

他听了这段话，眼角上的眼泪，更是涌流得厉害。到了旧历端午节的午时，他竟等不着我的回来，终于断气了。

丧葬之后，女人搬往哥哥家里，暂住了几天。我于五月十日晚上，下车赶到什刹海的寓宅，打门打了半天，没有应声。后来抬头一看，才见了一张告示邮差送信的白纸条。

自从龙儿生病以后连日连夜看护久已倦了的她，又哪里经得起最后的这一个打击？自己当到京之夜，见了她的衰容，见了她的眼泪，又哪里能够不痛哭呢？

在哥哥家里小住了两三天，我因为想追求龙儿生前的遗迹，一定要女人和我仍复搬回什刹海的住宅去住它一两个月。

搬回去那天，一进上屋的门，就见了一张被他玩破的今年正月里的花灯。听说这张花灯，是南城大姨妈送他的，因为他自家烧破了一个窟窿，他还哭过好几次来的。

其次，便是上房里砖上的几堆烧纸钱的痕迹！系当他下殓时烧的。

院子里有一架葡萄，两棵枣树，去年采取葡萄枣子的时候，他站在树下，兜起了大褂，仰头在看树上的我。我摘取一颗，丢入了他的大褂兜里，他的哄笑声，要继续到三五分钟，今年这两棵枣树，结满了青青的枣子，风起的半夜里，老有熟极的枣子辞枝自落，女人和我，睡在床上，有时候且哭且谈，总要到更深人静，方能入睡。在这样的幽幽的谈话中间，最怕听的，就是这嘀嗒的坠枣之声。

到京的第二日，和女人去看他的坟墓。先在一家南纸铺里买了许多冥府的钞票，预备去烧送给他，直到到了妙光阁的广谊园茔地门前，她方从鸣咽里清醒过来，说："这是钞票，他一个小孩如何用得呢？"就又回车转来，到琉璃厂去买了些有孔的纸钱。她在坟前哭了一阵，把纸钱钞票烧化的时候，却叫着说："龙！这一堆是钞票，你收在那里，待长大了的时候再用，要买什么，你先拿这一堆钱去用吧。"

这一天在他的坟上坐着，我们直到午后七点，太阳平西的时候，才回家来。临走的时候，他娘还哭叫着说："龙！龙！你一个人在这里不怕冷静的么？龙！龙！人家若来欺你，你晚上来告诉娘吧！你怎么不想回来了呢？你怎么梦也不来托一个呢？"

箱子里，还有许多散放着的他的小衣服。今年北京的天气，到七月中旬，已经是很冷了。当微凉的早晚，我们俩都想换上几件夹衣，然而因为怕见到他旧时的夹衣袍袜，我们俩却尽是一天一天地挨着，谁也不说出口来，说"要换上件夹衫"。

有一次和女人在那里睡午觉，她骤然从床上坐了起来，鞋也不拖,光着袜子,跑上了上房起坐室里,并且更掀帘跑上外面院子里去。我也莫名其妙跟着她跑到外面的时候,只见她在那里四面找寻什么。找寻不着,呆立了一会,她忽然放声哭了起来,并且抱住了我急急地追问说:"你听不听见?你听不听见?"哭完之后,她才告诉我说,在半醒半睡的中间,她听见"娘!娘!"地叫了两声,的确是龙的声音,她很坚定地说:"的确是龙回来了。"

北京的朋友亲戚,为安慰我们起见,今年夏天常请我们俩去吃饭听戏,她老不愿意和我同去,因为去年的六月,我们无论上哪里去玩,龙儿是常和我们在一处的。

今年的一个暑假,就是这样地,在悲叹和幻梦的中间消逝了。

这一回南方来催我就道的信,过于匆促,出发之前,我觉得还有一件大事情没有做了。

中秋节前新搬了家,为修理房屋,部署杂事,就忙了一个星期。出发之前,又因了种种琐事,不能抽出空来,再上龙儿的坟地里去探望一回。女人上东车站来送我上车的时候,我心里尽是酸一阵痛一阵地在回念这一件恨事。有好几次想和她说出来,叫她于两三日后再往妙光阁去探望一趟,但见了她的憔悴尽的颜色,和苦忍住的凄楚,又终于一句话也没有讲成。

现在去北京远了,去龙儿更远了,自家只一个人,只是孤伶仃的一个人。在这里继续此生中大约是完不了的漂泊。

一九二六年十月五日在上海旅馆内

灯蛾埋葬之夜

神经衰弱症，大约是因无聊的闲日子过了太多而起的。

对于"生"的厌倦，确是促生这时髦病的一个病根，或者反过来说，如同发烧过后的人在嘴里所感味到的一种空淡，对人生的这一种空淡之感，就是神经衰弱的一种征候，也是一样。

总之，入夏以来，这症状似乎一天在比一天加重，迁居之后，这病症当然也和我一道地搬了家。

虽然是说不上什么转地疗养，但新搬的这一间小屋，真也有一点田园的野趣。节季是交秋了，往后的这小屋的附近，这文明和蛮荒接界的区间，该是最有声色的时候。声是秋声，色当然也是秋色。

先让我来说所以要搬到这里来的原委。

不晓在什么时候，被印上了"该隐的印号"之后，平时进出的社会里绝迹不敢去了。当然社会是有许多层的，但那"印号"的解释，似乎也有许多样。

最重要的解释，第一自然是叛逆，在做官是"一切"的国里，这"印号"的政治解释，本尽可以包括了其他种种。但是也不尽然，最喜欢含糊的人类，有必要的时候，也最喜欢分清。

于是第二个解释来了，似乎是关于"时代"的，曰"落伍"。天南北的两极，只叫用得着，也不妨同时并用，这便是现代人的智慧。

来往于两极之间，新旧人同样地可以举用的，是第三个解释，就是所谓"悖德"。

但是向额上摩摸一下，这"该隐的印号"，原也摩摸不出来，更不必说这种种的解释。或者行窃的人自己在心虚，自以为是犯了大罪，因而起这一种叫作"被迫的 complex①"，也说不定。天下太平，本来是无事的，神经衰弱病者可总免不了自扰。所以断绝交游，抛撇亲串，和地狱底里的精灵一样，不敢现身露迹，只在一阵阴风里独来独往的这种行径，依小德谟克利多斯 Robert Burton 的分析，或者也许是忧郁病的最正确的症候。

因为背上负着的是这么一个十字架，所以一年之内，只学着行云，只学着流水，搬来搬去尽在搬动。暮春三月底，偶尔在火车窗里，看见了些浅水平桥，垂杨古树，和几群飞不尽的乌鸦，忽然想起的，是这一个也不是城市、也不是乡村的界线地方。租定这间小屋，将几本丛残的旧籍迁移过来的，怕是在五月的初头。而现在却早又是初秋了。时间的飞逝，实在是快得很，真快得很。

---

① 英文：情结；复杂；组合。

小屋的前后左右，除一条斜穿东西的大道之外，全是些斑驳的空地。一垄一垄的褐色土垄上，种着些秋茄豇豆之类，现在是一棵一棵的棉花也在半吐白蕊的时节了。而最好看的，要推向上包紧，颜色是白里带青，外面有一层毛茸似的白雾，菜茎柄上，也时时呈着紫色的一种外国人叫作 lettuce 的大叶卷心菜。大约是因为地近上海的缘故吧，纯粹的中国田园，也被外国人的嗜好所侵入了。这一种菜，我来的时候，原是很多的，现在却逐渐逐渐地少了下去。在这些空地中间，如突然想起似的，卑卑立着、散点在那里的，是一间两间的农夫的小屋，形状奇古的几株老柳榆槐，和看了令人不快的许多不落葬的棺材。此外同沟渠似的小河也有，以棺材旧板做成的桥梁也有，忽然一块小方地的中间，种着些颜色鲜艳的草花之类的卖花者的园地也有，简说一句，这里附近的地面，大约可以以"江浙平地区中的田园百科大辞典"来命名，而在这百科大辞典中，异乎寻常，以一张厚纸，来用淡墨铜版画印成的，要算在我们屋后矗立着的那块本来是由外国人经营的庞大的墓地。

　　这墓地的历史，我也不大明白，但以从门口起一直排着，直到中心的礼拜堂屋后为止的那两排齐云的洋梧桐树看来，少算算大约也总已有了六十几岁的年纪。

　　听土著的农人说来，这仿佛是上海开港以来，外国人最先经营的墓地，现在是已经无人来过问了，而在三四十年前头，却也是洋冬至外国清明及礼拜日的沪上洋人的散步之所哩。因为此地离上海，火车不过三四十分钟，来往是极便的。

　　小屋的租金，每月八元。以这地段说起来，似乎略嫌贵些，但因这样的闲房出租的并不多,而屋前屋后,隙地也有几弓,可以由租户去莳花种菜,所以比较起来,也觉得是在理的价格。尤其是包围在屋的四周的寂静,同在坟墓里似的寂静,是在洋场近处,无论出多少钱也难买到的。

　　初搬过来的时候,只同久病初愈的患者一样,日日但伸展了四肢,躺在藤椅子上,书也懒得读,报也不愿看,除腹中饥饿的时候,稍微吸取一点简单的食物而外,破这平平的一日间的单调的,是向晚去田塍野路上行试的一回漫步。在这将落未落的残阳夕照之中,在那些青枝落叶的野菜畦边,一个人背手走着,枯寂的脑里,有时却会汹涌起许多前后不接的断想来。头上的天色老是青青的,身边的暮色也老是沉沉的。

　　但在这些前后没有脉络的断想的中间,有时候也忽然大小脑会完全停止工作,呆呆地立在野田里,同一根枯树似的呆呆直立在那里之后,会什么思想、什么感觉都忘掉,身子也不能动了,血液也仿佛是凝住不流似的,全身就如成了所多马①城里的盐柱,不消说脑子是完全变作了无波纹无血管的一张扁平的白纸。

　　漫步回来,有时候也进一点晚餐,有时候简直茶也不喝一口,就爬进床去躺着。室内的设备简陋到了万分,电灯电扇等等文明的器具是没有的。月明之夜,睡到夜半醒来的时候,床前的小泥窗口,若晒进了月亮的青练的光儿,那这一夜的睡眠,就不能继续下去了。

　　不单是有月亮的晚上,就是平常的睡眠,也极容易惊醒。眼

---

① 所多马:今译"索多玛"。

睛微微地开着,鼾声是没有的,虽则睡在那里,但感觉却又不完全失去,暗室里的一声一响,虫鼠等的脚步声,以及屋外树上的夜鸟鸣声,都一一会闯进耳朵里来。若在日里陷入于这一种假睡的时候,则一边睡着,一边周围的行动事物,都会很明细地触进入意识的中间。若周围保住了绝对的安静,什么声响、什么行动都没有的时候,那在这假寐的一刻中,十几年间的事情,就会很明细地、很快地,在一瞬间展开来。至于乱梦,那更是多了,多得连叙也叙述不清。

我自己也知道是染了神经衰弱症了。这原是七八年来到了夏季必发的老病。

于是就更想静养,更想懒散过去。

今年的夏季,实在并没有什么大热的天气,尤其是在我这一个离群的野寓里。

有一天晚上,天气特别的闷,晚餐后上床去躺了一忽,终觉得睡不着,就又起来,打开了窗户,和她两人坐在天井里候凉。

两人本来是没有什么话好谈,所以只是昂着头在看天上的飞云,和云堆里时时露现出来的一颗两颗的星宿。

一边慢摇着蒲扇,一边这样地默坐在那里,不晓得坐了多久了,室内桌上的一支洋烛,忽而灭了它的芯光。

而人既不愿意动弹,也不愿意看见什么,所以灯光的有无,也毫没有关系,仍旧是默默地坐在黑暗里摇动扇子。

又坐了好久好久,天末似起了凉风,窗帘也动了,天上的云层,飞舞得特别的快。

打算去睡了,就问了一声:"现在不晓得是什么时候了?"

她立了起来,慢慢走进了室内,走入里边房里去拿火柴去了。

停了一会,我在黑暗里看见了一丝火光和映在这火光周围的一团黑影,及黑影底下的半面她的苍白的脸。

第一支火柴灭了,第二支也灭了,直到了第三支才点旺了洋烛。

洋烛点旺之后,她急急地走了出来,手里却拿着了那个大表,轻轻地说:"不晓是什么时候了,表上还只有六点多钟呢?"

接过表来,拿近耳边去一听,什么声响也没有。我连这表是在几日前头开过的记忆也想不起来了。

"表停了!"

轻轻地回答了一声,我也消失了睡意,想再在凉风里坐它一刻。但她却又继续着说:"灯盘上有一只很美的灯蛾死在那里。"

跑进去一看,果然有一只身子淡红,翅翼绿色,比蝴蝶小一点,但全身却肥硕得很的灯蛾横躺在那里。右翅上有一处焦影,触须是烧断了。默看了一分钟,用手指轻轻拨了它几拨,我双目仍旧盯视住这扑灯蛾的美丽的尸身,嘴里却不能自禁地说:"可怜得很!我们把它去向天井里埋葬了吧!"

点了灯笼,用银针向黑泥松处掘了一个圆穴,把这美丽的尸身埋葬完时,天风加紧了起来,似乎要下大雨的样子。

闩上门户,上床躺下之后,一阵风来,接着如乱石似的雨点,便打上了屋檐。

一面听着雨声,一面我自语似的对她说:"霞!明天是该凉快了,我想到上海去看病去。"

一九二八年八月作

南行杂记

一

上船的第二日,海里起了风浪,饭也不能吃,僵卧在舱里,自家倒得了一个反省的机会。

这时候,大约船在舟山岛外的海洋里,窗外又凄其地下雨了。半年来的变化,病状,绝望,和一个女人的不名誉的纠葛,母亲的不了解我的恶骂,在上海的几个月的游荡。一幕一幕的过去的痕迹,很杂乱地尽在眼前交错。

上船前的几天,虽则是心里很牢落,然而实际上仍是一件事情也没有干妥。闲下来在船舱里这么地一想,竟想起了许多琐杂的事情来:

"那一笔钱,不晓几时才拿得出来?"

"分配的方法,不晓有没有对C君说清?"

"一包火腿和茶叶,不知究竟要什么时候才能送到北京?"

"啊！一封信又忘了！忘了！"

像这样地乱想了一阵，不知不觉，又昏昏地睡去，一直到了午后的三点多钟。在半醒半觉的昏睡余波里沉浸了一回，听见同舱的K和W在说话，并且话题逼近到自家的身上来了：

"D不晓得怎么样？"K的问话。

"叫他一声吧！"W答。

"喂，D！醒了吧？"K又放大了声音，向我叫。

"呜呜……呜……醒了，什么时候了？"

"舱里空气不好，我们上'突克'去换一换空气吧！"

K的提议，大家赞成了，自家也忙忙地起了床。风停了，雨也已经休止，"突克"上散坐着几个船客。海面的天空，有许多灰色的黑云在那里低回。一阵一阵的大风渣沫，还时时吹上面来。湿空气里，只听见那几位同船者的杂话声。因为是粤音，所以辨不出什么话来，而实际上我也没有听取人家的说话的意思和准备。

三人在铁栏杆上靠了一会，K和W在笑谈什么话，我只呆呆地凝视着黯淡的海和天，动也不愿意动，话也不愿意说。

正在这一个失神的当儿，背后忽儿听见了一种清脆的女人的声音。回头来一看，却是昨天上船的时候看见过一眼的那个广东姑娘。她大约只有十七八岁年纪，衣服的材料虽则十分素朴，然而剪裁的式样，却很时髦。她的微突的两只近视眼，狭长的脸子，曲而且小且薄的嘴唇，梳的一条垂及腰际的辫发，不高不大的身材，并不白洁的皮肤，以及一举一动的姿势，简直和北京的银弟一样。昨天早晨，在匆忙杂乱的中间，看见了一眼，已经觉得奇怪了，今天在这一个短距离里，又深深地视察了一番，更觉得她和银弟的中间，确有一道相通的气质。在两三年前，或者又要弄出许多把戏来搅扰这一位可怜的姑娘的心意；但当精力消疲的此刻，竟和大病的人看见了丰美的盛馔一样，心里只起了一种怨恨，并不想有什么动作。

她手里抱着一个周岁内外的小孩，这小孩尽在吵着，仿佛要她抱上什么地方去的样子。她想想没法，也只好走近了我们的近边，把海浪指给那小孩看。我很自然地和她说了两句话，把小孩的一只肥手捏了一回。小孩还是吵着不已，她又只好把他抱回舱里去。我因为感着了微寒，也不愿意在"突克"上久立，过了几分钟，就匆匆地跑回了船室。

吃完了较早的晚饭，和大家谈了些杂天，电灯上火的时候，窗外又凄凄地起了风雨。大家睡熟了，我因为白天三四个钟头的甜睡，这时候竟合不拢眼来。拿出了一本小说来读，读不上几行，又觉得毫无趣味。丢了书，直躺在被里，想来想去想了半天，觉得在这一个时候对于自家的情味最投合的，还是因那个广东女子而惹起的银弟的回忆。

计算起来，在北京的三年乱杂的生活里，比较的有一点前后的脉络，比较的值得回忆的，还是和银弟的一段恶姻缘。

人生是什么？恋爱又是什么？年纪已经到了三十，相貌又奇丑，毅力也不足，名誉、金钱都说不上的这一个可怜的生物，有谁来和你讲恋爱？在这一种绝望的状态里，醉闷的中间，真想不到会遇着这一个一样飘零的银弟！

我曾经对什么人都声明过："银弟并不美。也没有什么特别可爱的地方。"若硬要说出一点好处来,那只有她的娇小的年纪和她的尚不十分腐化的童心。

酒后的一次访问,竟种下了恶根,在前年的岁暮,前后两三个月里,弄得我心力耗尽,一直到此刻还没有恢复过来,全身只剩了一层瘦黄的薄皮包着的一副残骨。

这当然说不上是什么恋爱,然而和平常的人肉买卖,仿佛也有点分别。啊啊,你们若要笑我的蠢,笑我的无聊,也只好由你们笑,实际上银弟的身世是有点可同情的地方在那里。

她父亲是乡下的裁缝,没出息的裁缝,本来是苏州塘口的一个恶少年;因为姘识了她的娘,他们俩就逃到了上海,在浙江路的荣安里开设了一间裁缝摊。当然是一间裁缝摊,并不是铺子。在这苦中带乐的生涯里,银弟生下了地。过了几时,她父亲又在上海拐了一笔钱和一个女子,大小四人就又从上海逃到了北京。拐来的那个女子,后来当然只好去当娼妓,银弟的娘也因为男人的不德,饮上了酒,渐渐地变成了班子里的龟婆。罪恶贯盈,她父亲竟于一天严寒的晚上在雪窠里醉死了。她娘以节蓄下来的四五百块恶钱,包了一个姑娘,勉强维持她的生活。像这样的日子,过了几年,银弟也长大了。在这中间,她的娘自然不能安分守寡,和一个年轻的琴师又结成了夫妇。循环报应,并不是天理,大约是人事当然的结果,前年春天,银弟也从"度嫁"的身份进了一步,去上捐当作了娼女。而我这前世作孽的冤鬼,也同她前后同时地浮荡在北京城里。

第一次去访问之后,她已经把我的名姓记住。第二天晚上十一点前后醉了回家,家里的老妈子就告诉我说:"有一位姓董的，已经打了好几次电话来了。"我当初摸不着头脑，按了老妈子告诉我的号码就打了一个回电。及听到接电话的人说是蘼香馆，我才想起了前一晚的事情，所以并没有叫他去叫银弟讲话，马上就把接话机挂上了。

记得这是前年九十月中的事情，此后天气一天寒似一天，国内的经济界也因为政局的不安一天衰落一天，胡同里车马的稀少，也是当然的结果。这中间我虽则经济并不宽裕，然而东挪西借，一直到年底止，为银弟开销的账目，总结起来，也有几百块钱的样子。在阔人很多的北京城里，这几百块钱，当然算不得什么一回事，可是由相貌不扬、衣饰不富、经验不足的银弟看来，我已经是她的恩客了。此外还有一件事情，说出来是谁也不相信的，使她更加把我当作了一个不是平常的客人看。

一天北风刮得很厉害，寒空里黑云飞满，仿佛就要下雪的日暮，我和几个朋友，在游艺园看完戏之后，上小有天去吃夜饭去。这时候房间和散座，都被人占去了，我们只得在门前小坐，候人家的空位。过了一忽，银弟和一个四十左右的绅士，从里面一间小房间里出来了。当她经过我面前的时候，一位和我去过她那里的朋友，很冒失地叫了她一声，她抬头一看，才注意到我的身上，窑子在游戏场同时遇见两个客人本来是常有的事情，但她仿佛是很难为情地丢下了那个客人来和我招呼。我一点也不变脸色，仍复是平平和和地对她说了几句话，叫她快些出去，免得那个客人要起疑心。她起初还以为我在吃醋，后来看出了我的真心，才很快活地走了。

好容易等到了一间空屋，又因为和银弟讲了几句话的结果，被人家先占了去,我们等了二十几分钟,才得了一间空座进去坐了。吃菜吃到第二碗,伙计在外边嚷,说有电话,要请一位姓×的先生说话。我起初还不很注意,后来听伙计叫的的确是和我一样的姓,心里想或者是家里打来的,因为他们知道我在游艺园,而小有天又是我常去吃晚饭的地方。猫猫虎虎到电话口去一听,就听出了银弟的声音。她要我马上去她那里,她说刚才那个客人本来要请她听戏,但她拒绝了。我本来是不想去的,但吃完晚饭,出游艺园的时候,时间还早,朋友们不愿意就此分散,大家你一句我一句,就决定要我上银弟那里去问她的罪。

在她房里坐了一个多钟头,接着又打了四圈牌,吃完了酒,想马上回家,而银弟和同去的朋友,都要我在那里留宿。他们出去之后,并且把房门带上,在外面上了锁。

那时候已经是一点多钟了,妓院里特有的那一种艳乱的杂音,早已停歇,窗外的风声,倒反而加起劲来。银弟拉我到火炉旁边去坐下,问我何以不愿意在她那里宿。我只是对她笑笑,吸着烟,不和她说话。她呆了一会,就把头搁在我的肩上,哭了起来。妓女的眼泪,本来是不值钱的,尤其是那时候我和她的交情并不深,自从头一次访问之后,拢总还不过去了三四次,所以我看了她这一种样子,心里倒觉得很不快活,以为她在那里用手段。哭了半天,我只好抱她上床,和她横靠在叠好的被条上面。她止住眼泪之后,又沉默了好久,才慢慢地举起头来说:"耐格人啊,真姆拨良心!……"

又停了几分钟,感伤的话,一齐地发出来了:"平常日甲末,耐总勿肯来,来仔末,总设两句鬼话啦,就跑脱哉。打电话末,总叫老妈子回复,设'勿拉屋里!',真朝碰着仔,要耐来拉给搭,耐回想跑回起。叫人家格面子阿过得起?……数数看,像哦给当人,实在勿配做耐格朋友……"

说到了这里,她又重新哭了起来,我的心也被她哭软了。拿出手帕来替她擦干了眼泪,我不由自主地吻了她好半天。换了衣服,洗了身,和她在被里睡好,桌上的摆钟,正敲了四下。这时候她的余哀未去,我也很起了一种悲感,所以两人虽抱在一起,心里却并没有失掉互相尊敬的心思。第二天一直睡到午前的十点钟起来,两人间也不曾有一点猥亵的行为。起床之后,洗完脸,要去叫早点心的时候,她问我吃荤的呢还是吃素的,我对她笑了一笑,她才跑过来捏了我一把,轻轻地骂我说:"耐拉取笑娥呢,回是勒拉取笑耐自家?"

我也轻轻地回答她说:"我益格沫事,已经割脱着!"

这一晚的事情,说出来大家总不肯相信,但从此之后,她对我的感情,的确是剧变了。因此我也更加觉得她的可怜,所以自那时候起到年底止的两三个月中间,我竟为她付了几百块钱的账。当她身子不净的时候,也接连在她那里留了好几夜宿。

去年正月,因为一位朋友要我去帮他的忙,不得不在兵荒缭乱之际,离开北京,西车站的她的一场大哭,又给了我一个很深的印象。

躺在船舱里的棉被上,把银弟和我中间的一场一场的悲喜剧,回想起来之后,神经愈觉得兴奋,愈是睡不着了。不得已只好起来,拿了烟罐火柴,想上食堂去吸烟去。跳下了床,开门出来,在门外的通路上,却巧又遇见了那位很像银弟的广东姑娘。

我因为正在回忆之后，突然见了她的形象，照耀在电灯光里，心里忽而起了一种奇妙的感觉，竟瞪了两眼，呆呆地站住了。她看了我的奇怪的样子，也好像很诧异似的站住了脚。这时候幸亏同船者都已睡尽，没有人看见，而我也于一分钟之内，回复了意识，便不慌不忙地走过她的身边，对她问了一声："还没有睡么？"就上食堂去吸烟去。

二

从上海出发之后第四天的早晨，听说是已经过了汕头，也许今天晚上可以进虎门的。船客的脸上，都现出一种希望的表情来，天也放晴，"突克"上的人声也嘈杂起来了。

这一次的航海，总算还好，风浪不十分大，路上也没有遇着强盗，而今天所走的地方，已经是安全地带了。在"突克"的左旁，一位广东的老商人，一边拿了望远镜在望海边的岛屿，一边很努力地用了普通话对我说了一段话。

太阳忽隐忽现，海风还是微微地拂上面来，我们究竟向南走了几千里路，原是谁也说不清楚，可是纬度的变迁的证明，从我们的换了夹衣之后，还觉得闷热的事实上找得出来，所以我也不知不觉地对那老商人说："老先生，我们已经接触了南国的风光了！"

吃了早午饭，又在"突克"上和那老商人站立了一回，看看远处的岛屿海岸，也没有什么不同的变化，我就回到了舱里去享受午睡。大约是几天来运动不足、消化不良的缘故，头一搁上枕，就做了许多乱梦。梦见了去年在北京德国病院里死的一位朋友，梦见了两月前头，在故乡和我要好的那个女人，又梦见了几回哥哥和我吵闹的情形，最后又梦见我自家在一家酒店门口发怔，因为这酒家柜上，一盘一盘陈列着在卖的尽是煮熟了的人头和人的上半身。

午后三点多钟，睡醒之后，又上"突克"去看了一次，四面的景色，还是和午前一样，问问同伴，说要明天午后，才得到广州。幸而这时候那广东姑娘出来了，和她不即不离地说了几句极普通的话，觉得旅愁又减少了一点。这一晚和前几晚一样，看了几页小说，吸了几支烟，想了些前后错杂的事情，就不知不觉地睡着了。

船到虎门外，等领港的到来，慢慢地驶进珠江，是在开船后第五天的午后三点多钟，天空黯淡，细雨丝丝在下，四面的小岛，远近的渔村，水边的绿树，使一般船客都中心不定地跑来跑去在"突克"和舱室的中间行走，南方的风物，煞是离奇，煞是可爱！

若在北方，这时候只是一片黄沙瘠土，空林里总认不出一串青枝绿叶来，而这南乡的二月，水边山上，苍翠欲滴的树叶，不消再说，江岸附近的水田里，仿佛是已经在忙分秧稻的样子。珠江江口，汊港又多，小岛更夥，望南望北，看得出来的，不是嫩绿浓荫的高树，便是方圆整洁的农园。树荫下有依水傍山的瓦屋，园场里排列着荔枝龙眼的长行，中间且有粗枝大干、红似相思的木棉花树，这是梦境呢还是实际？我在船头上竟看得发呆了。

"美啊！这不是和日本长崎口外的风景一样么？"同舱的 K 叫着说。

"美啊！这简直是江南五月的清和景！"同舱的 W 亦受了感动。

"可惜今天的天气不好，把这一幅好景致染上了忧郁的色彩。"我也附和他们说。

船慢慢地进了珠江，两岸的水乡人家的春联和门楣上的横额，都看得清清楚楚。前面老远，在空蒙的烟雨里，有两座小小的宝塔看见了。

"那是广州城！"

"那是黄埔！"

像这样的惊喜的叫唤，时时可以听见，而细雨还是不止，天色竟阴阴地晚了。

吃过晚饭，再走出舱来的时候，四面已经是夜景了。远近的湾港里，时有几盏明灭的渔灯看得出来，岸上人家的墙壁，还依稀可以辨认。广州城的灯火，看得很清，可是问问船员，说到白鹅潭还有二十多里。立在黄昏的细雨里，尽把脖子伸长，向黑暗中瞭望，也没有什么意思，又想回到食堂里去吸烟，但 W 和 K 却不愿意离开"突克"。

不知经过了几久，轮船的轮机声停止了。"突克"上充满了压人的寂静，几个喜欢说话的人，又受了这寂静的威胁，不敢作声，忽而船停住了，跑来跑去有几个水手呼唤的声音。轮船下舢板中的男女的声音，也听得出来了，四面的灯火人家，也增加了数目。舱里的茶房，不知道什么时候出来的，这时候也站在我们的身旁，对我们说："船已经到了，你们还是回舱去照料东西吧！广东地方可不是好地方。"

我们问他可不可以上岸去，他说晚上雇舢板危险，还不如明天早上上去的好，这一晚总算到了广州，而仍在船上宿了一宵。

在白鹅潭的一宿，也算是这次南行的一个纪念，总算又和那广东姑娘同在一只船上多睡了一晚。第二天早晨，天一亮，不及和那姑娘话别，我们就雇了小艇，冒雨冲上岸来了。

十五年①四月二十日

---

① 1926年。

归 航

微寒刺骨的初冬晚上,若在清冷同中世似的故乡小市镇中,吃了晚饭,于未敲二更之先,便与家中的老幼上了楼,将你的身体躺入温暖的被里,呆呆地隔着帐子,注视着你的低小的木桌上的灯光,你必要因听了窗外冷清的街上过路人的歌音和足声而泪落。你因了这灰暗的街上的行人,必要追想到你孩提时候的景象上去。这微寒静寂的晚间的空气,这幽闲落寞的夜行者的哀歌,与你儿童时代所经历的一样,但是睡在楼上薄棉被里,听这哀歌的人的变化却如何了?一想到这里谁能不生起伤感的情来呢?——但是我此言,是为像我一样的无能力的将近中年的人而说的——

我在日本的郊外夕阳晼晚的山野田间散步的时候,也忽而起了一种同这情怀相像的怀乡的悲感,看看几个日夕谈心的朋友,一个一个地减少下去的时候,我也想把我的迷游生活(wandering life)结束了。

十年久住的这海东的岛国，把我那同玫瑰露似的青春消磨了的这异乡的天地，我虽受了她的凌辱不少，我虽不愿第二次再使她来吻我的脚底，但是因为这厌恶的情太深了，到了将离的时候，我倒反而生起一种不忍与她诀别的心来。啊啊，这柔情一脉，便是千古的伤心种子，人生的悲剧，可能是发芽在此地的么？

我于未去日本之先，我的高等学校时代的生活背景，也想再去探看一回。我于永久离开这强暴的小国之先，我的迭次失败了的浪漫史的血迹，也想再去揩拭一回。

"轻薄淫荡的异性者呀，你们用了种种柔术想把来弄杀了的他，现在已经化作了仙人，想回到他的须弥故国去了。请你们尽在这里试用你们的手段吧，他将要骑了白鹤，回到他的母亲怀里去了。他回去之后，定将拥挟了霓裳仙子，舞几夜通宵的歌舞，他是再也不来向你们乞怜的了。"

我也想用了微笑，代替了这一段言语，向那些愚弄过我的妇人，告个长别，用以泄泄我的一段幽恨。为了这种种琐碎的原因，我的回国日期竟一天一天地延长了许多的时日。

从家里寄来的款也到了，几个留在东京过夏的朋友为我饯行的席也设了，想去的地方，也差不多去过了，几册爱读的书也买好了，但是要上船的第一天（七月的十五）我又忽而跑上日本邮船公司去，把我的船票改迟了一班，我虽知道在黄海的这面有几个——我只说几个——与我意气相合的朋友在那里等我，但是我这莫名其妙的离情，我这像将死时一样的哀感，究竟叫我如何处置呢？我到七月十九的晚上，喝醉了酒，才上了东京的火车，上神户去乘翌日出发的归舟。

二十的早晨从车上走下来的时候,赤色的太阳光线已经将神户市的一大半房屋烧热了。神户市的附近,须磨是风光明媚的海滨村,是三伏中地上避暑的快乐园,当前年须磨寺大祭的晚上,是我与一个不相识的妇人共宿过的地方。依我目下的情怀说来,是不得不再去留一宵宿、叹几声别的,但是回故国的轮船将于午前十点钟开行,我只能在海上与她遥别了。

"妇人呀妇人,但愿你健在,但愿你荣华,我今天是不能来看你了。再会——不……不……永别了……"

须磨的西边是明石,紫式部的同画卷似的文章,蓝苍的海浪,洁白的沙滨,参差雅淡的别庄,别庄内的美人,美人的幽梦……

"明石呀明石!我只能在游仙枕上,远梦到你的青松影里,再来和你的儿女谈多情的韵事了。"

八点半钟上了船,照管行李,整理舱位,足足忙了两个钟头;船的前后铁索响的时候,铜锣报知将开船的时候,我的十年中积下来的对日本的愤恨与悲哀,不由得化作了数行冰冷的清泪,把海湾一带的风景,染成了模糊像梦里的江山。

"啊啊,日本呀!世界一等强国的日本呀!国民比我们矮小,野心比我们强烈的日本呀!我去之后,你的海岸大约依旧是风光明媚,你的儿女大约依旧是荒淫无忌地过去的。天色的苍茫,海洋的浩荡,大约总不至因我之去而稍生变更的。我的同胞的青年,大约仍旧要上你这里来,继续了我的运命,受你的欺辱的。但是我的青春,我的在你这无情的地上花费了的青春!啊啊,枯死的青春呀,你大约总再也不能回复到我的身上来了吧!"

二十一日的早晨,我还在三等舱里做梦的时候,同舱的鲁君就跳到我的枕边上来说:"到了到了!到门司了!你起来同我们上门司去吧!"

我乘的这只船,是经过门司不经过长崎的,所以门司,便是中途停泊的最后的海港;我的从昨日酝酿成的那种伤感的情怀,听了"门司"两字,又在我的胸中复活了起来。一只手擦着眼睛,一只手捏了牙刷,我就跟了鲁君走出舱来。淡蓝的天色,已经被赤热的太阳光线笼罩了东方半角。平静无波的海上,贯流着一种夏天早晨特有的清新的空气。船的左右岸有几堆同青螺似的小岛,受了朝阳的照耀,映出了一种浓润的绿色。前面去左船舷不远的地方有一条翠绿的横山,山上有两株无线电报的电杆,突出在碧落的背景里;这电杆下就是门司港市了。船又行进了三五十分钟,回到那横山正面的时候,我只见无数的人家,无数的工厂烟囱,无数的船舶和桅杆,纵横错落地浮映在天水中间的太阳光线里,船已经到了门司了。

门司是此次我的脚所践踏的最后的日本土地,上海虽然有日本的居民,天津汉口杭州虽然有日本的租界,但是日本的本土,怕今后与我便无缘分了。因为日本是我所最厌恶的土地,所以今后大约我总不至于再来的。因为我是无产阶级的一介分子,所以将来大约我总不至坐在赴美国的船上,再向神户横滨来泊船的。所以我可以说门司便是此次我的脚所践踏的最后的日本土地了。

我因为想深深地尝一尝这最后的伤感的离情,所以衣服也不换,面也不洗,等船一停下,便一个人跳上了一只来迎德国人的小汽船，跑上岸上去了。小汽船的速力，在海上振动了周围清新的空气，我立在船头上觉得一种微风同妇人的气息似的吹上了我的面来。蓝碧的海面上，被那小汽船冲起了一层波浪，汽船过处，现出了一片银白的浪花，在那里反射着朝日。

在门司海关码头上岸之后，我觉得射在灰白干燥的陆地路上的阳光，几乎要使我头晕；在海上不感得的一种闷人的热气，一步一步地逼上我的面来，我觉得我的鼻上有几颗珍珠似的汗珠滚出来了；我穿过了门司车站的前庭，便走进狭小的锦町街上去。我想永久将去日本之先，不得不买一点什么东西，作作纪念，所以在街上走了一回，我就踏进了一家书店。新刊的杂志有许多陈列在那里，我因为不想买日本诸作家的作品，来培养我的创作能力，所以便走近里面的洋书架去。小泉八云（Lafcadio Hearn）的著作，Modern Library[①]的丛书占了书架的一大部分，我细细地看了一遍，觉得与我这时候的心境最适合的书还是去年新出版的John Paris 的那本 *Kimono*（日本衣服之名）。

我将要离日本了，我在沦亡的故国山中，万一同老人追怀及少年时代的情人一般，有追思到日本的风物的时候，那时候我就可拿出几本描写日本的风俗人情的书来赏玩。这书若是日本人所著，他的描写，必至过于真确，那时候我的追寻远地的梦幻心境，倒反要被那真实粗暴的形象所打破。我在那时候若要在沙上建筑蜃楼，若要从梦里追寻生活，非要读读朦胧奇特、富有异国情调的，那些描写月下的江山、追怀远地的情事的书类不可；从

---

① 美国兰登旗下的知名丛书。

此看来，这 Kimono 便是与这境状最适合的书了，我心里想了一遍，就把 Kimono 买了。从书店出来又在狭小的街上的暑热的太阳光里走了一段，我就忍了热从锦町三丁目走上幸町的通里山的街上去。幸町是三弦酒肉的巢窟，是红粉胭脂的堆栈，今天正好像是大扫除的日子，那些调和性欲、忠诚于她们的天职的妓女，都裸了雪样的洁白、风样的柔嫩的身体，在那里打扫，啊啊，这日本的最美的春景，我今天看后，怕也不能多看了。

我在一家姓安东的妓家门前站了一忽，同饥狼似的饱看了一回烂熟的肉体，便又走下幸町的街路，折回到了港口。路上的灰尘和太阳的光线，逼迫我的身体，致我不得不向咖啡店去休息一场；我在去码头不远的一家下等的酒店坐下的时候，身体也真疲劳极了。

喝了一大瓶啤酒，吃了几碗日本固有的菜，我觉得我的消沉的心里，也生了一点兴致出来，便想尽我所有的金钱，上妓家去瞎闹一场；但拿出表来一看，已经过十二点了，船是午后二点钟就要拔锚的。

我出了酒店，手里拿了一本 Kimono，在街上走了两步，就把游荡的邪心改过，到浴场去洗了一个澡，因以涤尽了十几年来，堆叠在我这微躯上的日本的灰尘与恶土。

上船的时候，已经是午后一点半了。三十分后开船的时候，我和许多去日本的中国人和日本人立在三等舱外甲板上的太阳影里看最后的日本的陆地。门司的人家远去了，工厂的烟囱也看不清楚了，近海岸的无人绿岛也一个一个地少下去了，我正在出神的时候，忽听一等舱的船楼上有清脆的妇人声在那里说话；我抬起头来一看，见有一个年约十八九的中西杂种的少女，立在船楼的栏杆边上，在那里和一个红脸肥胖的下劣西洋人说话。那少女皮肤带着浅黑色，眼睛凹在鼻梁的两边，鼻尖高得很，瞳仁带些微黄，但仍是黑色；头发用烙铁烫过，有一圈珍珠，戴在蓬蓬的发下。她穿的是黄白薄绸的一件西洋的夏天女服，双袖短得很，她若把手与肩胛平张起来，你从袖口能看得出她腋下的黑影，和胸前的乳头来。她的颈项下的前后又裸着两块可爱的黄黑色的肥肉。下面穿的是一条短短的围裙，她的瘦长的两条脚露出在鱼白的湖绉裙下。从玄色的丝袜里蒸发出来的她的下体的香味，我好像也闻得出来的样子。看看她那微笑的短短的面貌，和一排洁白的牙齿，我恨不得拿出一把手枪来，把那同禽兽似的西洋人击杀了。

"年轻的少女呀，我的半同胞呀！你母亲已经为他们异类的禽兽玷污了，你切不可再与他们接近才好呢！我并不想你，我并不在这里贪你的姿色；但是，但是像你这样的美人，万一被他们同野兽一样的西洋人蹂躏了去，叫我如何能堪呢！你那柔软黄黑的肉体被那肥胖和雄猪似的洋人压着的光景，我便在想象的时候，也觉得眼睛里要喷出火来。少女呀少女！我并不要你爱我，我并不要你和我同梦。我只求你别把你的身体送给异类的外人去享乐就对了。我们中国也有美男子，我们中国也有同黑人一样强壮的伟男子，我们中国也有几千万几万万家财的富翁，你何必要接近外国人呢！啊啊，中国可亡，但是中国的女子是不可被他们外国人强奸去的。少女呀少女！你听了我的这哀愿吧！"

我的眼睛呆呆地在那里看守她那颧骨微突嘴巴狭小的面貌，

我的心里同跪在圣女玛丽亚像前面的旧教徒一样，尽在那里念这些祈祷。感伤的情怀，一时征服了我的全体，我觉得眼睛里酸热起来，她的面貌，就好像有一层 veil① 罩着的样子，也渐渐地朦胧起来了。

海上的景物也变了。近处的小岛完全失去了影子，空旷的海面上，映着了夕照，远远里浮出了几处同眉黛似的青山；我在甲板上立得不耐烦起来，就一声也不响，低了头，回到了舱里。

太阳在西方海面上沉没了下去，灰黑的夜阴从大海的四角里聚集了拢来，我吃完了晚饭，仍复回到甲板上来，立在那少女立过的楼底直下。我仰起头来看看她立过的地方，心里就觉得悲哀起来，前次的纯洁的心情，早已不复在了，我心里只暗暗地想："我的头上那一块板，就是她曾经立过的地方。啊啊，要是她能爱我，就叫我用无论什么方法去使她快乐，我也愿意的。啊啊，所罗门当日的荣华，比到纯洁的少女的爱情，只值得什么？事也不难，她立在我头上板上的时候，我只需用一点奇术，把我的头一寸一寸地伸长起来，钻过船板去就对了。"

想到了这里，我倒感着了一种滑稽的快感；但看看船外灰黑的夜阴，我觉得我的心境也同白日的光明一样，一点一点被黑暗腐蚀了。

我今后的黑暗的前程，也想起来了。我的先辈回国之后，受了故国社会的虐待、投海自尽的一段哀史，也想起来了。

"我在那无情的岛国上，受了十几年的苦，若回到故国之

---

① 英文：面纱。

后,仍不得不受社会的虐待,叫我如何是好呢!日本的少女轻侮我,欺骗我时,我还可以说'我是为人在客',若故国的少女,也同日本妇人一样地欺辱我的时候,我更有什么话说呢!你看那euroasian(黄白杂色人)不是已在那里轻侮我了么?她不是已经不承认我的存在了么?唉,唉,唉,唉,我错了,我错了。我是不该回国来的。一样地被人虐待,与其受故国同胞的欺辱,倒还不如受他国人的欺辱更好自家宽慰些。"

我走近船舷,向后面我所别来的国土一看,只见得一条黑线,隐隐地浮在东方的苍茫夜色里。我心里只叫着说:"日本呀日本,我去了。我死了也不再回到你这里来了。但是,但是我受了故国社会的压迫,不得不自杀的时候,最后浮上我的脑子里来的,怕就是你这岛国哩!Avé Japon!我的前途正黑暗得很呀!"

一九二二年七月二十六日上海

小春天气

一

　　与笔砚疏远以后,好像是经过了不少日数的样子。我近来对于时间的观念,一点儿也没有了。总之案头堆着的从南边来的两三封问我何以老不写信的家信,可以做我久疏笔砚的明证。所以从头计算起来,大约从我发表的最后的一篇整个儿的文字到现在,总已有一年以上,而自我的右手五指,抛离纸笔以来,至少也得有两三个月的光景。以天地之悠悠,而来较量这一年或三个月的时间,大约总不过似骆驼身上的半截毫毛;但是由先天不足,后天亏损——这是我们中国医生常说的话,我这样地用在这里,请大家不要笑话我——的我说来,渺焉一身,寄住在这北风凉冷的皇城人海中间,受尽了种种欺凌侮辱,竟能安然无事地经过这么长的一段时间,却是一种摩西以后的最大奇迹。

　　回想起来这一年的岁月,实在是悠长得很呀!绵绵钟鼓初长的秋夜，我当众人睡尽的中宵，一个人在六尺方的卧房里踏来踏去，想想我的女人，想想我的朋友，想想我的黯淡的前途，曾经熏烧了多少支的短长烟卷？睡不着的时候，我一个人拿了蜡烛幽脚幽手地跑上厨房去烧些风鸡糟鸭来下酒的事情，也不止三次五次。而由现在回顾当时，那时候初到北京后的这种不安焦躁的神情，却只似儿时的一场噩梦，相去好像已经有十几年的样子，你说这一年的岁月对我是长也不长？

这分外地觉得岁月悠长的事情，不仅是意识上的问题，实际上这一年来我的肉体精神两方面都印上了这人家以为很短而在我却是很长的时间的烙印。去年十月在黄浦江头送我上船的几位可怜的朋友，若在今年此刻，和我相遇于途中，大约他们看见了我，总只是轻轻地送我一瞥，必定会仍复不改常态地向前走去。(虽则我的心里在私心默祷，使我遇见了他们，不要也不认识他们！)

这一年的中间，我的衰老的气象，实在是太急速地侵袭到了，急速地，真真是很急速地。"白发三千丈"一流的夸张的比喻，我们暂且不去用它，就减之又减地打一个折扣来说吧，我在这一年中间，至少也的的确确地长了十岁年纪。牙齿也掉了，记忆力也消退了，对镜子剃削胡髭的早晨，每天都要很惊异地往后看一看，以为镜子里反映出来的，是别一个站在我后面的没有到四十岁的半老人。腰间的皮带，尽是一个窟窿一个窟窿地往里缩，后来现成的孔儿不够，却不得不重用钻子来新开，现在已经开到第二个了。最使我伤心的是当人家欺凌我侮辱我的时节，往日很容易起来的那一种愤激之情，现在怎么也鼓励不起来。非但如此，当我觉得受了最大的侮辱的时候，不晓从何处来的一种滑稽的感想，老要使我做会心的微笑。不消说年轻时的种种妄想，早已消磨得干干净净，现在我连自家的女人小孩的生存，和家中老母的健否等问题都想不起来；有时候上街去雇得着车，坐在车上，只想车夫走往向阳的地方去——因为我现在忽而怕起冷来了——慢一点儿走，好使我饱看些街上来往的行人和组成现代的大同世界的形形色色。看倦了，走倦了，跑回家来，只思弄一点美味的东西吃吃，并且一边吃，一边还要想出如何能够使这些美味的东西吃下去不会饱胀的方法来，因为我的牙齿不好，消化不良，美味的东西，老怕不能一天到晚不间断地吃过去。

二

现在我们在这里所享有的，是一年中间最好不过的十月。江北江南，正是小春的时候。况且世界又是大同，东洋车、牛车、马车上，一闪一闪在微风里飘荡的，都是些除五色旗外的世界各国的旗子。天色苍苍，又高又远，不但我们大家酣歌笑舞的声音，达不到天听，就是我们的哀号狂泣，也和耶和华的耳朵，隔着蓬山几千万叠。生逢这样的太平盛世，侬理我也应该向长安的落日，遥进一杯祝颂南山的寿酒，但不晓怎么的，我自昨天以来，明镜似的心里，又忽而起了一层翳障。

仰起头来看看青天，空气澄清得怖人；各处散射在那里的阳光，又好像要对我说一句什么可怕的话，但是因为爱我怜我的缘故，不敢马上说出来的样子。脚底下铺着扫不尽的落叶，忽而索落索落地响了一声，待我低下头来向发出声音来的地方望去，又看不出什么动静来了，这大约是我们庭后的那一棵大槐树，又摆脱了一叶负担了吧。正是午前十点钟的光景，家里的人，都出去了，我因为孤伶仃一个人在屋里坐不住，所以才踱到院子里来的，然而在院子里站了一忽，也觉得没有什么意思，昨晚来的那一点小小的忧郁，仍复笼罩在我的心上。

当半年前，每天只是忧郁的连续的时候，倒反而有一种余裕来享乐这一种忧郁，现在连快乐也享受不了的我的脆弱的身心，忽而沾染了这一层虽则是很淡很淡，但也好像是很深的隐忧，只觉得坐立都是不安。没有方法，我就把香烟连续地吸了好几支。

是神明的摄理呢，还是我的星命的佳会？正在这无可奈何的时候，门铃儿响了。小朋友 G 君，背了水彩画具架进来说："达夫，我想去郊外写生，你也同我去郊外走走吧！"

G 君年纪不满二十，是一位很活泼的青年画家，因为我也很喜欢看画，所以他老上我这里来和我讲些关于作画的事情。据他说："今天天气太好，坐在家里，太对大自然不起，还是出去走走的好。"我换了衣服，一边和他走出门来，一边告诉门房"中饭不来吃，叫大家不要等我"的时候，心里所感得的喜悦，怎么也形容不出来。

三

本来是没有一定目的地的我们，到了路上，自然而然地走向西去，出了平则门。阳光不问城内城外，一例地很丰富地洒在那里。城门附近的小摊儿上,在那里摊开花生米的小贩,大约是因为他穿着的那件宽大的夹袄的原因吧,觉得也反映着一味秋气。茶馆里的茶客,和路上来往的行人,在这样和煦的太阳光里,面上总脱不了一副贫陋的颜色;我看看这些人的样子,心里又有点不舒服起来了,所以就叫 G 君避开城外的大街沿城折往北去。夏天常来的这城下长堤上,今天来往的大车特别的少。道旁的杨柳,颜色也变了,影子也疏了。城河里的浅水,依旧映着晴空,反射着日光,实际上和夏天并没有什么区别,但我觉得总有一种寂寥的感觉,浮在水面。抬头看看对岸,远近一排半凋的林木,纵横交错地列在空中。大地的颜色,也不似夏日的葱茏,地上的浅草都已枯尽,带起浅黄色来了。法国教堂的屋顶,也好像失了势力似的,在半凋的树林中孤立在那里。与夏天一样的,只有一排西山连亘的峰峦。大约是今天空气格外澄鲜的缘故吧,这排明褐色的屏障,觉得是近得多了,的确比平时近得多了。此外弥漫在空际的,只有明蓝澄洁的空气,悠久广大的天空和饱满的阳光、和暖的阳光。隔岸堤上,忽而走出了两个着灰色制服的兵来。他们拖了两个斜短的影子,默默地在向南的行走。我见了他们想起了前几天平则门外的抢劫的事情,所以就对 G 君说:"我看这里太辽阔,取不下景来,我们还是进城去吧!上小馆子去吃了午饭再说。"

G 君踏来踏去地看了一会,对我笑着说:"近来不晓怎么的,有一种莫名其妙的神秘的灵感,常常闪现在我的脑里。今天是不成了,没有带颜料和油画的家伙来。"

他说着用手向远处教堂一指,同时又接着说:"几时我想画画教堂里的宗教画看。"

"那好得很啊!"

猫猫虎虎地这样回答了一句,我就转换方向,慢慢地走回到城里来了。落后了几步,他也背着画具,慢慢地跟我走来。

四

喝了两斤黄酒,吃得满满的一腹。我和G君坐在洋车上,被拉往陶然亭去的时候,太阳已经打斜了。本来是有点醉意,又被午后的阳光一烘,我坐在车上,眼睛觉得渐渐地朦胧起来。洋车走尽了粉房琉璃街,过了几处高低不平的新开地,交入南下洼旷野的时候,我向右边一望,只见几列鳞鳞的屋瓦,半隐半现地在西边一带的疏林里跳跃。天色依旧是苍苍无底,旷野里的杂粮,也已割尽,四面望去,只是洪水似的午后的阳光,和远远躺在阳光里的矮小的坛殿城池。我张了一张睡眼,向周围望了一圈,忽笑向G君说:"'秋气满天地,胡为君远行',这两句唐诗真有意思,要是今天是你去法国的日子,我在这里饯你的行,那么再比这两句诗适当的句子怕是没有了,哈哈……"

只喝了半小杯酒,脸上已涨得潮红的G君也笑着对我说:"唐诗不是这样的两句,你记错了吧!"

两人在车上笑说着,洋车已经走入了陶然亭近旁的芦花丛里,一片灰白的毫芒,无风也自己在那里作浪。西边天际有几点青山隐隐,好像在那里笑着对我们点头。下车的时候,我觉得支持不住了,就对G君说:"我想上陶然亭去睡一觉,你在这里画吧!现在总不过两点多钟,我睡醒了再来找你。"

五

陶然亭的听差来摇我醒来的时候,西窗上已经射满了红色的残阳。我洗了手脸,喝了二碗清茶,从东面的台阶上下来,看见陶然亭的黑影,已经越过了东边的道路,遮满了一大块道路东面的芦花水地。往北走去,只见前后左右,尽是茫茫一片的白色芦花。西北抱冰堂一角,扩张着阴影,西侧面的高处,满挂了夕阳最后的余光,在那里催促农民的息作。穿过了香冢鹦鹉冢的土堆的东面,在一条浅水和墓地的中间,我远远认出了G君的侧面朝着斜阳的影子。从芦花铺满的野路上将走近G君背后的时候,我忽而气也吐不出来,向西地瞪目呆住了。这样伟大的、这样迷人的落日的远景,我却从来没有看见过。太阳离山,大约不过盈尺的光景,点点的遥山,淡得比春初的嫩草,还要虚无缥缈。监狱里的一架高亭,突出在许多有谐调的树林的枝干高头。芦根的浅水,满浮着芦花的绒穗,也不像积绒,也不像银河。芦萍开处,忽映出一道细狭而金赤的阳光,高冲牛斗。同是在这返光里飞堕的几簇芦绒,半边是红,半边是白。我向西呆看了几分钟,又回头向东北三面环眺了几分钟,忽而把什么都忘掉了,连我自家的身体都忘掉了。

上前走了几步,在灰暗中我看见G君的两手,正在忙动。我叫了一声,G君头也不朝转来,很急促地对我说:"你来,你来,来看我的杰作!"

我走近前去一看,他画架上,悬在那里,正在上色的,并不是夕阳,也不是芦花,画的中间,向右斜曲的,却是一条颜色很沉滞的大道。道旁是一处阴森的墓地,墓地的背后,有许多灰黑凋残的古木横叉在空间。枯木林中,半弯下弦的残月,刚升起来,冰冷的月光,模糊隐约地照出了一只停在墓地树枝上的猫头鹰的半身。颜色虽则还没有上全,然而一道逼人的冷气,却从这幅未完的画面直向观者的脸上喷来。我蹙紧了眉峰,对这画面静看了几分钟,抬起头来正想说话的时候,觉得太阳已经完全下山了,四面的薄暮的光景也比一刻前促迫了。尤其是使我惊恐的,是我抬起头来的时候,在我们的西北的墓地里,也有一个很淡很淡的黑影,动了一动。我默默地停了一会,惊心定后,再朝转头来看东边天上的时候,却见了一痕初五、六的新月,悬挂在空中。又停了一会,把惊恐之心,按捺了下去,我才慢慢地对G君说:"这张小画,的确是你的杰作,未完的杰作。太晚了,快快起来,我们走吧!我觉得冷得很。"我话没有讲完,又对他那张画看了一眼,打了一个冷痉,忽而觉得毛发都竦竖了起来;同时自昨天来在我胸中盘踞着的那种莫名其妙的忧郁,又笼罩上我的心来了。

G君含了满足的微笑,尽在那里闭了一只眼睛——这是他的脾气——细看他那未完的杰作。我催了他好几次,他才起来收拾画具。我们二人慢慢地走回家来的时候,他也好像倦了,不愿意讲话,我也为那种忧郁所侵袭,不想开口。两人默默地走到灯火荧荧的民房很多的地方,G君方开口问说:"这一张画的题目,我想叫它'残秋的日暮',你说好不好?"

"画上的表现,岂不是半夜的景象么?何以叫'日暮'呢?"

他听了我这句话,又含了神秘的微笑说:"这就是今天早晨我和你谈的神秘的灵感。"

"哟!我画的画,老喜欢依画画时候的情感节季来命题,画面和画题合不合,我是不管的。"

"那么,'残秋的日暮'也觉得太衰飒了,况且现在已经入了十月,十月小阳春,哪里是什么残秋呢?"

"那么我这张画就叫作'小春'吧!"

这时候我们已经走进了一条热闹的横街,两人各雇着洋车、分手回来的时候,上弦的新月,也已起来得很高了。我一个人摇来摇去地被拉回家来,路上经过了许多无人来往的乌黑的僻巷。僻巷的空地道上,纵横倒在那里的,只是些房屋和电杆的黑影。从灯火辉煌的大街,忽而转入这样僻静的地方的时候,谁也会发生一种奇怪的感觉出来,我在这初月微明的天盖下,苍茫四顾,也忽而好像是遇见了什么似的,心里的那一种莫名其妙的忧郁,更深起来了。

(一千九百二十四)十三年旧历十月初七日

零余者

Arm am Beutel, Krank am Herzen,
Schleppt ich meine langen Fage.
Armut ist die groesste Plage,
Reichtum ist das hoechste Gut.

不晓在什么时候什么地方看见过的这几句诗,轻轻地在口头念着,我两脚合了微吟的拍子,又慢慢地在一条城外的大道上走了。

袋里无钱,心头多恨,
这样无聊的日子,叫我挨到何时始尽。
啊啊,贫苦是最大的灾星,
富裕是最上的幸运。

诗的意思，大约不外乎此，实际上人生的一切，我想也尽于此了。"不过令人愁闷的贫苦，何以与我这样地有缘？使人生快乐的富裕，何以总与我绝对地不来接近？"我眼睛呆呆地注视着前面空处，两脚一步一步踏上前去，一面口中虽在微吟，一面于无意中又在做这些牢骚的想头。

是日斜的午后，残冬的日影，大约不久也将收敛光辉了，城外一带的空气，仿佛要凝结拢来的样子。视野中散在那里的灰色的城墙，冰冻的河道，沙土的空地荒田，和几丛枯曲的疏树，都披了淡薄的斜阳，在那里伴人的孤独。一直前面大约在半里多路前的几个行人，因为他们和我中间距离太远了，在我脑里竟不发生什么影响。我觉得他们的几个肉体，和散在道旁的几家泥屋及左面远立着的教会堂，都是一类的东西，散漫零乱，中间没有半点联络，也没有半点生气，当然更没有一些儿的情感了。

"唉嘿，我也不知在这里干什么？"

微吟倦了，我不知不觉便轻轻地长叹了一声。慢慢地走去，脑里的思想，只往昏黑的方面进行；我的头愈俯愈下了。

——实在我的衰退之期，来得太早了……像这样一个人在郊外独步的时候，若我的身子忽而能同一堆春雪遇着热汤似的消化得干干净净，岂不很好么？……回想起来，又觉得我过去二十余年的生涯是很长的样子……我什么事情没有做过？……儿子也生了，女人也有了，书也念了，考也考过好几次了，哭也哭过，笑也笑过，嫖赌吃着，心里发怒，受人欺辱，种种事情，种种行为，我都经验过了，我还有什么事情没有做过？……等一等，让我再想一想看，究竟有没有什么没有经验过的事情了……自家死还没有死过；啊，还有还有，我高声骂人的事情还不曾有过，譬如气得不得了的时候，放大了喉咙，把敌人大骂一场的事情。就是复仇复了的时候的快感，我还没有感得过……啊啊！还有还有，监牢还不曾坐过……唉，但是假使这些事情，都被我经验过了，也有什么？结果还不是一个空么？……嘿嘿，嗯嗯——

到了这里，我的思想的连续又断了。

  袋里无钱，心头多恨，
  这样无聊的日子，叫我挨到何时始尽。
  啊啊，贫苦是最大的灾星，
  富裕是最上的幸运。

  微微地重新念着前诗，我抬起头来一看，觉得太阳好像往西边又落了一段，倒在右手路上的自己的影子，更长起来了。从后面来的几乘人力车，也慢慢地赶过了我。一边让他们的路，一边我听取了坐车的人和车夫在那里谈话的几句断片。他们的话题，好像是关于女人的事情。啊啊，可羡的你们这几个虚无主义者，你们大约是上前边黄土坑去买快乐去的吧，我见了你们，倒恨起我自家没有以前的生趣来了。

  一边想一边往西北地走去，不知不觉已走到了京绥铁路的路线上。从此偏东北地再进几步，经过了白房子的地狱，便可顺了通万牲园的大道进西直门去的。苍凉的暮色，从我的灰黄的周围逼近拢来，那倾斜的赤日，也一步一步地低垂下去了。大好的夕阳，留不多时，我自家以为在冥想里沉没得不久，而四边的急景,却告诉我黄昏将至了。在这荒野里的物体的影子,渐渐地散漫起来。不知从何处吹来的微风,也有些急促的样子,带着一种惨伤的寒意。后面踱踱踱踱地又来了一乘空的运货马车,一个披着光面皮里子的车夫,默默地斜坐在前头车板上吃烟,我忽而感觉得天寒岁暮,好像一个人漂泊在俄国乡下。马车去远了,白房子的门外,有几乘黑旧的人力车停在那里。车夫大约坐在踏脚板上休息,所以看不出他们的影子来。我避过了白房子的地狱,从一块高塏上的地里,打算走上通西直门的大道上去。从这高处向四边一望,见了凋丧零乱排列在灰色幕上的野景,更使我感得了一种日暮的悲哀。

——唉唉,人生实在不知究竟是什么一回事?歌歌哭哭,死死生生⋯⋯世界社会,兄弟朋友,妻子父母,还有恋爱,啊吓,恋爱,恋爱,恋爱⋯⋯还有金钱⋯⋯啊啊⋯⋯

    Armut ist die groesste Plage,
    Reichtum ist das hoechste Gut.

好诗好诗!

    The curfew tolls the knell of parting day,
    The lowing herd winds slowly o'er the log,
    The ploughman homeward plods his weary way,
    And leaves the world to darkness and to me.

好诗好诗！

And leaves the world to darkness and to me.

我的错杂的思想，又这样地弥散开来了。天空高处，寒风呜呜地响了几下，我俯倒了头，尽往东北地走去，天就快黑了。

远远的城外河边，有几点灯火，看得出来，大约紫蓝的天空里，也有几点疏星放起光来了吧？大道上断续地有几乘空马车来往，车轮的踱踱踱踱的声音，好像是空虚的人生的反响，在灰暗寂寞的空气中散了。我遵了大道，以几点灯火做了目标，将走近西直门的时候，模糊隐约的我的脑里，忽而起了一个霹雳。到这时候止，常在脑里起伏的那些毫无系统的思想，都集中在一个中心点上，成了一个霹雳，显现了出来。

"我是一个真正的零余者！"

这就是霹雳的核心，另外的许多思想，不过是些附属在这霹雳上的枝节而已。这样地忽而发现了思想的中心点，以后我就用了科学的方法推想起来：

——我的确是一个零余者，所以对于社会人世是完全没有用的。A superfluous man! A useless man! Superfluous! Super-fluous……证据呢？这是很容易证明的……——

这时候，我的两只脚已经在西直门内的大街上运转。四边来往的人类，究竟比城外混杂得多。天也已经昏黑，道旁的几家破店和小摊，都点上灯了。

——第一……我且从远处说起吧……第一，我对于世界是完全没有用的……我这样生在这里,世界和世界上的人类,也不能受一点益处;反之,我死了,世界社会,也没有一些儿损害,这是千真万真的……第二,且说中国吧!对于这样混乱的中国,我竟不能制造一个炸弹,杀死一个坏人。中国生我养我,有什么用处呢?……再缩小一点,嗳,再缩小一点,第三,第三且说家庭吧!啊,对于我的家庭,我却是个少不得的人了。在外国念书的时候,已故的祖母听见说我有病,就要哭得两眼红肿。就是半男性的母亲,当我有一次醉死在朋友家里的时候,也急得大哭起来。此外我的女人,我的小孩,当然是少我不得的!哈哈,还好还好,我还是个有用之人——

想到了这里,我的思想上又起了一个冲突。前刻发现的那个思想上的霹雳,几乎可以取消的样子,但迟疑了一会,我终究解决不了这个问题的矛盾性。抬起头来一看,我才知道我的身体已被我搬在一条比较热闹的长街上行动。街路两旁的灯火很多,来往的车辆也不少,人声也很嘈杂,已经是真正的黄昏时候了。

——像这样的时候,若我的女人在北京,大约我总不会到市上来飘荡的吧!在灯火底下,抱了自家的儿子,一边吻吻他的小嘴,一边和来往厨下忙碌的她问答几句,踱来踱去,踱去踱来,多少快乐啊!啊啊,我对于我的女人,还是一个有用之人哩!不错不错,前一个疑问,还没有解决,我究竟还是一个有用之人么?——

这时候,我意识里的一切周围的印象,又消失了。我还是伏倒了头,慢慢地在解决我的疑问:

——家庭,家庭……第三,家庭……让我看,哦,啊,我对于家庭还是一个完全无用之人!……丝毫没有功利主义的存心，完全沉溺于盲目之爱的我的祖母，已经死了。母亲呢？……啊啊，我读书学术，到了现在，还不能做出一点轰轰烈烈的事业来，就是这几块钱……——

我那时候两只手却插在大氅的袋内，想到了这里，两只手自然而然地向袋里散放着的几张钞票捏了一捏。

——啊啊，就是这几块钱，还是昨天从母亲那里寄出来的，我对于母亲有什么用处呢？我对于家庭有什么用处呢？我的女人，我不去娶她，总有人会去娶她的；我的小孩，我不生他，也有人会生他的，我完全是一个无用之人吓，我依旧是一个无用之人吓！——

急转直下地想到了这里，我的胸前忽觉得有一块铁板压着似的难过得很。我想放大了喉咙，啊地大叫一声，但是把嘴张了好几次，喉头终放不出音来。没有方法，我只能放大了脚步，向前同跑也似的急进了几步。这样地不知走了几分钟，我看见一乘人力车跑上前来兜我的买卖。我不问皂白，跨上了车就坐定了。车夫问我上什么地方去，我用手向前指指，喉咙只是和被热铁封锁住的一样，一句话也讲不出来。人力车向前面地跑去，我只见许多灯火人类，和许多不能类列的物体，在我的两旁旋转。

"前进！前进！像这样地前进吧！不要休止，不要停下来！"

我心里一边在这样地希望，一边却在恨车夫跑得太慢。

一九二四年正月十五日

第三辑　水样的春愁

第三篇 水的活动

悲剧的出生

——自传之一

"丙申年,庚子月,甲午日,甲子时",这是因为近年来时运不佳,东奔西走,往往断炊,室人于绝望之余,替我去批来的命单上的八字。开口就说年庚,倘被精神异状的有些女作家看见,难免地又是一顿痛骂,说:"你这丑小子,你也想学起张君瑞①来了么?下流,下流!"但我的目的呢,倒并不是在求爱,不过想大书特书地说一声,在光绪二十二年十一月初三的夜半,一出结构并不很好而尚未完成的悲剧出生了。

光绪二十二年(西历一八九六)丙申,是中国正和日本战败后的第三年;朝廷日日在那里下罪己诏,办官书局,修铁路,讲时务,和各国缔订条约。东方的睡狮,受了这当头的一棒,似乎要醒转来了;可是在酣梦的中间,消化不良的内脏,早经发生了腐溃,任你是如何的国手,也有点儿不容易下药的征兆,却久已

---

① 张君瑞:即《莺莺传》及《西厢记》里的人物张生。

流布在上下各地的施设之中。败战后的国民——尤其是初出生的小国民，当然是畸形，是有恐怖狂，是神经质的。

儿时的回忆，谁也在说，是最完美的一章，但我的回忆，却尽是些空洞。第一，我所经验到的最初的感觉，便是饥饿，对于饥饿的恐怖，到现在还在紧逼着我。

生到了末子，大约母体总也已经是亏损到了不堪再育了，乳汁的稀薄，原是当然的事情。而一个小县城里的书香世家，在洪杨①之后，不曾发迹过的一家破落乡绅的家里，雇乳母可真不是一件细事。

四十年前的中国国民经济，比到现在，虽然也并不见得凋敝，但当时的物质享乐，却大家都在压制，压制得比英国清教徒治世的革命时代还要严刻。所以在一家小县城里的中产之家，非但雇乳母是一件不可容许的罪恶，就是一切家事的操作，也要主妇上场，亲自去做的。像这样的一位奶水不足的母亲，而又喂乳不能按时，杂食不加限制，养出来的小孩，哪里能够强健？我还长不到十二个月，就因营养的不良患起肠胃病来了。一病年余，由衰弱而发热，由发热而痉挛；家中上下，竟被一条小生命而累得筋疲力尽；到了我出生后第三年的春夏之交，父亲也因此以病而死；在这里总算是悲剧的序幕结束了，此后便只是孤儿寡妇的正剧的上场。

几日西北风一刮，天上的鳞云，都被吹扫到东海里去了。太阳虽则消失了几分热力，但一碧的长天，却开大了笑口。富春江

---

① 洪杨：即洪秀全、杨秀清领导的太平天国运动。

两岸的乌桕树，槭树，枫树，震脱了许多病叶，显出了更疏匀更红艳的秋社后的浓妆；稻田割起了之后的那一种和平的气象，那一种洁净沉寂、欢欣干燥的农村气象，就是立在县城这面的江上，远远望去，也感觉得出来。那一条流绕在县城东南的大江哩，虽因无潮而杀了水势，比起春夏时候的水量来，要浅到丈把高的高度，但水色却澄清了，澄清得可以照见浮在水面上的鸭嘴的斑纹。从上江开下来的运货船只，这时候特别的多，风帆也格外的饱；狭长的白点，水面上一条，水底下一条，似飞云也似白象，以青红的山、深蓝的天和水做了背景，悠闲地无声地在江面上滑走。水边上在那里看船行，摸鱼虾，采被水冲洗得很光洁的白石，挖泥沙造城池的小孩们，都拖着了小小的影子，在这一个午饭之前的几刻钟里，鼓动他们的四肢，竭尽他们的气力。

离南门码头不远的一块水边大石条上，这时候也坐着一个五六岁的小孩，头上养着了一圈罗汉发，身上穿了青粗布的棉袍子，在太阳里张着眼望江中间来往的帆樯。就在他的前面，在贴近水际的一块青石上，有一位十五六岁像是人家的使婢模样的女子，跪着在那里淘米洗菜。这相貌清瘦的孩子，既不下来和其他的同年辈的小孩们去同玩，也不愿意说话似的只沉默着在看远处。等那女子洗完菜后，站起来要走，她才笑着问了他一声说："你肚皮饿了没有？"他一边在石条上立起，预备着走，一边还在凝视着远处默默地摇了摇头。倒是这女子，看得他有点可怜起来了，就走近去握着了他的小手，弯腰轻轻地向他耳边说："你在惦记着你的娘么？她是明后天就快回来了！"这小孩才回转了头，仰起来向她露了一脸很悲凉很寂寞的苦笑。

这相差十岁左右，看去又像姐弟又像主仆的两个人，慢慢走上了码头，走进了城垛；沿城向西走了一段，便在一条南向大江的小弄里走进去了。他们的住宅，就在这条小弄中的一条支弄里头，是一间旧式三开间的楼房。大门内的大院子里，长着些杂色的花木，也有几只大金鱼缸沿墙摆在那里。时间将近正午了，太阳从院子里晒上了向南的阶檐。这小孩一进大门，就跑步走到了正中的那间厅上，向坐在上面念经的一位五六十岁的老婆婆问说："奶奶，娘就快回来了么？翠花说，不是明天，后天总可以回来的，是真的么？"

老婆婆仍在继续着念经，并不开口说话，只把头点了两点。小孩子似乎是满足了，歪了头向他祖母的扁嘴看了一息，看看这一篇她在念着的经正还没有到一段落，祖母的开口说话，是还有几分钟好等的样子，他就又跑入厨下，去和翠花做伴去了。

午饭吃后，祖母仍在念她的经，翠花在厨下收拾食器；除时有几声洗锅子泼水碗相击的声音传过来外，这座三开间的大楼和大楼外的大院子里，静得同在坟墓里一样。太阳晒满了东面的半个院子，有几匹寒蜂和耐得起冷的蝇子，在花木里微鸣蠢动。靠阶檐的一间南房内，也照进了太阳光，那小孩只静悄悄地在一张铺着被的藤榻上坐着，翻着几本刘永福镇台湾、日本蛮子桦山总督被擒的石印小画本。

等翠花收拾完毕，一盆衣服洗好，想叫了他再一道地上江边去敲濯的时候，他却早在藤榻的被上，和衣睡着了。

这是我所记得的儿时生活。两位哥哥，因为年纪和我差得太远，早就上离家很远的书塾去念书了，所以没有一道玩的可能。

守了数十年寡的祖母,也已将人生看穿了,自我有记忆以来,总只看见她在动着那张没有牙齿的扁嘴念佛念经。自父亲死后,母亲要身兼父职了,入秋以后,老是不在家里;上乡间去收租谷是她,将谷托人去舂成米也是她,雇了船,连柴带米,一道运回城里来也是她。

在我这孤独的童年里,日日和我在一处,有时候也讲些故事给我听,有时候也因我脾气的古怪而和我闹,可是结果终究是非常痛爱我的,却是那一位忠心的使婢翠花。她上我们家里来的时候,年纪正小得很,听母亲说,那时候连她的大小便、吃饭穿衣,都还要大人来侍候她的。父亲死后,两位哥哥要上学去,母亲要带了长工到乡下去料理一切,家中的大小操作,全赖着当时只有十几岁的她一双手。

只有孤儿寡妇的人家,受邻居亲戚们的一点欺凌,是免不了的;凡我们家里的田地被盗卖了,堆在乡下的租谷等被窃去了,或祖坟山的坟树被砍了的时候,母亲去争夺不转来,最后的出气,就只是在父亲像前的一场痛哭。母亲哭了,我是当然也只有哭,而将我抱入怀里、时用柔和的话来慰抚我的翠花,总也要泪流得满面,恨死了那些无赖的亲戚邻居。

我记得有一次,也是将近吃中饭的时候了,母亲不在家,祖母在厅上念佛,我一个人从花坛边的石阶上,站了起来,在看大缸里的金鱼。太阳光漏过了院子里的树叶,一丝一丝地射进了水,照得缸里的水藻与游动的金鱼,和平时完全变了样子。我于惊叹之余,就伸手到了缸里,想将一丝一丝的日光捉起,看它一个痛快。上半身用力过猛,两只脚浮起来了,心里一慌,头部胸部就颠倒浸入到了缸里的水藻之中。我想叫，但叫不出声来，将身体挣扎了半天，以后就没有了知觉。等我从梦里醒转来的时候，已经是晚上了，一睁开眼，我只看见两眼哭得红肿的翠花的脸伏在我的脸上。我叫了一声："翠花！"她带着鼻音，轻轻地问我："你看见我了么？你看得见我了么？要不要水喝？"我只觉得身上头上像有火在烧，叫她快点把盖在那里的棉被掀开。她又轻轻地止住我说："不，不，野猫要来的！"我举目向煤油灯下一看，眼睛里起了花，一个一个的物体黑影，却变了相，真以为是身入了野猫的世界，就哇的一声大哭了起来。祖母、母亲，听见了我的哭声，也赶到房里来了，我只听见母亲吩咐翠花说："你去吃夜饭去，阿官由我来陪他！"

翠花后来嫁给了一位我小学里的先生去做填房，生了儿女，做了主母。现在也已经有了白发，成了寡妇了。前几日，我回家去，看见她刚从乡下挑了一担老玉米之类的土产来我们家里探望我的老母。和她已经有二十几年不见了，她突然看见了我，先笑了一阵，后来就哭了起来。我问她的儿子，就是我的外甥有没有和她一起进城来玩，她一边擦着眼泪，一边还向布裙袋里摸出了一个烤白芋来给我吃。我笑着接过来了，边上的人也大家笑了起来，大约我在她的眼里，总还只是五六岁的一个孤独的孩子。

我的梦，我的青春

——自传之二

不晓得是在哪一本俄国作家的作品里，曾经看到过一段写一个小村落的文字，他说："譬如有许多纸折起来的房子，摆在一段高的地方，被大风一吹，这些房子就歪歪斜斜地飞落到了谷里，紧挤在一道了。"前面有一条富春江绕着、东西北的三面尽是些小山包住的富阳县城，也的确可以借了这一段文字来形容。

虽则是一个行政中心的县城，可是人家不满三千，商店不过百数；一般居民，全不晓得做什么手工业，或其他新式的生产事业，所靠以度日的，有几家自然是祖遗的一点田产，有几家则专以小房子出租，在吃两元三元一月的租金；而大多数的百姓，却还是既无恒产，又无恒业，没有目的，没有计划，只同蟑螂似的在那里出生，死亡，繁殖下去。

这些蟑螂的密集之区，总不外乎两处地方：一处是三个铜子一碗的茶店，一处是六个铜子一碗的小酒馆。他们在那里从早晨坐起，一直可以坐到晚上上排门的时候；讨论柴米油盐的价格，传播东邻西舍的新闻,为了一点不相干的细事,譬如说吧,甲以为李德泰的煤油只卖三个铜子一提,乙以为是五个铜子两提的话,双方就会得争论起来;此外的人,也马上分成甲党或乙党提出证据,互相论辩,弄到后来,也许相打起来,打得头破血流,还不能够解决。

因此,在这么小的一个县城里,茶店酒馆,竟也有五六十家之多;于是大部分的蟑螂,就家里可以不备面盆手巾,桌椅板凳,饭锅碗筷等日常用具,而悠悠地生活过去了。离我们家里不远的大江边上,就有这样的两处蟑螂之窟。

在我们的左面,住有一家砍砍柴,卖卖菜,人家死人或娶亲,去帮帮忙跑跑腿的人家。他们的一族,男女老小的人数很多很多,而住的那一间屋,却只比牛栏马槽大了一点。他们家里的顶小的一位苗裔年纪比我大一岁,名字叫阿千,冬天穿的是同伞似的一堆破絮,夏天,大半身是光光地裸着的;因而皮肤黝黑,臂膀粗大,脸上也像是生落地之后,只洗了一次的样子。他虽只比我大了一岁,但是跟了他们屋里的大人,茶店酒馆日日去上,婚丧的人家,也老在进出;打起架吵起嘴来,尤其勇猛。我每天见他从我们的门口走过,心里老在羡慕,以为他又上茶店酒馆去了,我要到什么时候,才可以同他一样地和大人去夹在一道呢!而他的出去和回来,不管是在清早或深夜,我总没有一次不注意到的,因为他的喉音很大,有时候一边走着,一边在绝叫着和大人谈天,若只他一个人的时候哩,总在啰唆地唱戏。

当一天的工作完了,他跟了他们家里的大人,一道上酒店去的时候,看见我欣羡地立在门口,他原也曾邀约过我;但一则怕母亲要骂,二则胆子终于太小,经不起那些大人的盘问笑说,我总是微笑着摇摇头,就跑进屋里去躲开了,为的是上茶酒店去的诱惑性,实在强不过。

有一天春天的早晨,母亲上父亲的坟头去扫墓去了,祖母也一侵早上了一座远在三四里路外的庙里去念佛。翠花在灶下收拾早餐的碗筷,我只一个人立在门口,看有淡云浮着的青天。忽而阿千唱着戏,背着钩刀和小扁担绳索之类,从他的家里出来,看了我的那种没精打采的神气,他就立了下来和我谈天,并且说:"鹳山后面的盘龙山上,映山红开得多着哩;并且还有乌米饭(是一种小黑果子),彤管子(也是一种刺果),刺莓等等,你跟了我来吧,我可以采一大堆给你。你们奶奶,不也在北面山脚下的真觉寺里念佛么?等我砍好了柴,我就可以送你上寺里去吃饭去。"

阿千本来是我所崇拜的英雄,而这一回又只有他一个人去砍柴,天气那么的好,今天侵早祖母出去念佛的时候,我本是嚷着要同去的,但她因为怕我走不动,就把我留下了。现在一听到了这一个提议,自然是心里急跳了起来,两只脚便也很轻松地跟他出发了,并且还只怕翠花要出来阻挠,跑路跑得比平时只有得快些。出了弄堂,向东沿着江,一口气跑出了县城之后,天地宽广起来了,我的对于这一次冒险的惊惧之心就马上被大自然的威力所压倒。这样问问,那样谈谈,阿千真像是一部小小的自然界的百科大辞典;而到盘龙山脚去的一段野路,便成了我最初学自然科学的模范小课本。

麦已经长得有好几尺高了,麦田里的桑树,也都发出了绒样的叶芽。晴天里舒舒舒的一声飞鸣过去的,是老鹰在觅食;树枝头吱吱喳喳,似在打架又像是在谈天的,大半是麻雀之类;远处的竹林丛里,既有抑扬,又带余韵,在那里歌唱的,才是深山的画眉。

上山的路旁,一拳一拳像小孩子的拳头似的小草,长得很多;拳的左右上下,满长着了些绛黄的绒毛,仿佛是野生的虫类,我起初看了,只在害怕,走路的时候,若遇到一丛,总要绕一个弯,让开它们,但阿千却笑起来了,他说:"这是薇蕨,摘了去,把下面的粗干切了,炒起来吃,味道是很好的哩!"

渐走渐高了,山上的青红杂色,迷乱了我的眼目。日光直射在山坡上,从草木泥土里蒸发出来的一种气息,使我呼吸感到了困难;阿千也走得热起来了,把他的一件破夹袄一脱,丢向了地下。叫我在一块大石上坐下息着,他一个人穿了一件小衫唱着戏去砍柴采野果去了;我回身立在石上,向大江一看,又深深地深深地得到了一种新的惊异。

这世界真大呀!那宽广的水面!那澄碧的天空!那些上下的船只,究竟是从哪里来,上哪里去的呢?

我一个人立在半山的大石上,近看看有一层阳炎在颤动着的绿野桑田,远看看天和水以及淡淡的青山,渐听得阿千的唱戏声音幽下去远下去了,心里就莫名其妙地起了一种渴望与愁思。我要到什么时候才能大起来呢?我要到什么时候才可以到这像在天边似的远处去呢?到了天边,那么我的家呢?我的家里的人呢?同时感到了对远处的遥念与对乡井的离愁,眼角里便自然而然地涌出了热泪。到后来,脑子也昏乱了,眼睛也模糊了,我只呆呆地立在那块大石上的太阳里做幻梦。我梦见有一只揩擦得很洁净的船,船上面张着了一面很大很饱满的白帆,我和祖母、母亲、翠花、阿千等都在船上,吃着东西,唱着戏,顺流下去,到了一处不相识的地方。我又梦见城里的茶店酒馆,都搬上山来了,我和阿千便在这山上的酒馆里大喝大嚷,旁边的许多大人,都在那里惊奇仰视。

这一种接连不断的白日之梦,不知做了多少时候,阿千却背了一捆小小的草柴,和一包刺莓、映山红、乌米饭之类的野果,回到我立在那里的大石边来了;他脱下了小衫,光着了脊肋,那些野果就系包在他的小衫里面的。

他提议说,时间不早了,他还要砍一捆柴,且让我们吃着野果,先从山腰走向后山去吧,因为前山的草柴,已经被人砍完,第二捆不容易采刮拢来了。

慢慢地走到了山后,山下的那个真觉寺的钟鼓声音,早就从春空里传送到了我们的耳边,并且一条青烟,也刚从寺后的厨房里透出了屋顶。向寺里看了一眼,阿千就放下了那捆柴,对我说:"他们在烧中饭了,大约离吃饭的时候也不很远,我还是先送你到寺里去吧!"

我们到了寺里,祖母和许多同伴者的念佛婆婆,都张大了眼睛,惊异了起来。阿千走后,她们就开始问我这一次冒险的经过,我也感到了一种得意,将如何出城,如何和阿千上山采集野果的情形,说得格外的详细。后来坐上桌去吃饭的时候,有一位老婆婆问我:"你大了,打算去做些什么?"我就毫不迟疑地回答她说:"我愿意去砍柴!"

故乡的茶店酒馆,到现在还在风行热闹,而这一位茶店酒馆里的小英雄,初次带我上山去冒险的阿千,却在一年涨大水的时候,喝醉了酒,淹死了。他们的家族,也一个个地死的死,散的散,现在没有生存者了;他们的那一座牛栏似的房屋,已经换过了两三个主人。时间是不饶人的,盛衰起灭也绝对地无常的:阿千之死,同时也带去了我的梦,我的青春!

书塾与学堂

——自传之三

从前我们学英文的时候，中国自己还没有教科书，用的是一册英国人编了预备给印度人读的同纳氏文法[①]是一路的读本。这读本里，有一篇说中国人读书的故事。插画中画着一位年老背曲拿烟管戴眼镜拖辫子的老先生坐在那里听学生背书，立在这先生前面背书的，也是一位拖着长辫的小后生。不晓为什么原因，这一课的故事，对我印象特别的深，到现在我还约略谙诵得出来。里面曾说到中国人读书的奇习，说："他们无论读书背书时，总要把身体东摇西扫，摇动得像一个自鸣钟的摆。"这一种读书背书时摇摆身体的作用与快乐，大约是没有在从前的中国书塾里读过书的人所永不能了解的。

我的初上书塾去念书的年龄，却说不清楚了，大约总在七八岁的样子；只记得有一年冬天的深夜，在烧年纸的时候，我已经

---

① 纳氏文法：英国人纳斯菲尔德编写的一部英文语法教材。

有点蒙眬想睡了,尽在擦眼睛,打哈欠,忽而门外来了一位提着灯笼的老先生,说是来替我开笔的。我跟着他上了香,对孔子的神位行了三跪九叩之礼;立起来就在香案前面的一张桌上写了一张"上大人"①的红字,念了四句"人之初,性本善"的《三字经》。第二年的春天,我就夹着绿布书包,拖着红丝小辫,摇摆着身体,成了那册英文读本里的小学生的样子了。

　　经过了三十余年的岁月,把当时的苦痛,一层层地摩擦干净,现在回想起来,这书塾里的生活,实在是快活得很。因为要早晨坐起一直坐到晚的缘故,可以助消化、健身体的运动,自然只有身体的死劲摇摆与放大喉咙的高叫了。大小便,是学生们监禁中暂时的解放,故而厕所就变作了乐园。我们同学中间的一位最淘气的,是学宫陈老师的儿子,名叫陈方;书塾就系附设在学宫里面的。陈方每天早晨,总要大小便十二三次,后来弄得先生没法,就设下了一支令签,凡须出塾上厕所的人,一定要持签而出;于是两人同去,在厕所里捣鬼的弊端革去了,但这令签的争夺,又成了一般学生们的唯一的娱乐。

　　陈方比我大四岁,是书塾里的头脑;像春香闹学②似的把戏,总是由他发起、由许多虾兵蟹将来演出的,因而先生的挞伐,也以落在他一个人的头上者居多。不过同学中间的有几位狡猾的人,委过于他,使他冤枉被打的事情也着实不少;他明知道辩不清的,每次替人受过之后,总只张大了两眼,滴落几滴大泪点,

---

① 旧时学童习字,字帖开头为:"上大人,孔乙己,化三千,可知礼……"
② 《春香闹学》为昆曲剧目,源于《牡丹亭》桥段。

摸摸头上的痛处就了事。我后来进了当时由书院改建的新式的学堂，而陈方也因他父亲的去职而他迁，一直到现在，还不曾和他有第二次见面的机会；这机会大约是永也不会再来了，因为国共分家的当日，在香港仿佛曾听见人说起过他，说他的那一种惨死的样子，简直和杜格纳夫所描写的卢亭[①]，完全是一样。

由书塾而到学堂！这一个转变，在当时的我的心里，比从天上飞到地上，还要来得大而且奇。其中的最奇之处，是我一个人，在全校的学生当中，身体年龄，都属最小的一点。

当时的学堂，是一般人的崇拜和惊异的目标。将书院的旧考棚撤去了几排，一间像鸟笼似的中国式洋房造成功的时候，甚至离城有五六十里路远的乡下人，都成群结队，带了饭包雨伞，走进城来挤看新鲜。在校舍改造成功的半年之中，"洋学堂"的三个字，成了茶店酒馆、乡村城市里的谈话的中心；而穿着奇形怪状的黑斜纹布制服的学堂生，似乎都是万能的张天师，人家也在侧目而视，自家也在暗鸣得意。

一县里唯一的这县立高等小学堂的堂长，更是了不得的一位大人物，进进出出，用的是蓝呢小轿；知县请客，总少不了他。每月第四个礼拜六下午作文课的时候，县官若来监课，学生们特别有两个肉馒头好吃；有些住在离城十余里的乡下的学生，于文课作完后回家的包裹里，往往将这两个肉馒头包得好好，带回乡下去送给邻里尊长，并非想学颍考叔[②]的纯孝，却因为这肉馒

[①] 杜格纳夫今译"屠格涅夫"，卢亭即其小说《罗亭》中的主要人物罗亭。

[②] 颍考叔：《左传》中记载的千古第一孝子，曾"黄泉见田"。

头是学堂里的东西，而又出于知县官之所赐，吃了是可以驱邪启智的。

实际上我的那一班学堂里的同学，确有几位是进过学的秀才，年龄都在三十左右；他们穿起制服来，因为背形微驼，样子有点不大雅观，但穿了袍子马褂、摇摇摆摆走回乡下去的态度，如另有着一种堂皇严肃的威仪。

初进县立高等小学堂的那一年年底，因为我的平均成绩，超出了八十分以上，突然受了堂长和知县的提拔，令我和四位其他的同学跳过了一班，升入了高两年的级里；这一件极平常的事情，在县城里居然也耸动了视听，而在我们的家庭里，却引起了一场很不小的风波。

是第二年春天开学的时候了，我们的那位寡母，辛辛苦苦，调集了几块大洋的学费书籍费缴进学堂去后，我向她又提出了一个无理的要求，硬要她去为我买一双皮鞋来穿。在当时的我的无邪的眼里，觉得在制服下穿上一双皮鞋，挺胸伸脚，嘚嘚嘚嘚地在石板路大走去，就是世界上最光荣的事情；跳过了一班，升进了一级的我，非要如此打扮，才能够压服许多比我大一半年龄的同学的心。为凑集学费之类，已经罗掘得精光的我那位母亲，自然是再也没有两块大洋的余钱替我去买皮鞋了，不得已就只好老了面皮，带着了我，上大街上的洋广货店里去赊去；当时的皮鞋，是由上海运来，在洋广货店里寄售的。

一家，两家，三家，我跟了母亲，从下街走起，一直走到了上街尽处的那一家隆兴字号。店里的人，看我们进去，先都非常客气，摸摸我的头，一双一双的皮鞋拿出来替我试脚；但一听到了要赊欠的时候,却同样地都白了眼,做一脸苦笑,说要去问账房先生的。而各个账房先生,又都一样地板起了脸,放大了喉咙,说是赊欠不来。到了最后那一家隆兴里,惨遭拒绝赊欠的一瞬间,母亲非但涨红了脸,我看见她的眼睛,也有点红起来了。不得已只好默默地旋转了身,走出了店;我也并无言语,跟在她的后面走回家来。到了家里,她先擤着鼻涕,上楼去了半天;后来终于带了一大包衣服,走下楼来了,我晓得她是将从后门走出、上当铺去以衣服抵押现钱的;这时候,我心酸极了,哭着喊着,赶上了后门边把她拖住,就绝命地叫说:"娘,娘!您别去吧!我不要了,我不要皮鞋穿了!那些店家!那些可恶的店家!"

我拖住了她跪向了地下,她也呜呜地放声哭了起来。两人的对泣,惊动了四邻,大家都以为是我得罪了母亲,走拢来相劝。我愈听愈觉得悲哀,母亲也愈哭愈是厉害,结果还是我重赔了不是,由间壁的大伯伯带走,走上了他们的家里。

自从这一次的风波以后,我非但皮鞋不着,就是衣服用具,都不想用新的了。拼命地读书,拼命地和同学中的贫苦者相往来,对有钱的人、经商的人仇视等,也是从这时候而起的。当时虽还只有十一二岁的我,经了这一番波折,居然有起老成人的样子来了,直到现在,觉得这一种怪僻的性格,还是改不转来。

到了我十三岁的那一年冬天,是光绪三十四年[①],皇帝死了;小小的这富阳县里,也来了哀诏,发生了许多议论。熊成基的安徽起义,无知幼弱的溥仪的入嗣,帝室的荒淫,种族的歧异等

[①] 1908 年。

等,都从几位看报的教员的口里,传入了我们的耳朵。而对于我印象最深的,是一位国文教员拿给我们看的报纸上的一张青年军官的半身肖像。他说,这一位革命义士,在哈尔滨被捕,在吉林被满清的大员及汉族的卖国奴等生生地杀掉了[①];我们要复仇,我们要努力用功。所谓种族,所谓革命,所谓国家等等的概念,到这时候,才隐约地在我脑里生了一点儿根。

---

① 即指前文中安徽起义的革命义士熊成基,1910年在哈尔滨刺杀载洵时被捕遇害。

水样的春愁

——自传之四

洋学堂里的特殊科目之一,自然是咿哩哇啦的英文。现在回想起来,虽不免有点觉得好笑,但在当时,杂在各年长的同学当中,和他们一样地曲着背,耸着肩,摇摆着身体,用了读《古文辞类纂》的腔调,高声朗诵着皮衣啤、皮哀排的精神,却真是一点儿含糊苟且之处都没有的。初学会写字母之后,大家所急于想一试的,是自己的名字的外国写法;于是教英文的先生,在课余之暇就又多了一门专为学生拼英文名字的工作。有几位想走捷径的同学,并且还去问过先生,外国《百家姓》和外国《三字经》有没有得买的?先生笑着回答说,外国《百家姓》和《三字经》,就只有你们在读的那一本泼剌玛的时候,同学们于失望之余,反更是皮哀排、皮衣啤地叫得起劲。当然是不用说的,学英文还没有到一个礼拜,几本当教科书用的《十三经注疏》《御批通鉴章览》的黄封面上,大家都各自用墨水笔题上了英文拼的歪斜的名字。又进一步,便是用了异样的发音,操英文说着"你是一只狗""我是你的父亲"之类的话,大家互讨便宜地混战;而实际上,有几位乡下的同学,却已经真的是两三个小孩子的父亲了。

因为一班之中,我的年龄算最小,所以自修室里,当监课的先生走后,另外的同学们在密语着哄笑着的关于男女的问题,我简直一点儿也感不到兴趣。从性知识发育落后的一点上说,我确不得不承认自己是一个最低能的人。又因自小就习于孤独,困于家境的结果,怕羞的心,畏缩的性,更使我的胆量,变得异常的小。在课堂上,坐在我左边的一位同学,年纪只比我大了一岁,他家里有几位相貌长得和他一样美的姊妹,并且住得也和学堂很近很近。因此,在校里,他就是被同学们苦缠得最厉害的一个;而礼拜天或假日,他的家里,就成了同学们的聚集的地方。当课余之暇,或放假期里,他原也恳切地邀过我几次,邀我上他家里去玩去;但形秽之感,终于把我的向往之心压住,曾有好几次想决心跟了他上他家去,可是到了他们的门口,却又同罪犯似的逃了。他以他的美貌,以他的财富和姊妹,不但在学堂里博得了绝大的声势,就是在我们那小小的县城里,也赢得了一般的好誉。而尤其使我羡慕的,是他的那一种对同我们是同年辈的异性们的周旋才略,当时我们县城里的几位相貌比较艳丽一点的女性,个个是和他要好的,但他也实在真胆大,真会取巧。

当时同我们是同年辈的女性,装饰入时,态度豁达,为大家所称道的,有三个。一个是一位在上海开店,富甲一邑的商人赵某的侄女;她住得和我最近。还有两个,也是比较富有的中产人家的女儿,在交通不便的当时,已经各跟了她们家里的亲戚,到杭州上海等地方去跑跑了;她们俩,却都是我那位同学的邻居。

这三个女性的门前,当傍晚的时候,或月明的中夜,老有一个一个的黑影在徘徊;这些黑影的当中,有不少都是我们的同学。因为每到礼拜一的早晨,没有上课之先,我老听见有同学们在操场上笑说在一道,并且时时还高声地用着英文作了隐语,如"我看见她了!""我听见她在读书"之类。而无论在什么地方于什么时候的凡关于这一类的谈话的中心人物,总是课堂上坐在我的左边,年龄只比我大一岁的那一位天之骄子。

赵家的那位少女,皮色实在细白不过,脸形是瓜子脸;更因为她家里有了几个钱,而又时常上上海她叔父那里去走动的缘故,衣服式样的新异,自然可以不必说,就是做衣服的材料之类,也都是当时未开通的我们所不曾见过的。她们家里,只有一位寡母和一个年轻的女仆,而住的房子却很大很大。门前是一排柳树,柳树下还杂种着些鲜花;对面的一带红墙,是学宫的泮水围墙,泮池上的大树,枝叶垂到了墙外,红绿便映成着一色。当浓春将过,首夏初来的春三四月,脚踏着日光下石砌路上的树影,手捉着扑面飞舞的杨花,到这一条路上去走走,就是没有什么另外的奢望,也很有点像梦里的游行,更何况楼头窗里,时常会有那一张少女的粉脸出来向你抛一眼两眼的低眉斜视呢!

此外的两个女性,相貌更是完整,衣饰也尽够美丽,并且因为她俩的住址接近,出来总在一道,平时在家,也老在一处,所以胆子也大,认识的人也多。她们在二十余年前的当时,已经是开放得很,有点像现代的自由女子了,因而上她们家里去鬼混,或到她们门前去守望的青年,数目特别的多,种类也自然要杂。

我虽则胆量很小,性知识完全没有,并且也有点过分的矜持,以为成日地和女孩子们混在一道,是读书人的大耻,是没出息的行为;但到底还是一个亚当的后裔,喉头的苹果,怎么也吐它不出咽它不下,同北方厚雪地下的细草萌芽一样,到得冬来,自然也难免得有些望春之意;老实说将出来,我偶尔在路上遇见她们中间的无论哪一个,或凑巧在她们门前走过一次的时候,心里也着实有点儿难受。

住在我那同学邻近的两位,因为距离的关系,更因为她们的处世知识比我长进,人生经验比我老成得多,和我那位同学当然是早已有过纠葛,就是和许多不是学生的青年男子,也各已有了种种的风说,对于我虽像是一种含有毒汁的妖艳的花,诱惑性或许格外的强烈,但明知我自己绝不是她们的对手,平时不过于遇见的时候有点难以为情的样子,此外倒也没有什么了不得的思慕,可是那一位赵家的少女,却整整地恼乱了我两年的童心。

我和她的住处比较的近,故而三日两头,总有着见面的机会。见面的时候,她或许是无心,只同对于其他的同年辈的男孩子打招呼一样,对我微笑一下,点一点头,但在我却感得同犯了大罪被人发觉了的样子,和她见面一次,马上要变得头昏耳热,胸腔里的一颗心突突地总有半个钟头好跳。因此,我上学去或下课回来,以及平时在家或出外去的时候,总无时无刻不在留心,想避去和她的相见。但遇到了她,等她走过去后,或用功用得很疲乏把眼睛从书本子举起的一瞬间,心里又老在盼望,盼望着她再来一次,再上我的眼面前来立着对我微笑一脸。

有时候从家中进出的人的口里传来,听说"她和她母亲又上上海去了,不知要什么时候回来?"我心里会同时感到一种像释重负又像失去了什么似的忧虑，生怕她从此一去，将永久地不回来了。

同芭蕉叶似的重重包裹着的我这一颗无邪的心，不知在什么地方，透露了消息，终于被课堂上坐在我左边的那位同学看穿了。一个礼拜六的下午，落课之后，他轻轻地拉着了我的手对我说："今天下午，赵家的那个小丫头，要上倩儿家去，你愿不愿意和我同去一道玩儿？"这里所说的"倩儿"，就是那两位他邻居的女孩子之中的一个的名字。我听了他的这一句密语，立时就涨红了脸，喘急了气，嗫嚅着说不出一句话来回答他，尽在拼命地摇头，表示我不愿意去，同时眼睛里也水汪汪的想哭出来的样子；而他却似乎已经看破了我的隐衷，得着了我的同意似的用强力把我拖出了校门。

到了倩儿她们的门口，当然又是一番争执，但经他大声地一喊，门里的三个女孩，却同时笑着跑出来了；已经到了她们的面前，我也没有什么别的办法了，自然只好俯着首，红着脸，同被绑赴刑场的死刑囚似的跟她们到了室内。经我那位同学带了滑稽的声调将如何把我拖来的情节说了一遍之后，她们接着就是一阵大笑。我心里有点气起来了，以为她们和他在侮辱我，所以于羞愧之上，又加了一层怒意。但是奇怪得很，两只脚却软落来了，心里虽在想一溜跑走，而腿神经终于不听命令。跟她们再到客房里去坐下，看她四人捏起了骨牌，我连想跑的心思也早已忘掉，坐将在我那位同学的背后，眼睛虽则时时在注视着牌，但间或得着机会，也着实向她们的脸部偷看了许多次数。等她们的输赢赌完，一餐东道的夜饭吃过，我也居然和她们伴熟，有说有笑了。临走的时候,倩儿的母亲还派了我一个差使,点上灯笼,要我把赵家的女孩送回家去。自从这一回后,我也居然入了我那同学的伙,不时上赵家和另外的两女孩家去进出了;可是生来胆小,又加以毕业考试的将次到来,我的和她们的来往,终没有像我那位同学似的繁密。

正当我十四岁的那一年春天(一九〇九,宣统元年己酉),是旧历正月十三的晚上,学堂里于白天给予了我以毕业文凭及增生执照之后,就在大厅上摆起了五桌送别毕业生的酒宴。这一晚的月亮好得很,天气也温暖得像二三月的样子。满城的爆竹,是在庆祝新年的上灯佳节,我于喝了几杯酒后,心里也感到了一种不能抑制的欢欣。出了校门,踏着月亮,我的双脚,便自然而然地走向了赵家。她们的女仆陪她母亲上街去买蜡烛水果等过元宵的物品去了,推门进去,我只见她一个人拖着了一条长长的辫子,坐在大厅上的桌子边上洋灯底下练习写字。听见了我的脚步声音,她头也不朝转来,只曼声地问了一声:"是谁?"我故意屏着声,提着脚,轻轻地走上了她的背后,一使劲一口就把她面前的那盏洋灯吹灭了。月光如潮水似的浸满了这一座朝南的大厅,她于一声高叫之后,马上就把头朝了转来。我在月光里看见了她那张大理石似的嫩脸,和黑水晶似的眼睛,觉得怎么也熬忍不住了,顺势就伸出了两只手去,捏住了她的手臂。两人的中间,她也不发一语,我也并无一言,她是扭转了身坐着,我是向她立着的。她只微笑着看看我看看月亮,我也只微笑着看看她看看中庭的空处,虽然此处的动作,轻薄的邪念,明显的表示,一点儿也没有,但不晓怎样一股满足、深沉、陶醉的感觉,竟同四周的月亮一样，包满了我的全身。

两人这样地在月光里沉默着相对，不知过了多久，终于她轻轻地开始说话了:"今晚上你在喝酒？""是的，是在学堂里喝的。"到这里我才放开了两手，向她边上的一张椅子里坐了下去。"明天你就要上杭州去考中学去么？"停了一会，她又轻轻地问了一声。"嗳，是的，明朝坐快班船去。"两人又沉默着，不知坐了几多时候，忽听见门外头她母亲和女仆说话的声音渐渐儿地近了，她于是就忙着立起来擦洋火，点上了洋灯。

她母亲进到了厅上，放下了买来的物品，先向我说了些道贺的话，我也告诉了她，明天将离开故乡到杭州去；谈不上半点钟的闲话，我就匆匆告辞出来了。在柳树影里披了月光走回家来，我一边回味着刚才在月光里和她两人相对时的沉醉似的恍惚，一边在心的底里，忽儿又感到了一点极淡极淡、同水一样的春愁。

一月五日

远一程,再远一程
——自传之五

自富阳到杭州,陆路驿程九十里,水道一百里;三十多年前头,非但汽车路没有,就是钱塘江里的小火轮,也是没有的。那时候到杭州去一趟,乡下人叫作"充军",以为杭州是和新疆伊犁一样的远,非犯下流罪,是可以不去的极边。因而到杭州去之先,家里非得供一次祖宗、虔诚祷告一番不可,意思是要祖宗在天之灵,一路上去保护着他们的子孙。而邻里戚串,也总都来送行,吃过夜饭,大家手提着灯笼,排成一字,沿江送到夜航船停泊的埠头,齐叫着:"顺风!顺风!"才各回去。摇夜航船的船夫,也必在开船之先,沿江绝叫一阵,说船要开了,然后再上舵梢去烧一堆纸帛,以敬神明,以赂恶鬼。当我去杭州的那一年,交通已经有一点进步了,于夜航船之外,又有了一次日班的快班船。

因为长兄已去日本留学,二兄入了杭州的陆军小学堂,年假是不放的,祖母、母亲,又都是女流之故,所以陪我到杭州去考中学的人选，就落到了一位亲戚的老秀才的头上。这一位老秀才的迂腐迷信，实在要令人吃惊，同时也可以令人起敬。他于早餐吃了之后，带着我先上祖宗堂前头去点了香烛，行了跪拜，然后再向我祖母母亲，作了三个长揖；虽在白天，也点起了一盏"仁寿堂郁"的灯笼，临行之际，还回到祖宗堂前面去拔起了三株柄香和灯笼一道捏在手里。祖母为忧虑着我这一个最小的孙子，也将离乡别井，远去杭州之故，三日前就愁眉不展，不大吃饭不大说话了；母亲送我们到了门口，"一路要……顺风……顺风！……"地说了半句未完的话，就跑回到了屋里去躲藏，因为出远门是要吉利的，眼泪绝不可以叫远行的人看见。

　　船开了，故乡的城市山川，高低摇晃着渐渐儿退向了后面；本来是满怀着希望、兴高采烈在船舱里坐着的我，到了县城极东面的几家人家也看不见的时候，鼻子里忽而起了一阵酸溜。正在和那老秀才谈起的作诗的话，也只好突然中止了，为遮掩着自己的脆弱起见，我就从网篮里拿出了几册《古唐诗合解》来读。但事不凑巧，信手一翻，恰正翻到了"离家日趋远，衣带日趋缓，心思不能言，肠中车轮转"的几句古歌，书本上的字迹模糊起来了，双颊上自然止不住地流下了两条冷冰冰的眼泪。歪倒了头，靠住了舱板上的一卷铺盖，我只能装作想睡的样子。但是眼睛不闭倒还好些，等眼睛一闭拢来，脑子里反而更猛烈地起了狂飙。我想起了祖母、母亲，当我走后的那一种孤冷的情形；我又想起了在故乡城里当这一忽儿的大家的生活起居的样子，在一种每日习熟的周围环境之中，却少了一个"我"了，太阳总依旧在那里晒着，市街上总依旧是那么热闹的；最后，我还想起了赵家的那个女孩,想起了昨晚上和她在月光里相对的那一刻的春宵。

少年的悲哀,毕竟是易消的春雪;我躺下身体,闭上眼睛,流了许多暗泪之后,弄假成真,果然不久就呼呼地熟睡了过去。等那位老秀才摇我醒来、叫我吃饭的时候,船却早已过了渔山,就快入钱塘的境界了。几个钟头的安睡,一顿饱饭的快哄,和船篷外的山水景色的变换,把我满抱的离愁,洗涤得干干净净;在孕实的风帆下引领远望着杭州的高山,和老秀才谈谈将来的日子,我心里又鼓起了一腔勇进的热意,"杭州在望了,以后就是不可限量的远大的前程!"

当时的中学堂的入学考试,比到现在,着实还要容易;我考的杭府中学,还算是杭州三个中学——其他的两个,是宗文和安定——之中,最难考的一个,但一篇中文,两三句英文的翻译,以及四题数学,只叫有两小时的工夫,就可以交卷了事的。等待发榜之前的几日闲暇,自然落得去游游山玩玩水,杭州自古是佳丽的名区,而西湖又是可以比得西子的销魂之窟。

三十年来,杭州的景物,也大变了;现在回想起来,觉得旧日的杭州,实在比现在,还要可爱得多。

那时候,自钱塘门里起,一直到涌金门内止,城西的一角,是另有一道雉墙围着的、为满人留守绿营兵驻防的地方,叫作"旗营";平常是不大有人进去,大约门禁总也是很森严的无疑,因为将军以下,千总把总以上,参将、都司、游击、守备之类的将官,都住在里头。游湖的人,只有坐了轿子,出钱塘门,或到涌金门外乘船的两条路;所以涌金门外临湖的颐园三雅园的几家茶馆,生意兴隆,座客常常挤满。而三雅园的陈设,实在也精雅绝伦,四时有鲜花的摆设,墙上门上,各有咏西湖的诗词屏幅联语等贴的贴挂的挂在那里。并且还有小吃,像煮空的豆腐干、白莲藕粉等,又是价廉物美的消闲食品。其次为游人所必到的,是城隍山了。四景园的生意,有时候比三雅园还要热闹,"城隍山上去吃酥油饼"这一句俗话,当时是无人不晓得的一句隐语,是说乡下人上大菜馆要做洋盘的意思。而酥油饼的价钱的贵,味道的好,和吃不饱的几种特性,也是尽人皆知的事实。

我从乡下初到杭州,而又同大观园里的香菱似的刚在私私地学作诗词,一见了这一区假山盆景似的湖山,自然快活极了;日日和那位老秀才及第二位哥哥喝喝茶,爬爬山,等到榜发之后,要缴学膳费进去的时候,带来的几个读书资本,却早已消费了许多,有点不足了。在人地生疏的杭州,借是当然借不到的;二哥哥的陆军小学里每月只有二元也不知三元钱的津贴,自己做零用,还很勉强,更哪里有余钱来为我弥补?

在旅馆里唉声叹气、自怨自艾,正想废学回家、另寻出路的时候,恰巧和我同班毕业的三位同学,也从富阳到杭州来了;他们是因为杭府中学难考,并且费用也贵,预备一道上学膳费比较便宜的嘉兴去进府中的。大家会聚拢来一谈一算,觉着我手头所有的钱在杭州果然不够读半年书,但若上嘉兴去,则连来回的车费也算在内,足可以维持半年而有余。穷极计生,胆子也放大了,当日我就决定和他们一道上嘉兴去读书。

第二天早晨,别了哥哥,别了那位老秀才,和同学们一起四个,便上了火车,向东地上离家更远的嘉兴府去。在把杭州已经当作极边看了的当时,到了言语风习完全不同的嘉兴府后,怀乡之念，自然是更加的迫切。半年之中，当寝室的油灯灭了，或夜膳刚毕，操场上暗沉沉没有旁的同学在的地方，我一个人真不知流尽了多少的思家的热泪。

忧能伤人，但忧亦能启智，在孤独的悲哀里沉浸了半年，暑假中重回到故乡的时候，大家都说我长成得像一个大人了。事实上，因为在学堂里，被怀乡的愁思所苦扰，我没有别的办法好想，就一味地读书，一味地作诗。并且这一次自嘉兴回来，路过杭州，又住了一日；看看袋里的钱，也还有一点盈余，湖山的赏玩，当然不再去空费钱了，从梅花碑的旧书铺里，我竟买来了一大堆书。

这一大堆书里，对我的影响最大，使我那一年的暑假期，过得非常快活的，有三部书。一部是黎城勒氏的《吴诗集览》，因为吴梅村的夫人姓郁，我当时虽则还不十分懂得他的诗的好坏，但一想到他是和我们郁氏有姻戚关系的时候，就莫名其妙地感到了一种亲热。一部是无名氏编的《庚子拳匪始末记》，这一部书，从戊戌政变说起，说到六君子的被害，李莲英的受宠，联军的入京，圆明园的纵火等地方，使我满肚子激起了义愤。还有一部，是署名曲阜鲁阳生孔氏编定的《普天忠愤集》，甲午前后的章奏议论，诗词赋颂等慷慨激昂的文章，收集得很多；读了之后，觉得中国还有不少的人才在那里，亡国大约是不会亡的。而这三部书读后的一个总感想，是恨我出世得太迟了，前既不能见吴梅村那样的诗人，和他去做个朋友，后又不曾躬逢着甲午庚子的两次大难，去冲锋陷阵地尝一尝打仗的滋味。

这一年的暑假过后，嘉兴是不想再去了，所以秋期始业的时候，我就仍旧转入了杭府中学的一年级。

孤独者

——自传之六

里外湖的荷叶荷花,已经到了凋落的初期,堤边的杨柳,影子也淡起来了。几只残蝉,刚在告人以秋至的七月里的一个下午,我又带了行李,到了杭州。

因为是中途插班进去的学生,所以在宿舍里,在课堂上,都和同班的老学生们,仿佛是两个国家的国民。从嘉兴府中,转到了杭州府中,离家的路程,虽则是近了百余里,但精神上的孤独,反而更加深了!不得已,我只好把热情收敛,转向了内,固守着我自己的壁垒。

当时的学堂里的课程,英文虽也是重要的科目,但究竟还是旧习难除,中国文依旧是分别等第的最大标准。教国文的那一位桐城派的老将王老先生,于几次作文之后,对我有点注意起来了,所以进校后将近一个月光景的时候,同学们居然赠了我一个"怪物"的绰号;因为由他们眼里看来,这一个不善交际、衣装朴素、说话也不大会说的乡下蠢材,作起文章来,竟也会得压倒侪辈,当然是一件非怪物不能的天大的奇事。

杭州终于是一个省会,同学之中,大半是锦衣肉食的乡宦人家的子弟。因而同班中衣饰美好、肉色细白、举止娴雅、谈吐温存的同学,不知道有多少。而最使我惊异的,是每一个这样的同学,总有一个比他年长一点的同学,附随在一道的那一种现象。在小学里,在嘉兴府中里,这一种风气,并不是说没有,可是绝没有像当时杭州府中那么的风行普遍。而有几个这样的同学,非但不以被视作女性为可耻,竟也有熏香傅粉,故意在装腔作怪,卖弄富有的。我对这一种情形看得真有点气,向那一批所谓 face 的同学,当然是很明显地表示了恶感,就是向那些年长一点的同学,也时时露出了敌意;这么一来,我的"怪物"之名,就愈传愈广,我与他们之间的一条墙壁,自然也愈筑愈高了。

在学校里既然成了一个不入伙的孤独的游离分子,我的情感,我的时间与精力,当然只有钻向书本子去的一条出路。于是几个由零用钱里节省下来的仅少的金钱,就做了我的唯一娱乐积买旧书的源头活水。

那时候的杭州的旧书铺,都聚集在丰乐桥、梅花碑的两条直角形的街上。每当星期假日的早晨,我仰卧在床上,计算计算在这一礼拜里可以省下来的金钱,和能够买到的最经济最有用的册籍,就先可以得着一种快乐的预感。有时候在书店门前徘徊往复,稽延得久了,赶不上回宿舍来吃午饭,手里夹了书籍上大街羊汤饭店间壁的小面馆去吃一碗清面,心里可以同时感到十分的懊恨与无限的快慰。恨的是一碗清面的几个铜子的浪费,快慰的是一边吃面一边翻阅书本时的那一刹那的恍惚；这恍惚之情，大约是和哥伦布当发现新大陆的时候所感到的一样。

真正指示我以作诗词的门径的，是《留青新集》里的《沧浪诗话》和《白香词谱》。《西湖佳话》中的每一篇短篇，起码我总读了两遍以上。以后是流行本的各种传奇杂剧了，我当时虽则还不能十分欣赏它们的好处，但不知怎么，读了之后的那一种朦胧的回味，仿佛是当三春天气，喝醉了几十年陈的醇酒。

既与这些书籍发生了暧昧的关系，自然不免要养出些不自然的私生儿子！在嘉兴也曾经试过的稚气满幅的五七言诗句，接二连三地在一册红格子的作文簿上写满了；有时候兴奋得厉害，晚上还妨碍了睡觉。

模仿原是人生的本能，发表欲，也是同吃饭穿衣一样的强的青年作者内心的要求。歌不像歌诗不像诗的东西积得多了，第二步自然是向各报馆的匿名的投稿。

一封信寄出之后，当晚就睡不安稳了，第二天一早起来，就溜到阅报室去看报有没有来送。早餐上课之类的事情，只能说是一种日常行动的反射作用；舌尖上哪里还感得出滋味？讲堂上更哪里还有心思去听讲？下课铃一摇，又只是逃命似的向阅报室的狂奔。

第一次的投稿被采用的，记得是一首模仿宋人的五古，报纸是当时的《全浙公报》。当看见了自己缀联起来的一串文字，被植字工人排印出来的时候，虽然是用的匿名，阅报室里也绝没有人会知道作者是谁，但心头正在狂跳着的我的脸上，马上就变成了朱红。轰的一声，耳朵里也响了起来，头脑摇晃得像坐在船里。眼睛也没有主意了，看了又看，看了又看，虽则从头至尾，把那一串文字看了好几遍，但自己还在疑惑，怕这并不是由我投去的稿子。再狂奔出去，上操场去跳绕一圈，回来重新又拿起那张报纸，按住心头，复看一遍，这才放心，于是乎方始感到了快活，快活得想大叫起来。

当时我用的假名很多很多，直到两三年后，觉得投稿已经有七八成的把握了，才老老实实地用上了我的真名实姓。大约旧报纸的收藏家，翻起二十几年前的《全浙公报》《之江日报》以及上海的《神州日报》来，总还可以看到我当时所作的许多狗屁不通的诗句。现在我非但旧稿无存，就是一联半句的字眼也想不起来了，与当时的废寝忘食的热心情形来一对比，进步当然可以说是进了步，但是老去的颓唐之感，也着实可以催落我几滴自伤的眼泪。

就在那一年（一九〇九年）的冬天，留学日本的长兄回到了北京，以小京官的名义被派上了法部去行走。入陆军小学的第二位哥哥，也在这前后毕了业，入了一处隶属于标统底下的旁系驻防军队，而任了排长。

一文一武的这两位芝麻绿豆官的哥哥，在我们那小小的县里，自然也耸动了视听；但因家里的经济，稍稍宽裕了一点的结果，在我的求学程序上，反而促生了一种意外的脱线。

在外面的学堂里住足了一年，又在各报上登载了几次诗歌之后，我自以为学问早就超出了和我同时代的同年辈者，觉得按部就班地和他们在一道读死书，是不上算也是不必要的事情。所以到了宣统二年（一九一〇年）的春期始业的时候，我的书桌上竟收集起了一大堆大学中学招考新生的简章！比较着，研究着，我真想一口气就读完了当时学部所定的大学及中学的学程。

中文呢，自己以为总可以对付的了；科学呢，在前面也曾经说过，为大家所不重视的；算来算去，只有英文是顶重要而也是我所最欠缺的一门。"好！就专门去读英文吧！英文一通，万事就好办了！"这一个幼稚可笑的想头，就是使我离开了正规的中学，去走教会学堂那一条捷径的原动力。

清朝末年，杭州的有势力的教会学校，有英国圣公会和美国长老会浸礼会的几个系统。而长老会办的育英书院，刚在山水明秀的江干新建校舍，改称"大学"。头脑简单、只知道崇拜"大学"这一个名字的我这毛头小子，自然是以进大学为最上的光荣，另外更还有什么奢望哩？但是一进去之后，我的失望，却比在省立的中学里读死书更加大了。

每天早晨，一起床就是祷告，吃饭又是祷告；平时九点到十点是最重要的礼拜仪式，末了又是一篇祷告。《圣经》，是每年级都有的必修重要课目；礼拜天的上午，除出了重病，不能行动者外，谁也要去做半天礼拜。礼拜完后，自然又是祷告，又是查经。这一种信神的强迫，祷告的迭来，以及校内枝节细目的窒塞，想是在清朝末年曾进过教会学校的人，谁都晓得的事实，我在此地落得可以不说。

这种叩头虫似的学校生活，过上两月，一位解放的福音宣传者，竟从免费读书的候补牧师中间，揭起叛旗来了；原因是为了校长褊护厨子，竟被厨子殴打了学膳费全纳的不信教的学生。

学校风潮的发生、经过、和结局，大抵都是一样的；起始总是全体学生的罢课退校,中间是背盟者的出来复课,结果便是几个强硬者的开除。不知是幸呢还是不幸,在这一次的风潮里,我也算是强硬者的一个。

一九三五年二月十九日

大风圈外
——自传之七

人生的变化，往往是从不可测的地方开展开来的；中途从那一所教会学校退出来的我们，按理是应该额上都负着了该隐的烙印，无处再可以容身了啦，可是城里的一处浸礼会的中学，反把我们当作了义士，以极优待的条件欢迎了我们进去。这一所中学的那位美国校长，非但态度和蔼，中怀磊落，并且还有着外国宣教师中间所绝无仅见的一副很聪明的脑筋。若要找出一点他的坏处来，就在他的用人的不当；在他手下做教务长的一位绍兴人，简直是那种奴颜婢膝、谄事外人、趾高气扬、压迫同种的典型的洋狗。

校内的空气，自然也并不平静。在自修室，在寝室，议论纷纭，为一般学生所不满的，当然是那只洋狗。

"来它一下吧！"

"吃吃狗肉看！"

"顶好先敲他一顿！"

像这样的各种密议与策略,虽则很多,可是终于也没有一个敢首先发难的人。满腔的怨愤,既找不着一条出路,不得已就只好在作文的时候,发些纸上的牢骚。于是各班的文课,不管出的是什么题目,总是横一个"呜呼"、竖一个"呜呼"地悲啼满纸,有几位同学的卷子,从头至尾统共还不满五六百字,而"呜呼"却要写着一二百个。那位改国文的老先生,后来也没法想了,就出了一个禁令,禁止学生,以后不准再读再作那些呜呼派的文章。

那时候这一种"呜呼"的倾向,这一种不平、怨愤,与被压迫的悲啼,以及人心跃跃山雨欲来的空气,实在还不只是一个教会学校里的舆情;学校以外的各层社会,也像是在大浪里的楼船,从脚到顶,都在颠摇波动着的样子。

愚昧的朝廷,受了西宫毒妇的阴谋暗算,一面虽想变法自新,一面又不得不利用了符咒刀枪,把红毛碧眼的鬼子,尽行杀戮。英法各国屡次的进攻,广东津沽再三的失陷,自然要使受难者的百姓起来争夺政权。洪杨的起义,两湖山东捻子的运动,回民苗族的独立等等,都在暗示着专制政府满清的命运,孤城落日,总崩溃是必不能避免的下场。

催促被压迫至二百余年之久的汉族结束奋起的,是徐锡麟、熊成基诸先烈的牺牲勇猛的行为;北京的几次对满清大员的暗杀事件,又是当时热血沸腾的一般青年们所受到的最大激刺。而当这前后,此绝彼起地在上海发行的几家报纸,像《民吁》《民立》之类,更是直接灌输种族思想,提倡革命行动的有力的号吹。到了宣统二年(一九一〇年庚戌)的秋冬,政府虽则在忙着召开资政院，组织内阁，赶制宪法，冀图挽回颓势，欺骗百姓，但四海汹汹，革命的气运，早就成了矢在弦上、不得不发的局面了。

是在这一年的年假放学之前，我对当时的学校教育，实在是真的感到了绝望，于是自己就订下了一个计划，打算回家去做从心所欲的自修功夫。第一，外界社会的声气，不可不通，我所以想去订一份上海发行的日报。第二，家里所藏的四部旧籍，虽则不多，但也尽够我的两三年的翻读，中学的根底，当然是不会退步的。第三，英文也已经把第三册文法读完了，若能刻苦用工，则比在这种教会学校里受奴隶教育，心里又气，进步又慢的半死状态，总要痛快一点。自己私私决定了这大胆的计划以后，在放年假的前几天，也着实去添买了些预备带回去做自修用的书籍。等年假考一考完，于一天冬晴的午后，向西跟着挑行李的脚夫，走出候潮门上江干去坐夜航船回故乡去的那一刻的心境，我到现在还不能忘记。

"牢狱变相的你这座教会学校啊！以后你对我还更能加以压迫么？"

"我们将比比试试，看将来是你的成绩好，还是我的成绩好？"

"被解放了！以后便是凭我自己去努力、自己去奋斗的远大的前程！"

这一种喜悦，这一种充满着希望的喜悦，比我初次上杭州来考中学时所感到的，还要紧张，还要肯定。

在故乡索居独学的生活开始了，亲戚友属的非难讪笑，自然也时时使我的决心动摇，希望毁灭；但我也已经有十六岁的年纪了，受到了外界的不了解我的讥讪之后，当然也要起一种反拨的心理作用。人家若明显地问我:"为什么不进学堂去读书?"不管他是好意还是恶意,我总以"家里再没有钱供给我去浪费了"的一句话回报他们。有几个满怀着十分的好意,劝告我"在家里闲住着终不是青年的出路"的时候,我总以"现在正在预备,打算下年就去考大学"的一句衷心话来作答。而实际上这将近两年的独居苦学,对我的一生,却是收获最多、影响最大的一个预备时代。

每日侵晨,起床之后,我总面也不洗,就先读一个钟头的外国文。早餐吃过,直到中午为止,是读中国书的时间,一部《资治通鉴》和两部《唐宋诗文醇》,就是我当时的课本。下午看一点科学书后,大抵总要出去散一回步。节季已渐渐地进入到了春天,是一九一一宣统辛亥年的春天了,富春江的两岸,和往年一样地绿遍了青青的芳草,长满了袅袅的垂杨。梅花落后,接着就是桃李的乱开;我若不沿着江边,走上城东鹳山上的春江第一楼去坐看江天,总或上北门外的野田间去闲步,或出西门向近郊的农村里去游行。

附廓的农民的贫穷与无智,经我几次和他们接谈及观察的结果,使我有好几晚不能够安睡。譬如一家有五六口人口,而又有着十亩田的己产,以及一间小小的茅屋的自作农吧,在近郊的农民中间,已经算是很富有的中上人家了。从四五月起,他们先要种秧田,这二分或三分的秧田大抵是要向人家去租来的,因为不是水旱无伤的上田,秧就不能种活。租秧用的费用,多则三五元,少到一二元,却不能再少了。五六月在烈日之下分秧种稻,即使全家出马,也还有赶不成同时插种的危险;因为水的关系,气候的关系，农民的时间，却也同交易所里的闲食者们一样，是一刻也差错不得的。即使不雇工人，和人家交换做工，而把全部田稻种下之后，三次的耘植与用肥的费用，起码也要合二三元钱一亩的盘算。倘使天时凑巧，最上的丰年，平均一亩，也只能收到四五石的净谷；而从这四五石谷里，除去完粮纳税的钱，除去用肥料租秧田及间或雇用忙工的钱后，省下来还够得一家五口的一年之食么？不得已自然只好另外想法，譬如把稻草拿来做草纸，利用田的闲时来种麦种菜种豆类等等，但除稻以外的副作物的报酬，终竟是有限得很的。

耕地报酬渐减的铁则，丰年谷贱伤农的事实，农民们自然哪里会有这样的知识；可怜的是他们不但不晓得去改良农种，开辟荒地，一年之中，岁时伏腊，还要把他们汗血钱的大部，去花在求神佞佛，与满足许多可笑的虚荣的高头。

所以在二十几年前头，即使大地主和军阀的掠夺，还没有像现在那么的厉害，中国农村是实在早已濒于破产的绝境了，更哪里还经得起二十年的内乱，二十年的外患，与二十年的剥削呢？

从这一种乡村视察的闲步回来，在书桌上躺着候我开拆的，就是每日由上海寄来的日报。忽而英国兵侵入云南占领片马了，忽而东三省疫病流行了，忽而广州的将军被刺了；凡见到的消息，又都是无能的政府，因专制昏庸，而酿成的惨剧。

黄花岗七十二烈士的义举失败，接着就是四川省铁路风潮的勃发，在我们那一个一向是沉静得同古井似的小县城里，也显然地起了动摇。市面上敲着铜锣，卖朝报的小贩，日日从省城里到来。脸上画着八字胡须，身上穿着披开的洋服，有点像外国人似的革命党员的画像，印在薄薄的有光洋纸之上，满贴在茶坊酒肆的壁间，几个日日在茶酒馆中过日子的老人，也降低了喉咙，皱紧了眉头，低低切切，很严重地谈论到了国事。

这一年的夏天，在我们的县里西北乡，并且还出了一次青洪帮造反的事情。省里派了一位旗籍都统，带了兵马来杀了几个客籍农民之后，城里的街谈巷议，更是颠倒错乱了；不知从哪一处地方传来的消息，说是每夜四更左右，江上东南面的天空，还出现了一颗光芒拖得很长的扫帚星。我和祖母、母亲，发着抖，赶着四更起来，披衣上江边去看了好几夜，可是扫帚星却终于没有看见。

到了阴历的七八月，四川的铁路风潮闹得更凶，那一种谣传，更来得神秘奇异了，我们的家里，当然也起了一个波澜，原因是因为祖母、母亲想起了在外面供职的我那两位哥哥。

几封催他们回来的急信发后，还盼不到他们的复信的到来。八月十八（阳历十月九日）的晚上，汉口俄租界里炸弹就爆发了。从此急转直下，武昌革命军的义旗一举，不消旬日，这消息竟同晴天的霹雳一样，马上就震动了全国。

报纸上二号大字的某处独立、拥某人为都督等标题，一日总有几起；城里的谣言，更是青黄杂出，有的说"杭州在杀没有辫子的和尚"，有的说"抚台已经逃了"，弄得一般居民，乡下人逃上了城里，城里人逃往了乡间。

我也日日地紧张着，日日地渴等着报来；有几次在秋寒的夜半，一听见喇叭的声音，便发着抖穿起衣裳，上后门口去探听消息，看是不是革命党到了。而沿江一带的兵船，也每天看见驶过,洋货铺里的五色布匹,无形中销售出了大半。终于有一天阴寒的下午,从杭州有几只张着白旗的船到了,江边上岸来了几十个穿灰色制服、荷枪带弹的兵士。县城里的知县,已于先一日逃走了,报纸上也报着前两日,上海已为民军所占领。商会的巨头,绅士中的几个有声望的,以及残留着在城里的一位贰尹,联合起来出了一张告示,开了一次欢迎那几十位穿灰色制服的兵士的会,家家户户便接上了五色的国旗;杭城光复,我们的这个直接附属在杭州府下的小县城,总算也不遭兵燹,而平平稳稳地脱离了满清的压制。

平时老喜欢读悲歌慷慨的文章,自己捏起笔来,也老是痛哭淋漓、呜呼满纸的我这一个热血青年,在书斋里只想去冲锋陷阵,参加战斗。为众舍身、为国效力的我这一个革命志士,际遇着了这样的机会,却也终于没有一点作为,只呆立在大风圈外,捏紧了空拳头,滴了几滴悲壮的旁观者的哑泪而已。

海 上
——自传之八

  大风暴雨过后,小波涛的一起一伏,自然要继续些时。民国元年[①]二月十二,满清的末代皇帝宣统下了退位之诏,中国的种族革命,总算告了一个段落。百姓剪去了辫发,皇帝改作了总统。天下骚然,政府惶惑,官制组织,尽行换上了招牌,新兴权贵,也都改穿了洋服。为改订司法制度之故,民国二年(一九一三年)的秋天,我那位在北京供职的哥哥,就拜了被派赴日本考察之命,于是我的将来的修学行程,也自然而然地附带着决定了。

  眼看着革命过后,余波到了小县城里所惹起的是是非非,一半也抱了希望,一半却拥着怀疑,在家里的小楼上闷过了两个夏天,到了这一年的秋季,实在再也忍耐不住了,即使没有我那位哥哥的带我出去,恐怕也得自己上道,到外边来寻找出路。

[①] 1912年。

几阵秋雨一落,残暑退尽了,在一天晴空浩荡的九月下旬的早晨,我只带了几册线装的旧籍,穿了一身半新的夹服,跟着我那位哥哥离开了乡井。

上海街路树的洋梧桐叶,已略现了黄苍,在日暮的街头,那些租界上的熙攘的居民,似乎也森岑地感到了秋意,我一个人呆立在一品香朝西的露台栏里,才第一次受到了大都会之夜的威胁。

远近的灯火楼台,街下的马龙车水,上海原说是不夜之城、销金之窟,然而国家呢?社会呢?像这样地昏天黑地般过生活,难道是人生的目的么?金钱的争夺,犯罪的公行,精神的浪费,肉欲的横流,天虽则不会掉下来,地虽则也不会陷落去,可是像这样的过去,是可以的么?在仅仅阅世十七年多一点的当时我那幼稚的脑里,对于帝国主义的险毒,物质文明的糜烂,世界现状的危机,与夫国计民生的大略等明确的观念,原是什么也没有,不过无论如何,我想社会的归宿,做人的正道,总还不在这里。

正在对了这魔都的夜景,感到不安与疑惑的中间,背后房里的几位哥哥的朋友,却谈到了天蟾舞台的迷人的戏剧;晚餐吃后,有人做东道主请去看戏,我自然也做了花楼包厢里的观众的一人。

这时候梅博士①还没有出名,而社会人士的绝望胡行,色情倒错,也没有像现在那么的彻底,所以全国上下,只有上海的一角,在那里为男扮女装的旦角而颠倒;那一晚天蟾舞台的压台名

---

① 指梅兰芳。

剧,是贾璧云的全本《棒打薄情郎》,是这一位色艺双绝的小旦的拿手风头戏;我们于九点多钟,到戏院的时候,楼上楼下观众已经是满坑满谷,实实在在地到了更无立锥之地的样子了。四周的珠玑粉黛,鬓影衣香,几乎把我这一个初到上海的乡下青年,窒塞到回不过气来;我感到了眩惑,感到了昏迷。

最后的一出贾璧云的名剧上台的时候,舞台灯光加了一层光亮,台下的观众也起了动摇。而从脚灯里照出来的这一位旦角的身材,容貌,举止与服装,也的确是美,的确足以挑动台下男女的柔情。在几个钟头之前,那样地对上海的颓废空气,感到不满的我这不自觉的精神主义者,到此也有点固持不住了。这一夜回到旅馆之后,精神兴奋,直到了早晨的三点,方才睡去,并且在熟睡的中间,也曾做了色情的迷梦。性的启发,灵肉的交哄,在这次上海的几日短短逗留之中,早已在我心里,起了发酵的作用。

为购买船票杂物等件,忙了几日;更为了应酬来往,也着实费去了许多精力与时间,终于在一天侵早,我们同去者三四人坐了马车向杨树浦的汇山码头出发了,这时候马路上还没有行人,太阳也只出来了一线。自从这一次的离去祖国以后,海外漂泊,前后约莫有十余年的光景,一直到现在为止,我在精神上,还觉得是一个无祖国无故乡的游民。

太阳升高了,船慢慢地驶出了黄浦,冲入了大海;故国的陆地,缩成了线,缩成了点,终于被地平的空虚吞没了下去;但是奇怪得很,我鹄立在船舱的后部,西望着祖国的天空,却一点儿离乡去国的悲感都没有。比到三四年前,初去杭州时的那种伤感的情怀，这一回仿佛是在回国的途中。大约因为生活沉闷，两年来的蛰伏，已经把我的恋乡之情，完全割断了。

海上的生活开始了，我终日立在船楼上，饱吸了几天天空海阔的自由的空气。傍晚的时候，曾看了伟大的海中的落日；夜半醒来，又上甲板去看了天幕上的秋星。船出黄海，驶入了明蓝到底的日本海的时候，我又深深地深深地感受到了海天一碧、与白鸥水鸟为伴时的被解放的情趣。我的喜欢大海，喜欢登高以望远，喜欢遗世而独处，怀恋大自然而嫌人的倾向，虽则一半也由于天性，但是正当青春的盛日，在四面是海的这日本孤岛上过去的几年生活，大约总也发生了不可磨灭的绝大的影响无疑。

船到了长崎港口，在小岛纵横、山清水碧的日本西部这通商海岸，我才初次见到了日本的文化，日本的习俗与民风。后来读到了法国罗底的记载这海港的美文，更令我对这位海洋作家，起了十二分的敬意。嗣后每次回国经过长崎，心里总要跳跃半天，仿佛是遇见了初恋的情人，或重翻到了几十年前写过的情书。长崎现在虽则已经衰落了，但在我的回忆里，它却总保有着那种活泼天真，像处女似的清丽的印象。

半天停泊，船又起锚了，当天晚上，就走到了四周如画，明媚到了无以复加的濑户内海。日本艺术的清淡多趣，日本民族的刻苦耐劳，就是从这一路上的风景，以及四周海上的果园垦殖地看来，也大致可以明白。蓬莱仙岛，所指的不知是否就在这一块地方，可是你若从中国东游，一过濑户内海，看看两岸的山光水色，与夫岸上的渔户农村，即使你不是秦朝的徐福，总也要生出神仙窟宅的幻想来，何况我在当时，正值多情多感，中国岁是十八岁的青春期哩!

由神户到大阪,去京都,去名古屋,一路上且玩且行,到东京小石川区一处高台上租屋住下,已经是十月将终,寒风有点儿可怕起来了。改变了环境,改变了生活起居的方式,言语不通,经济行动,又受了监督,没有自由,我到东京住下的两三个月里,觉得是入了一所没有枷锁的牢狱,静静儿地回想起来,方才感到了离家去国之悲,发生了不可遏止的怀乡之病。

在这郁闷的当中,左思右想,唯一的出路,是在日本语的早日的谙熟,与自己独立的经济的来源。多谢我们国家文化的落后,日本与中国,曾有国立五校,开放收受中国留学生的约定。中国的日本留学生,只叫能考上这五校的入学试验,以后一直到毕业为止,每月的衣食零用,就有官费可以领得;我于绝望之余,就于这一年的十一月,入了学日本文的夜校,与补习中学功课的正则预备班。

早晨五点钟起床,先到附近的一所神社的草地里去高声朗诵着"上野的樱花已经开了""我有着许多的朋友"等日文初步的课文,一到八点,就嚼着面包,步行三里多路,走到神田的正则学校去补课。以二角大洋的日用,在牛奶店里吃过午餐与夜饭,晚上就是三个钟头的日本文的夜课。

天气一日一日地冷起来了,这中间自然也少不了北风的雨雪。因为日日步行的结果,皮鞋前开了口,后穿了孔。一套在上海做的夹呢学生装,穿在身上,仍同裸着的一样;幸亏有了几年前一位在日本曾入过陆军士官学校的同乡,送给了我一件陆军的制服,总算在晴日当作了外套,雨日当作了雨衣,御了一个冬天的寒。这半年中的苦学，我在身体上，虽则种下了致命的呼吸器的病根，但在知识上，却比在中国所受的十余年的教育，还有一程的进境。

第二年的夏季招考期近了，我为决定要考入官费的五校去起见，更对我的功课与日语，加紧了速力。本来是每晚于十一点就寝的习惯，到了三月以后，也一天天地改过了；有时候与教科书本茕茕相对，竟会到了附近的炮兵工厂的汽笛，早晨放五点钟的夜工时，还没有入睡。

必死的努力，总算得到了相当的酬报，这一年的夏季，我居然在东京第一高等学校的入学考试里占取了一席。到了秋季始业的时候，哥哥因为一年的考察期将满，准备回国来复命，我也从他们的家里，迁到了学校附近的宿店。于八月底边，送他们上了归国的火车，领到了第一次的自己的官费，我就和家庭，和戚属，永久地断绝了联络。从此野马缰弛，风筝线断，一生中潦倒飘浮，变成了一只没有舵楫的孤舟，计算起时日来，大约与第一次世界大战的开始，差不多是在同一的时候。

雪　夜

——（日本国情的记述）自传之一章

　　日本的文化，虽则缺乏独创性，但她的模仿，却是富有创造的意义的；礼教仿中国，政治法律军事以及教育等设施法德国，生产事业泛效欧美，而以她固有的那种轻生爱国、耐劳持久的国民性做了中心的支柱。根底虽则不深，可枝叶却张得极茂，发明发现等创举虽则绝无，而进步却来得很快。我在那里留学的时候，明治的一代，已经完成了它的维新的工作；老树上接上了青枝，旧囊装入了新酒，浑成圆熟，差不多丝毫的破绽都看不出来了；新兴国家的气象，原属雄伟，新兴国民的举止，原也豁荡，但对于奄奄一息的我们这东方古国的居留民，尤其是暴露己国文化落伍的中国留学生，却终于是一种绝大的威胁。说侮辱当然也没有什么不对，不过咎由自取，还是说得含蓄一点叫作"威胁"的好。

　　只在小安逸里醉生梦死、小圈子里夺利争权的黄帝之子孙，若要叫他领悟一下国家的观念的，最好是叫他到中国领土以外的无论哪一国去住上两三年。印度民族的晓得反英,高丽民族的晓得抗日,就因为他们的祖国,都变成了外国的缘故。有知识的中上流日本国民,对中国留学生,原也在十分地笼络;但笑里藏刀,深感着"不及错觉"的我们这些神经过敏的青年,胸怀哪里能够坦白到像现在当局的那些政治家一样;至于无知识的中下流——这一流当然是国民中的最大多数——大和民种,则老实不客气,在态度上言语上举动上处处都直叫出来在说:"你们这些劣等民族,亡国贱种,到我们这管理你们的大日本帝国来做什么!"简直是最有成绩的对于中国人使了解国家观念的高等教师了。

是在日本,我开始看清了我们中国在世界竞争场里所处的地位;是在日本,我开始明白了近代科学——不问是形而上或形而下——的伟大与湛深;是在日本,我早就觉悟到了今后中国的运命,与夫四万万五千万同胞不得不受的炼狱的历程。而国际地位不平等的反应,弱国民族所受的侮辱或欺凌,感觉得最深切而亦最难忍受的地方,是在男女两性,正中了爱神毒箭的一刹那。

日本的女子,一例地是柔和可爱的;她们历代所受的,自从开国到如今,都是顺从男子的教育。并且因为向来人口不繁、衣饰起居简陋的结果,一般女子对于守身的观念,也没有像我们中国那么的固执。又加以缠足深居等习惯毫无,操劳工作,出入里巷,行动都和男子无差;所以身体大抵总长得肥硕完美,绝没有临风弱柳、瘦似黄花等的病貌。更兼岛上火山矿泉独多,水分富含异质,因而关东西靠山一带的女人,皮色滑腻通明,细白得像似磁体;至如东北内地雪国里的娇娘,就是在日本也有"雪美人"的名称,她们的肥白柔美,更可以不必说了。所以谙熟了日本的言语风气，谋得了自己独立的经济来源，揖别了血族相连的亲戚弟兄，独自一个在东京住定以后，于旅舍寒灯的底下，或街头漫步的时候，最恼乱我的心灵的，是男女两性的种种牵引，以及国际地位落后的大悲哀。

两性解放的新时代，早就在东京的上流社会——尤其是知识阶级，学生群众——里到来了。当时的名女优像衣川孔雀、森川律子辈的妖艳的照相，化装之前的半裸体的照相，妇女画报上的淑女名姝的记载，东京闻人的姬妾的艳闻等等，凡足以挑动青年心理的一切对象与事件，在这一个世纪末的过渡时代里，来得特别的多，特别的杂。伊孛生①的问题剧，爱伦凯②的恋爱与结婚，自然主义派文人的丑恶暴露论，富于刺激性的社会主义两性观，凡这些问题，一时竟如潮水似的杀到了东京，而我这一个灵魂洁白，生性孤傲，感情脆弱，主意不坚的异乡游子，便成了这洪潮上的泡沫，两重三重地受到了推挤，涡旋，淹没，与消沉。

当时的东京，除了几个著名的大公园，以及浅草附近的娱乐场外，在市内小石川区的有一座植物园，在市外武藏野的有一个井之头公园，是比较高尚清幽的园游胜地；在那里有的是四时不断的花草，青葱欲滴的列树，涓涓不息的清流，和讨人欢喜的驯兽与珍禽。你若于风和日暖的春初，或天高气爽的秋晚，去闲行独步，总能遇到些年龄相并的良家少女，在那里采花，唱曲，涉水，登高。你若和她们去攀谈，她们总一例地来酬应；大家谈着，笑着，草地上躺着，吃吃带来的糖果之类，像在梦里，也像

---

① 伊孛生：今译"易卜生"。
② 爱伦凯：今译"爱伦·凯"，瑞典作家、妇女运动活动家。

在醉后，不知不觉，一日的光阴，会箭也似的飞度过去。而当这样的一度会合之后，有时或竟在会合的当中，从欢乐的绝顶，你每会立时掉入到绝望的深渊底里去。这些无邪的少女，这些绝对服从男子的丽质，她们原都是受过父兄的熏陶的，一听到了弱国的"支那"两字，哪里还能够维持她们的常态，保留她们的人对人的好感呢？"支那"或"支那人"的这一个名词，在东邻的日本民族，尤其是妙年少女的口里被说出的时候，听取者的脑里心里，会起怎么样的一种被侮辱、绝望、悲愤、隐痛的混合作用，是没有到过日本的中国同胞，绝对地想象不出来的。

在东京第一高等学校的预科里住满了一年，像上面所说过的那种强烈的刺激，不知受尽了多少次，我于民国四年（一九一五乙卯）的秋天，离开东京，上日本西部的那个商业都会名古屋去进第八高等学校的时候，心里真充满了无限的悲凉与无限的咒诅；对于两三年前曾经抱了热望，高高兴兴地投入到她怀里去的这异国的首都，真想第二次不再来见她的面。

名古屋的高等学校，在离开街市中心有两三里地远的东乡区域。到了这一区中国留学生比较的少的乡下地方，所受的日本国民的轻视虐待，虽则减少了些，但因为二十岁的青春，正在我的体内发育伸张，所以性的苦闷，也昂进到了不可抑止的地步。是在这一年的寒假考完了之后，关西的一带，接连下了两天大雪。我一个人住在被厚雪封锁住的乡间，觉得怎么也忍耐不住了，就在一天雪片还在飞舞着的午后，踏上了东海道线开往东京去的客车。在孤冷的客车里喝了几瓶热酒，看看四面并没有认识我的面目的旅人，胆子忽而放大了，于到了夜半停车的一个小驿的时候,我竟同被恶魔缠附着的人一样,飘飘然跳下了车厢。日本的妓馆,本来是到处都有的;但一则因为怕被熟人的看见,再则虑有病毒的纠缠,所以我一直到这时候为止,终于只在想象里冒险,不敢轻易地上场去试一试过。这时候可不同了,人地既极生疏,时间又到了夜半;几阵寒风和一天雪片,把我那已经喝了几瓶酒后的热血,更激高了许多度数。踏出车站,跳上人力车座,我把围巾向脸上一包,就放大了喉咙叫车夫直拉我到妓廓的高楼上去。

受了龟儿鸨母的一阵欢迎,选定了一个肥白高壮的花魁卖妇,这一晚坐到深更,于狂歌大饮之余,我竟把我的童贞破了。第二天中午醒来,在锦被里伸手触着了那一个温软的肉体,更模糊想起了前一晚的痴乱的狂态,我正如在大热的伏天,当天被泼上了一身冰水。那个无知的少女,还是袒露着全身,朝天酣睡在那里;窗外面的大雪晴了,阳光反射的结果,照得那一间八席大的房间,分外地晶明爽朗。我看看玻璃窗外的半角晴天,看看枕头边上那些散乱着的粉红樱纸,竟不由自主地流出来了两条眼泪。

"太不值得了!太不值得了!我的理想,我的远志,我的对国家所抱负的热情,现在还有些什么?还有些什么呢?"

心里一阵悔恨,眼睛里就更是一阵热泪;披上了妓馆里的袍,斜靠起了上半身的身体,这样地悔着呆着,一边也不断地暗泣着,我真不知坐尽了多少的时间;直到那位女郎醒来,陪我去洗了澡回来,又喝了几杯热酒之后,方才回复了平时的心状。三个钟头之后,皱着长眉,靠着车窗,在向御殿场一带的高原雪地里行车的时候,我的脑里已经起了一种从前所绝不曾有过的波浪,似乎在昨天的短短一夜之中,有谁来把我全身的骨肉都完全换了。

"沉索性沉到底吧!不入地狱,哪见佛性,人生原是一个复杂的迷宫。"

这就是我当时混乱的一团思想的翻译。

一九三六年一月末日

第四辑　感伤的行旅

感伤的行旅

一

犹太人的漂泊，听说是上帝制定的惩罚。中欧一带的寄泊栖①的游行，仿佛是这一种印度支族浪漫尼的天性。大约是这两种意味都完备在我身上的缘故吧，在一处沉滞得久了，只想把包裹雨伞背起，到绝无人迹的地方去吐一口郁气。更况且节季又是霜叶红时的秋晚，天色又是同碧海似的天天晴朗的青天，我为什么不走？我为什么不走呢？

可是说话容易，实践艰难，入秋以后，想走想走的心愿，却起了好久了，而天时人事，到了临行的时节，总有许多阻障出来。八个瓶儿七个盖，凑来凑去凑不周全的，尤其是几个买舟借宿的金钱。我不会吹箫，我当然不能乞食，况且此去，也许在吴

---

① 寄泊栖：今译"吉卜赛"。

头,也许向楚尾,也许在中途被捉,被投交有砂米饭吃有红衣服着的笼中,所以踏上火车之先,我总想多带一点财物在身边,免得为人家看出,看出我是一个无产无职的游民。

旅行之始,还是先到上海,向各处去交涉了半天。等到几个版税拿到在手里,向大街上买就了些旅行杂品的时候,我的灵魂已经飞到了空中。

"Over the hills and far away!"①

坐在黄包车上的身体,好像在腾云驾雾,扶摇上九万里外去了。头一晚,就在上海的大旅馆里借了一宵宿。

是月暗星繁的秋夜,高楼上看出去,能够看见的,只是些黄苍颓荡的电灯光。当然空中还有许多同蜂衙里出了火似的同胞的杂噪声,和许多有钱的人在大街上驶过的汽车声融合在一处,在合奏着大都会之夜的"新魔丰腻",但最触动我这感伤的行旅者的哀思的,却是在同一家旅舍之内,从前后左右的宏壮的房间里发出来的娇艳的肉声,及伴奏着的悲凉的弦索之音。屋顶上飞下来的一阵两阵的比西班牙舞乐里的皮鼓铜琶更野噪的锣鼓响乐,也未始不足以打断打断我这愁人秋夜的客中孤独,可是同败落头人家的喜事一样,这一种绝望的喧阗,这一种勉强的干兴,终觉得是肺病患者的脸上的红潮,静听起来,仿佛是有四万万的受难的人民,在这野声里啜泣似的,"如此烽烟如此(乐),老夫怀抱若为开"呢?

不得已就只好在灯下拿出一本德国人的游记来躺在床沿上胡

---

① 英文:越过重山去远方。

乱地翻读……

　　一七七六,九月四日,来干思堡,侵晨。

　　早晨三点,我轻轻地偷逃出了卡儿斯罢特,因为否则他们怕将不让我走。那一群将很亲热地为我做八月二十八的生日的朋友们,原也有扣留住我的权利;可是此地却不可再事淹留下去了……

　　这样地跟这一位美貌多才的主人公看山看水,一直地到了月下行车,将从勃伦纳到物络那(von Brenner bis Verona)的时候,我也就在悲凉的弦索声,杂噪的锣鼓声,和怕人的汽车声中昏沉睡着了。

　　不知是在什么地方,我自身却立在黑沉沉的天盖下俯看海水,立脚处仿佛是危岩巉屹的一座石山。我的左壁,就是一块身比人高的直立在那里的大石。忽而海潮一涨,只见黑黝黝的涡旋,在灰黄的海水里鼓荡,潮头渐长渐高,逼到脚下来了,我苦闷了一阵,却也终于无路可逃,带黏性的潮水,就毫无踌躇地浸上了我的两脚,浸上了我的腿部,腰部,终至于将及胸部而停止了。一霎时水又下退,我的左右又变了石山的陆地,而我身上的一件青袍,却为水浸湿了。在惊怖和懊恼的中间,梦神离去了我,手支着枕头,举起上半身来看看外边的样子,似乎那些毫无目的,毫无意识,只在大街上闲逛、瞎挤、乱骂、高叫的同胞们都已归笼去了,马路上只剩了几声清淡的汽车警笛之声,前后左右的娇艳的肉声和弦索声也减少了,幽幽寂寂,仿佛从极远处传来似的,只有间隔得很远的竹背牙牌互击的嘈杂的声音,大约夜也阑了,大家的游兴也倦了吧,这时候我的肚里却也咕噜噜感到了一点饥饿。

披上棉袍,向里间浴室的瓷盆里放了一盆热水,漱了一漱口,擦了一把脸,再回到床前安乐椅上坐下,呆看住电灯擦起火柴来吸烟的时候,我不知怎么地陡然间却感到了一种异样的孤独。这也许是大都会中的深夜的悲哀,这也许是中年易动的人生的感觉,但无论如何,我觉得这样地再在旅舍里枯坐是耐不住的了,所以就立起身来,开门出去,想去找一家长夜开炉的菜馆,去试一回小吃。

开门出去,在静寂粉白和病院里的廊子一样的长巷中走了一段,将要从右角转入另一条长廊去的时候,在角上的那间房里,忽而走出了一位二十左右,面色洁白妖艳,一头黑发松长披在肩上,全身像裸着似的只罩着一件金黄长毛丝绒的妇人来。这一回的出其不意地在这一个深夜的时间里忽儿和我这样的一个潦倒的中年男子的相遇,大约也使她感到了一种惊异,她起始只张大了两只黑晶晶的大眼,怀疑惊问似的对我看了一眼,继而脸上涨起了红霞,似羞缩地将头俯伏了下去,终于大着胆子向我的身边走过,走到另一间房间里去了。我一个人发了一脸微笑,走转了弯,轻轻地在走向升降机去的中间,耳朵里还听见了一声她关闭房门的声音,眼睛里还保留着她那丰白的圆肩的曲线,和从宽散的她的寝衣中透露出来的胸前的那块倒三角形的雪嫩的白肌肤。

司升降机的工人和在廊子的一角呆坐着的几位茶役,都也睡态蒙眬了,但我从高处的六层楼下来,一到了底下出大门去的那条路上，却不料竟会遇见这许多暗夜之子在谈笑取乐的。他们的中间，有的是跟妓女来的龟奴鸨母，有的是司汽车的机器工人，有的是身上还披着绒毯的住宅包车夫，有的大约是专等到了这一个时候，夹入到这些人的中间来骗取一支两支香烟，谈谈笑笑借此过夜的闲人吧！这一个大门道上的小社会里，这时候似乎还正在热闹的黄昏时候一样，而等我走出大门，向东边角上的一家茶馆里坐定，朝壁上的挂钟细细看了一眼时，却已经是午前的三点钟前了。

吃取了一点酒菜回来，在路上向天空注看了许多回。西边天上，正挂着一钩同镰刀似的下弦残月，东北南三面，从高屋顶的电火中间窥探出去，似还见得到一颗两颗的黯淡的秋星，大约明朝不会下雨这一件事情总可以决定的了。我长啸了一声，心里却感到了一点满足，想这一次的出发也还算不坏，就再从升降机上来，回房脱去了袍袄，沉酣地睡着了四五个钟头。

二

几个钟头的酣睡，已把我长年不离身心的疲倦医好了一半了，况且赶到车站的时候正还是上行特别快车将发未动的九点之前，买了车票，挤入了车座，浩浩荡荡，火车头在晨风朝日之中，将我的身体搬向北去的中间，老是自伤命薄、对人对世总觉得不满的我这时代落伍者，倒也感到了一心的快乐。"旅行果然是好的"，我斜倚着车窗，目视着两旁的躺息在太阳和风里的大地，心里却在这样地想："旅行果然是不错，以后就决定在船窗马背里过它半生生活吧!"

江南的风景,处处可爱,江南的人事,事事堪哀,你看,在这一个秋尽冬来的寒月里,四边的草木,岂不还是青葱红润的么?运河小港里,岂不依旧是白帆如织满在行驶的么?还有小小的水车亭子,疏疏的槐柳树林。平桥瓦屋,只在大空里吐和平之气,一堆一堆的干草堆儿,是老百姓在这过去的几个月中间力耕苦作之后的黄金成绩,而车辚辚,马萧萧,这十余年中间,军阀对他们的征收剥夺,掳掠奸淫,从头细算起来,哪里还算得明白?江南原说是鱼米之乡,但可怜的老百姓们,也一并地做了那些武装同志们的鱼米了。逝者如斯,将来者且更不堪设想,你们且看看政府中什么局长什么局长的任命,一般物价的同潮也似的怒升,和印花税地税杂税等名目的增设等,就也可以知其大概了。啊啊,圣明天子的朝廷大事,你这贱民哪有左右容喙的权利,你这无智的牛马,你还是守着古圣昔贤的大训,明哲以保其身,且细赏赏这车窗外面的迷人秋景吧!人家瓦上的浓霜去管它作甚?

车窗外的秋色,已经到了烂熟将残的时候了。而将这秋色秋风的颓废末级,最明显地表现出来的,要算浅水滩头的芦花丛菽,和沿流在摇映着的柳色的鹅黄。当然杞树、枫树、柏树的红叶,也一律地在透露残秋的消息,可是绿叶层中的红霞一抹,即在春天的二月,只叫你向树林里去栽几株一丈红花,也就可以酿成此景。至于西方莲的殷红,则不问是寒冬或是炎夏,只叫你培养得宜,那就随时随地都可以将其他树叶的碧色去衬它的朱红,所以我说,表现这大江南岸的残秋的颜色,不是枫林的红艳和残叶的青葱,却是芦花的丰白与岸柳的鬓黄。

秋的颜色,也管不得许多,我也不想来品评红白、裁答一重公案,总之对这些大自然的四时烟景,毫末也不曾留意的我们那火车机头,现在却早已冲过了长桥几架,抄过了阳澄湖岸的一角,一程一程地在逼近姑苏台下去了。

苏州本来是我依旧游之地,"一帆冷雨过娄门"的情趣,闲雅的古人,似乎都在称道。不过细雨骑驴,沿着了七里山塘,缓缓地去奠拜真娘之墓的那种逸致,实在也尽值得我们的怀忆的。还有日斜的午后,或者上小吴轩去泡一碗清茶,凭栏细数数城里人家的烟灶,或者在冷红阁上,开开它朝西一带的明窗,静静儿地守着夕阳的晼晚西沉,也是尘俗都消的一种游法。我的此来,本来是无遮无碍的放浪的闲行,依理是应该在吴门下榻,离沪的第一晚是应该去听听寒山寺里的夜半清钟的,可是重阳过后,这近边又有了几次农工暴动的风声,军警们提心吊胆,日日在搜查旅客,骚扰居民,像这样的暴风雨将到未来的恐怖期间,我也不想再去多劳一次军警先生的驾了,所以车停的片刻时候,我只在车里跑上先跑落后地看了一回虎丘的山色,想看看这本来是不高不厚的地皮,究竟有没有被那些要人们刮尽。但是还好,那一堆小小的土山,依旧还在那里点缀苏州的景致。不过塔影萧条,似乎新来瘦了,它不会病酒,它不会悲秋,这影瘦的原因,大约总是因为日脚行到了天中的缘故吧。拿出表来一看,果然已经是十一点多钟,将近中午的时刻了。

火车离去苏州之后,路线的两边,耸出了几条绀碧的山峰来。在平淡的上海住惯的人,或者本来是从山水中间出来,但为生活所迫，就不得不在看不见山看不见水的上海久住的人们，大约到此总不免要生出异样的感觉来的吧。同车的有几位从上海来的旅客，一样地因看见了这西南一带的连山而在作点头的微笑。啊啊，人类本来就是大自然的一部分细胞，只叫天性不灭，绝没有一个会对了这自然的和平清景而不想赞美的，所以那些卑污贪暴的军阀委员要人们，大约总已经把人性灭尽了的缘故吧，他们只知道要打仗，他们只知道要杀人，他们只知道如何地去敛钱争势夺权利用，他们只知道如何地来破坏农工大众的这一个自然给予我们的伊甸园。啊吓，不对，本来是在说看山的，多嘴的小子，却又破口牵涉起大人先生们的狼心狗计来了，不说吧，还是不说吧。将近十二点了，我还是去炒盘芥莉鸡丁弄瓶"苦配"啤酒来浇浇魂磊的好。

三

正吞完最后的一杯苦酒的时候，火车过了一个小站，听说是无锡就在眼前了。

天下第二泉水的甘味，倒也没有什么可以使人留恋的地方。但震泽湖边的芦花秋草，当这一个肃杀的年时，在理想上当然是可以引人入胜的，因为七十二山峰的峰下，处处应该有低浅的水滩，三万六千顷的周匝，少算算也应该有千余顷的浅渚，以这一个统计来计算太湖湖上的芦花，那起码要比扬子江河身的沙渚上的芦田多些。我是曾在太平府以上九江以下的扬子江头看过伟大的芦花秋景的，所以这一回很想上太湖去试试运气看，看我这一次的臆测究竟有没有和事实相合的地方。这样地决定在无锡下车之后，倒觉得前面相去只几里地的路程特别的长了起来，特别快车的速力也似乎特别慢起来了。

无锡究竟是出大政客的实业中心地，火车一停，下来的人竟占了全车的十分之三四。我因为行李无多，所以一时对那些争夺人体的黄包车夫们都失了敬，一个人踏出站来，在荒地上立了一会，看了一出猴子戴面具的把戏，想等大伙的行客散了，再去叫黄包车直上太湖边去。这一个战略，本是我在旅行的时候常用常效的方法，因为车刚到站，黄包车价总要比平时贵涨几倍，等大家散尽，车夫看看不得不等第二班车了，那他的价钱就会低让一点，可以让到比平时只贵两成三成的地步。况且从车站到湖滨，随便走哪一条路，总要走半个钟头才能走到，你若急切地去叫车，那客气一点的车夫，会索价一块大洋，不客气的或者竟会说两块三块都不定的。所以夹在无锡的市民中间，上车站前头的那块荒地上去看一出猴犬两明星合演的拿手好戏，也是一件有意义的事情，因为我在看把戏的中间就在摆布对车夫的战略呀。殊不知这一次的作战，我却大大地失败了。

原来上行特别快车到站是正午十二点的光景，这一班车过后，则下行特快的到来要在下午的一点半过，车夫若送我到湖边去呢，那下半日的他的买卖就没有了，要不是有特别的好处，大家是不愿意去的。况且时刻又来得不好，正是大家要去吃饭缴车的时候，所以等我从人丛中挤攒出来，想再回到车站前头去叫车的当儿，空洞的卵石马路上，只剩了些太阳的影子，黄包车夫却一个也看不见了。

没有办法,只好唱着"背转身,只埋怨,自己做差"而慢慢地踱过桥去,在无锡饭店的门口,反出了一个更贵的价目,才叫着了一乘黄包车拖我到了迎龙桥下。从迎龙桥起,前面是宽广的汽车道了,两公司的驶往梅园的公共汽车,隔十分就有一乘开行,并且就是不坐汽车,从迎龙桥起再坐小照会的黄包车去,也是十分舒适的。到了此地,又是我的世界了,而实际上从此地起,不但有各种便利的车子可乘,就是叫一只湖船,叫她直摇出去,到太湖边上去摇它一晚,也是极容易办到的事情,所以在一家新的公共汽车行的候车的长凳上坐下的时候,我心里觉得是已经到了太湖边上的样子。

开原乡一带,实在是住家避世的最好的地方。九龙山脉,横亘在北边,锡山一塔,障得住东来的烟灰煤气,西南望去,不是龙山山脉的蜿蜒的余波,便是太湖湖面的镜光的返照。到处有桑麻的肥地,到处有起屋的良材,耕地的整齐,道路的修广,和一种和平气象的横溢,是在江浙各农区中所找不出第二个来的好地。可惜我没有去做官,可惜我不曾积下些钱来,否则我将不买阳羡之田,而来这开原乡里置它的三十顷地。营五亩之居,筑一亩之室。竹篱之内,树之以桑,树之以麻,养些鸡豚羊犬,好供岁时伏腊置酒高会之资;酒醉饭饱,在屋前的太阳光中一躺,更可以叫稚子开一开留声机器,听听克拉衣斯勒的提琴的慢调或卡儿骚的高亢的悲歌。若喜欢看点新书,那火车一搭,只叫有半日工夫,就可以到上海的璧恒、别发,去买些最近出版的优美的书来。这一点卑卑的愿望,啊啊,这一点在大人先生的眼里看起来,简直是等于矮子的一个小脚指头般大的奢望,我究竟要在何年何月,才享受得到呢?罢罢,这样地在公共汽车里坐着,这样地看看两岸的疾驰过去的桑田,这样地注视注视龙山的秋景,这样地吸收吸收不用钱买的日色湖光,也就可以了,很可以了,我还是不要做那样的妄想,且念首清诗,聊做个过屠门的大嚼吧!

Mine be a cot beside the hill,

A bee-hive's hum shall soothe my ear;

A willowy brook that turns a mill,

With many a fall shall linger near.

The swallow,oft,beneath my thatch,

Shall twitter from her clay-built nest;

Oft shall the pilgrim lift the latch,

And share my meal, a welcome guest.

Around my ivied porch shall spring,

Each fragrant flower that drinks the dew;

And Lucy, at her wheel, shall sing,

In russet gown and apron blue.

The village-church among the trees,

Where first our marriage-vows were given,

With merry peals shall swell the breeze,

And point with taper spiry to Heaven.①

这样地在车窗口同诗里的蜜蜂似的哼着念着，我们的那乘公共汽车，已经驶过了张巷荣巷，驶过了一支小山的腰岭，到了梅园的门口了。

四

梅园是无锡的大实业家荣氏的私园，系筑在去太湖不远的一支小山上的别业，我的在公共汽车里想起的那个愿望，他早已大规模地为我实现造好在这里了；所不同者，我所想的是一间小小的茅棚，而他的却是红砖的高大的洋房，我是要缓步以当车，徒步在那些桑麻的野道上闲走的，而他却因为时间是黄金就非坐汽车来往不可的这些违异。然而人同此心，心同此理，看将起来，有钱的人的心理，原也同我们这些无钱无业的闲人的心理是一样的。我在此地要感谢荣氏的竟能把我的空想去实现而造成这一个梅园，我更要感谢他既造成之后而能把它开放，并且非但把它开放，而又能在梅园里割出一席地来租给人家，去开设一个接待来游者的公共膳宿之场。因为这一晚我是决定在梅园里的太湖饭店内借宿的。

大约到过无锡的人总该知道，这附近的别墅的位置，除了刚才汽车通过的那支横山上的一个别庄之外，总算这梅园的位置

---

① 英国诗人塞缪尔·罗杰斯（Samuel Rogers）的诗作《唯愿》（A Wish）。

算顶好了。这一条小小的东山,当然也是龙山西下的波脉里的一条,南去太湖,约只有小三里不足的路程。而在这梅园的高处,如招鹤坪前,太湖饭店的二楼之上,或再高处那荣氏的别墅楼头,南窗开了,眼下就见得到太湖的一角,波光容与,时时与独山、管社山的山色相掩映。至于园里的瘦梅千树,小榭数间,和曲折的路径,高而不美的假山之类,不过尽了一点点缀的余功,并不足以语园林营造的匠心之所在的。所以梅园之胜,在它的位置,在它的与太湖的接而不离、离而又接的妙处,我的不远数十里的奔波,定要上此地来借它一宿的原因,也只想利用利用这一点特点而已。

在太湖饭店的二楼上把房间开好,喝了几杯既甜且苦的惠泉山酒之后,太阳已有点打斜了,但拿出表来一看,时间还只是午后的两点多钟。我的此来,原想看一看一位朋友所写过的太湖的落日,原想看看那落日与芦花相映的风情的;若现在就赶往湖滨,那未免去得太早,后来怕要生出久候无聊的感想来。所以走出梅园,我就先叫了一乘车子,再回到惠山寺去,打算从那里再由别道绕至湖滨,好去赶上看湖边的落日。但是锡山一停,惠山一转,遇见了些无聊的俗物在惠山泉水旁的大嚼豪游,及许多武装同志们的沿路的放肆高笑,我心里就感到了一心的不快,正同被强人按住在脚下,被他强塞了些灰土尘污到肚里边去的样子,我的脾气又发起来了,我只想登到无人来得的高山之上去尽情吐泻一番,好把肚皮里的抑郁灰尘都吐吐干净。穿过了惠山的后殿,一步一登,朝着只有斜阳和衰草在弄情调戏的濯濯的空山,不晓走了多少时候,我竟走到了龙山第一峰的头茅棚外了。

目的总算达到了，惠山锡山寺里的那些俗物，都已踏踢在我的脚下，四大皆空，头上身边，只剩了一片蓝苍的天色和清淡的山岚。在此地我可以高啸，我可以俯视无锡城里的几十万为金钱名誉而在苦斗的苍生，我可以任我放开大口来骂一阵无论哪一个凡为我所疾恶者，骂之不足，还可以吐他的面，吐面不足，还可以以小便来浇上他的身头。我可以痛哭，我可以狂歌，我等爬山的急喘回复了一点之后，在那块头茅棚前的山峰头上竟一个人演了半日的狂态，直到喉咙干哑，汗水横流，太阳也倾斜到了很低很低的时候为止。

气竭声嘶，狂歌高叫的音停后，我的两只本来是为我自己的聒噪弄得昏昏的耳里，忽而沁地钻入了一层寂静，风也无声，日也无声，天地草木都仿佛在一击之下变得死寂了。沉默，沉默，沉默，空处都只是沉默。我被这一种深山里的静寂压得怕起来了，头脑里却起了一种很可笑的后悔。"不要这世界完全被我骂得陆沉了哩？"我想，"不要山鬼之类听了我的啸声来将我接受了去，接到了他们的死灭的国里去了哩？"我又想，"我在这里踏着的不要不是龙山山头，不要是阴间的滑油山之类哩？"我再想。于是我就注意看了看四边的景物，想证一证实我这身体究竟还是仍旧活在这卑污满地的阳世呢，还是已经闯入了那个鬼也在想革命而谋做阎王的阴间。

朝东望去，远散在锡山塔后的，依旧是千万的无锡城内的民家和几个工厂的高高的烟突，不过太阳斜低了，比起午前的光景来，似乎加添了一点倦意。俯视下去，在东南的角里，桑麻的林影，还是很浓很密的，并且在那条白线似的大道上，还有行动的车类的影子在那里前进呢，那么至少至少，四周都只是死灭的这一个观念总可以打破了。我宽了一宽心，更掉头朝向了西南，太阳落下了，西南全面，只是炫目的湖光，远处银蓝蒙溕，当是湖中间的峰面的暮霭，西面各小山的面影，也都变成了紫色了。因为看见了斜阳，看见了斜阳影里的太湖，我的已经闯入了死界的念头虽则立时打消，但是日暮途穷，只一个人远处在荒山顶上的一种实感，却油然地代之而起。我就伸长了脖子拼命地查看起四面的路来，这时候我实在只想找出一条近而且坦的便道，好遵此便道而且赶回家去。因为现在我所立着的，是龙山北脉在头茅棚下折向南去的一条支岭的高头，东西南三面只是岩石和泥沙，没有一条走路的。若再回至头茅棚前，重沿了来时的那条石级，再下至惠山，则无缘无故便白白地不得不多走许多的回头曲路，大丈夫是不走回头路的，我一边心里虽在这样地同小孩子似的想着，但实在我的脚力也有点虚竭了。"啊啊，要是这儿有一所庵庙的话，那我就可以不必这样地着急了。"我一边尽在看四面的地势，一边心里还在做这样的打算，"这地点多么好啊，东面可以看无锡全市，西面可以见太湖的夕阳，后面是头茅棚的高顶，前面是朝正南的开原乡一带的村落，这里比起那头茅棚来，形势不晓要好几十倍。无锡人真没有眼睛，怎么会将这一块龙山南面的平坦的山岭这样地弃置着，而不来造一所庵庙的呢？唉唉，或者他们是将这一个好地方留着，留待我来筑室幽居的吧？或者几十年后将有人来因我今天的在此一哭而为我起一个痛哭之台而与我那故乡的谢氏西台来对立的吧？哈哈，哈哈。不错，很不错。"末后想到了这一个夸大妄想狂者的想头之后，我的精神也抖擞起来了，于是拔起脚跟，不管它有路没有路，只是往前向那条朝南斜拖下去的山坡下乱走。结果在乱石上滑坐了几次，被荆棘钩破了一块小襟和一双线袜，我跳过几块岩石，不到三十分钟，我也居然走到了那支荒山脚下的坟堆里了。

到了平地的坟树林里来一看，西天低处太阳还没有完全落尽，走到了离坟不远的一个小村子的时候，我看了看表，已经是五点多了。村里的人家，也已经在预备晚餐，门前晒在那里的干草豆萁，都已收拾得好好，老农老妇，都在将暗未暗的天空下，在和他们的孙儿孙女游耍。我走近前去，向他们很恭敬地问了问到梅园的路径，难得他们竟有这样的热心，居然把我领到了通汽车的那条大道之上。等我雇好了一乘黄包车坐上，回头来向他们道谢的时候，我的眼角上却又扑簌簌地滚下了两粒感激的大泪来。

五

山居清寂，梅园的晚上，实在是太冷静不过。吃过了晚饭，向庭前去一走，只觉得四面都是茫茫的夜雾和每每的荒田，人家也看不出来，更何况乎灯烛辉煌的夜市。绕出园门，正想拖了两只倦脚走向南面野田里去的时候，在黄昏的灰暗里我却在门边看见了一张有几个大字写在那里的白纸。摸近前去一看，原来是中华艺大的旅行写生团的通告。在这中华艺大里，我本有一位认识的画家C君在那里当主任的，急忙走回饭店，叫茶房去一请，C君果然来了。我们在灯下谈了一会，又出去在园中的高亭上站立了许多时候,这一位不趋时尚,只在自己精进自己的技艺的画家,平时总老是讷讷不愿多说话的,然而今天和我的这他乡的一遇,仿佛把他的习惯改过来了,我们谈了些以艺术做了招牌,拼命地在运动做官做委员的艺术家的行为。我们又谈到了些设了很好听的名目,而实际上只在骗取青年学子的学费的艺术教育家的心迹。我们谈到了艺术的真髓,谈到了中国的艺术的将来,谈到了革命的意义,谈到了社会上的险恶的人心,到了叹声连发,不忍再谈下去的时候,高亭外的天色也完全黑了。两人伸头出去,默默地只看了一回天上的几颗早见的明星。我们约定了下次到上海时,再去江湾访他的画室的日期,就各自在黑暗里分手走了。

大约是一天跑路跑得太多了的缘故吧,回旅馆来一睡,居然身也不翻一个,好好儿地睡着了。约莫到了残宵二三点钟的光景,槛外的不知从哪一个庙里来的钟磬,尽是当当当当地在那里慢击。我起初梦醒,以为是附近报火的钟声,但披衣起来,到室外廊前去一看,不但火光看不出来,就是火烧场中老有的那一种叫噪的人号狗吠之声也一些儿听它不出。庭外如云如雾,静浸着一庭残月的清光。满屋沉沉,只充满着一种遥夜酣眠的呼吸。我为这钟声所诱,不知不觉,竟扣上了衣裳,步出了庭前,将我的孤零的一身,浸入了仿佛是要粘上衣来的月光海里。夜雾从太湖里蒸发起来了,附近的空中,只是白茫茫的一片。叉桠的梅树林中,望过去仿佛是有人立在那里的样子。我又慢慢地从饭店的后门,步上了那个梅园最高处的招鹤坪上。南望太湖,也辨不出什么形状来,不过只觉得那面的一块空阔的地方,仿佛是由千千万万的银丝织就似的,有月光下照的清辉,有湖波反射的银箭,还有如无却有,似薄还浓,一半透明,一半粘湿的湖雾湖烟,假如你把身子用力地朝南一跳,那这一层透明的白网,必能悠扬地牵举你起来,把你举送到王母娘娘的后宫深处去似的。这是我当初看了那湖天一角的景象的时候的感想,但当万籁无声的这一个月明的深夜,幽幽地慢慢地,被那远寺的钟声,当嗡、当嗡的接连着几回有韵律似的催告,我的知觉幻想,竟觉得渐渐地渐渐地麻木下去了,终至于什么也不想,什么也不干,两只脚柔软地跪坐了下去,眼睛也只同呆了似的盯视住了那悲哀的残月不能动了。宗教的神秘,人性的幽幻,大约是指这样的时候的这一种心理状态而说的吧,我像这样地和耶稣教会的以马内利的圣像似的,被那幽婉的钟声,不知魔伏了许多时,直到钟声停住,木鱼声发,和尚——也许是尼姑——的念经念咒的声音幽幽传到我耳边的时候,方才挺身立起,回到了那旅馆的居室里来,这时候大约去天明总也已经不远了吧?

回房不知又睡着了几个钟头,等第二次醒来的时候,前窗的帷幕缝中却漏入了几行太阳的光线来。大约时候总也已不早了,急忙起来预备了一下,吃了一点点心,我就出发到太湖湖上去。天上虽各处飞散着云层,但晴空的缺处,看起来仍可以看得到底的,所以我知道天气总还有几日好晴。不过太阳光太猛了一点,空气里似乎有多量的水蒸气含着,若要登高处去望远景,那像这一种天气是不行的,因为晴而不爽,你不能从厚层的空气里辨出远处的寒鸦林树来,可是只要看看湖上的风光,那像这样的晴天,也已经是尽够的了。并且昨晚上的落日没有看成,我今天却打算牺牲它一天的时日,来试试太湖里的远征,去找出些前人所未见的岛中僻景来,这是当走出园门,打杨庄的后门经过,向南走入野田,在走上太湖边上去的时候的决意。

太阳升高了,整洁的野田里已有早起的农夫在辟土了。行经过一块桑园地的时候,我且看见了两位很修媚的姑娘,头上罩着了一块白布,在用了一根竹竿,打下树上的已经黄枯了的桑叶来。听她们说这也是蚕妇的每年秋季的一种工作,因为枯叶在树上悬久了,那老树的养分不免要为枯叶吸几分去,所以打它们下来是很要紧的,并且黄叶干了,还可以拿去生火当柴烧,也是一举两得的事情。

在野田里的那条通至湖滨的泥路,上面铺着的尽是些细碎的介虫壳儿,所以阳光照射下来,有几处虽只放着明亮的白光,但有几处简直是在发虹霓似的彩色。

像这样的有朝阳晒着的野道,像这样的有林树小山围绕着的空间,况且头上又是青色的天,脚底下并且是五彩的地,饱吸着健康的空气,摆行着不急的脚步,朝南地走向太湖边去,真是多么美满的一幅清秋行乐图呀!但是风云莫测,急变就起来了,因为我走到了管社山脚,正要沿了那条山脚下新辟的步道走向太湖旁的一小湾,俗名"五里湖滨"的时候,在山道上朝着东面的五里湖心却有两位着武装背皮带的同志和一位穿长袍马褂的先生立在那里看湖面的扁舟。太阳光直射在他们的身上,皮带上的镀镍的金属,在放异样的闪光。我毫不留意地走近前去,而听了我的脚步声将头掉转来的他们中间的武装者的一位,突然叫了我一声,吃了一惊,我张开了大眼向他一看,原来是一位当我在某地教书的时候的从前的学生。

他在学校里的时候本来就是很会出风头的,这几年来际会风云,已经步步高升成了党国的要人了,他的名字我也曾在报上看见过几多次的,现在突然地在这一个地方被他那么地一叫,我真骇得颜面都变成了土色了,因为两三年来,流落江湖,不敢出头露面的结果,我每遇见一个熟人的时候,心里总要怦怦地惊跳。尤其是在最近被几位满含恶意的新闻记者大书了一阵我的叛党叛国的记载以后,我更是不敢向朋友亲戚那里去走动了。而今天的这一位同志,却是党国的要人,现任的中委机关里的常务委员,若论起罪来,是要从他的手中发落的,冤家路窄,这一关叫我如何地偷逃过去呢?我先发了一阵抖,立住了脚呆木了一下,继而一想,横竖逃也逃不脱了,还是大着胆子迎上去吧,于是就立定主意保持着若无其事的态度,前进了几步,和他握了握手。

"啊!怎么你也会在这里!"我很惊喜似的装着笑脸问他。

"真想不到在这里会见到先生的,近来身体怎么样!脸色很不好哩!"他也是很欢喜地问我。看了他这样态度,我的胆子放大了,于是就造了一篇很圆满的历史出来报告给他听。

我说因为身体不好,到太湖边上来养病已经有二年多了,自从去年夏天起,并且因为闲空不过,就在这里聚拢了几个小学生来在教他们的书,今天是礼拜,所以才出来走走,但吃中饭的时候却非要回去不可的,书房是在城外××桥××巷的第××号,我并且要请他上书房去坐坐,好细谈谈别后的闲天。我这大胆的谎语原也已经听见了他这一番来锡的任务之后才敢说的,因为他说他是来查勘一件重大党务的,在这太湖边上一转,午后还要上苏州去,等下次再有来无锡的机会的时候再来拜访,这是他的遁词。

他为我介绍了那另外的两位同志,我们就一同地上了万顷堂,上了管社山,我等不到一碗清茶泡淡的时候,就设辞和他们告别了。这样的我在惊恐和疑惧里,总算访过了太湖,游尽了无锡,因为中午十二点的时候我已同逃狱囚似的伏在上行车的一角里在喝压惊的"苦配"啤酒了。这一次游无锡的回味,实在也同这啤酒的味儿差仿不多。

一九二八年十一月作者在途中记

钓台的春昼

　　因为近在咫尺，以为什么时候要去就可以去，我们对于本乡本土的名区胜景，反而往往没有机会去玩，或不容易下一个决心去玩的。正唯其是如此，我对于富春江上的严陵，二十年来，心里虽每在记着，但脚却从没有向这一方面走过。一九三一，岁在辛未，暮春三月，春服未成，而中央党帝，似乎又想玩一个秦始皇所玩过的把戏了，我接到了警告，就仓皇离去了寓居。先在江浙附近的穷乡里，游息了几天，偶尔看见了一家扫墓的行舟，乡愁一动，就定下了归计。绕了一个大弯，赶到故乡，却正好还在清明寒食的节前。和家人等去上了几处坟，与许久不曾见过面的亲戚朋友，来往热闹了几天，一种乡居的倦怠，忽而袭上心来了，于是乎我就决心上钓台去访一访严子陵的幽居。

　　钓台去桐庐县城二十余里，桐庐去富阳县治九十里不足，自富阳溯江而上，坐小火轮三小时可达桐庐，再上则需坐帆船了。

　　我去的那一天，记得是阴晴欲雨的养花天，并且系坐晚班轮去的,船到桐庐,已经是灯火微明的黄昏时候了,不得已就只得在码头近边的一家旅馆的高楼上借了一宵宿。

桐庐县城,大约有三里路长,三千多烟灶,一二万居民,地在富春江西北岸,从前是皖浙交通的要道,现在杭江铁路一开,似乎没有一二十年前的繁华热闹了。尤其要使旅客感到萧条的,却是桐君山脚下的那一队花船的失去了踪影。说起桐君山,原是桐庐县的一个接近城市的灵山胜地,山虽不高,但因有仙,自然是灵了。以形势来论,这桐君山,也的确是可以产生出许多口音生硬、别具风韵的桐严嫂来的生龙活脉;地处在桐溪东岸,正当桐溪和富春江合流之所,依依一水,西岸便瞰视着桐庐县市的人家烟树。南面对江,便是十里长洲;唐诗人方干的故居,就在这十里桐洲九里花的花田深处。向西越过桐庐县城,更遥遥对着一排高低不定的青峦,这就是富春山的山子山孙了。东北面山下,是一片桑麻沃地,有一条长蛇似的官道,隐而复现,出没盘曲在桃花杨柳洋槐榆树的中间;绕过一支小岭,便是富阳县的境界,大约去程明道的墓地程坟,总也不过一二十里地的间隔,我的去拜谒桐君,瞻仰道观,就在那一天到桐庐的晚上,是淡云微月,正在作雨的时候。

鱼梁渡头,因为夜渡无人,渡船停在东岸的桐君山下。我从旅馆踱了出来,先在离轮埠不远的渡口停立了几分钟,后来向一位来渡口洗夜饭米的年轻少妇,弓身请问了一回,才得到了渡江的秘诀。她说:"你只需高喊两三声,船自会来的。"先谢了她教我的好意,然后以两手围成了播音的喇叭,"喂,喂,船渡请摇过来!"地纵声一喊,果然在半江的黑影当中,船身摇动了。渐摇渐近,五分钟后,我在渡口,却终于听出了咿呀柔橹的声音。时间似乎已经入了酉时的下刻,小市里的群动,这时候都已经静息;自从渡口的那位少妇,在微茫的夜色里,藏去了她那张白团团的面影之后,我独立在江边,不知不觉心里头却兀自感到了一种他乡日暮的悲哀。渡船到岸,船头上起了几声微微的水浪清音,又铜东的一响,我早已跳上了船,渡船也已经掉过头来了。坐在黑影沉沉的舱里,我起先只在静听着柔橹划水的声音,然后却在黑影里看出了一星船家在吸着的长烟管头上的烟火,最后因为沉默压迫不过,我只好开口说话了,"船家!你这样地渡我过去,该给你几个船钱?"我问。"随你先生把几个就是。"船家说话冗慢悠长,似乎已经带着些睡意了,我就向袋里摸出了两角钱来。"这两角钱,就算是我的渡船钱,请你候我一会,上去烧一次夜香,我是依旧要渡过江来的。"船家的回答,只是嗯嗯唔唔,幽幽同牛叫似的一种鼻音,然而从继这鼻音而起的两三声轻快的喀声听来,他却已经在感到满足了,因为我也知道,乡间的义渡,船钱最多也不过是两三枚铜子而已。

到了桐君山下,在山影和树影交掩着的崎岖道上,我上岸走不上几步,就被一块乱石绊倒,滑跌了一次。船家似乎也动了恻隐之心了,一句话也不发,跑将上来,他却突然交给了我一盒火柴。我于感谢了一番他的盛意之后,重整步武,再摸上山去,先是必须点一支火柴走三五步路的,但到得半山,路既就了规律,而微云堆里的半规月色,也朦胧地现出一痕银线来了,所以手里还存着的半盒火柴,就被我藏入了袋里。路是从山的西北,盘曲而上;渐走渐高,半山一到,天也开朗了一点,桐庐县市上的灯火,也星星可数了。更纵目向江心望去,富春江两岸的船上和桐溪合流口停泊着的船尾船头,也看得出一点一点的火来。走过半山,桐君观里的晚祷钟鼓,似乎还没有息尽,耳朵里仿佛听见了几丝木鱼钲钹的残声。走上山顶,先在半途遇着了一道道观外围的女墙,这女墙的栅门,却已经掩上了。在栅门外徘徊了一刻,觉得已经到了此门而不进去,终于是不能满足我这一次暗夜冒险的好奇怪癖的。所以细想了几次,还是决心进去,非进去不可,轻轻用手往里面一推,栅门却呀的一声,早已退向了后方开开了,这门原来是虚掩在那里的。进了栅门,踏着为淡月所映照的石砌平路,向东向南地前走了五六十步,居然走到了道观的大门之外,这两扇朱红漆的大门,不消说是紧闭在那里的。到了此地,我却不想再破门进去了,因为这大门是朝南向着大江开的。门外头是一条一丈来宽的石砌步道,步道的一旁是道观的墙,一旁便是山坡,靠山坡的一面,并且还有一道二尺来高的石墙筑在那里,大约是代替栏杆,防人倾跌下山去的用意;石墙之上,铺的是二三尺宽的青石,在这似石栏又似石凳的墙上,尽可以坐卧游息,饱看桐江和对岸的风景,就是在这里坐它一晚,也很可以,我又何必去打开门来,惊起那些老道的噩梦呢!

空旷的天空里,流涨着的只是些灰白的云,云层缺处,原也看得出半角的天,和一点两点的星,但看起来最饶风趣的,却仍是欲藏还露、将见仍无的那半规月影。这时候江面上似乎起了风,云脚的迁移,更来得迅速了,而低头向江心一看,几多散乱着的船里的灯光,也忽明忽灭地变换了一变换位置。

这道观大门外的景色,真神奇极了。我当十几年前,在放浪的游程里，曾向瓜州京口一带，消磨过不少的时日；那时觉得果然名不虚传的，确是甘露寺外的江山，而现在到了桐庐，昏夜上这桐君山来一看，又觉得这江山之秀而且静，风景的整而不散，却非那天下第一江山的北固山所可与比拟的了。真也难怪得严子陵，难怪得戴徵士，倘使我若能在这样的地方结屋读书，颐养天年，那还要什么的高官厚禄，还要什么的浮名虚誉哩？一个人在这桐君观前的石凳上，看看山，看看水，看看城中灯火和天上的星云，更做做浩无边际的无聊的幻梦，我竟忘记了时刻，忘记了自身，直等到隔江的击柝声传来，向西一看，忽而觉得城中的灯影微茫地减了，才跑也似的走下了山来，渡江奔回了客舍。

　　第二日侵晨，觉得昨天在桐君观前做过的残梦正还没有续完的时候，窗外面忽而传来了一阵吹角的声音。好梦虽被打破，但因这同吹筚篥似的商音哀咽，却很含着些荒凉的古意，并且晓风残月，杨柳岸边，也正好候船待发，上严陵去；所以心里纵怀着了些儿怨恨，但脸上却只现出了一痕微笑，起来梳洗更衣，叫茶房去雇船去。雇好了一只双桨的渔舟，买就了些酒菜鱼米，就在旅馆前面的码头上上了船。轻轻向江心摇出去的时候，东方的云幕中间，已现出了几丝红晕，有八点多钟了；舟师急得厉害，只在埋怨旅馆的茶房，为什么昨晚不预先告诉，好早一点出发。因为此去就是七里滩头，无风七里，有风七十里，上钓台去玩一趟回来，路程虽则有限，但这几日风雨无常，说不定要走夜路，才回来得了的。

　　过了桐庐，江心狭窄，浅滩果然多起来了。路上遇着的来往的行舟，数目也是很少，因为早晨吹的角，就是往建德去的快班船的信号，快班船一开，来往于两埠之间的船就不十分多了。两岸全是青青的山，中间是一条清浅的水，有时候过一个沙洲，洲上的桃花菜花，还有许多不晓得名字的白色的花，正在喧闹着春暮，吸引着蜂蝶。我在船头上一口一口地喝着严东关的药酒，指东话西地问着船家，这是什么山？那是什么港？惊叹了半天，称颂了半天，人也觉得倦了，不晓得什么时候，身子却走上了一家水边的酒楼，在和数年不见的几位已经做了党官的朋友高谈阔论。谈论之余，还背诵了一首两三年前曾在同一的情形之下作成的歪诗：

    不是尊前爱惜身，佯狂难免假成真，
    曾因酒醉鞭名马，生怕情多累美人。
    劫数东南天作孽，鸡鸣风雨海扬尘，
    悲歌痛哭终何补，义士纷纷说帝秦。

  直到盛筵将散，我酒也不想再喝了，和几位朋友闹得心里各自难堪，连对旁边坐着的两位陪酒的名花都不愿开口。正在这上下不得的苦闷关头，船家却大声地叫了起来说："先生，罗芷过了，钓台就在前面，你醒醒吧，好上山去烧饭吃去。"

  擦擦眼睛，整了一整衣服，抬起头来一看，四面的水光山色又忽而变了样子了。清清的一条浅水，比前又窄了几分，四围的山包得格外的紧了，仿佛是前无去路的样子。并且山容峻削，看去觉得格外的瘦格外的高。向天上地下四围看看，只寂寂的看不见一个人类。双桨的摇响，到此似乎也不敢放肆了，钩的一声过后，要好半天才来一个幽幽的回响，静，静，静，身边水上，山下岩头，只沉浸着太古的静，死灭的静，山峡里连飞鸟的影子也看不见半只。前面的所谓钓台山上，只看得见两个大石垒，一间歪斜的亭子，许多纵横芜杂的草木。山腰里的那座祠堂，也只露着些废垣残瓦，屋上面连炊烟都没有一丝半缕，像是好久好久没人住了的样子。并且天气又来得阴森，早晨曾经露一露脸过的太阳，这时候早已深藏在云堆里了，余下来的只是时有时无从侧面吹来的阴飕飕的半箭儿山风。船靠了山脚，跟着前面背着酒菜鱼米的船夫，走上严先生祠堂去的时候，我心里真有点害怕，怕在这荒山里要遇见一个干枯苍老得同丝瓜筋似的严先生的鬼魂。

在祠堂西院的客厅里坐定，和严先生的不知第几代的裔孙谈了几句关于年岁水旱的话后，我的心跳，也渐渐儿地镇静下去了，嘱托了他以煮饭烧菜的杂务，我和船家就从断碑乱石中间爬上了钓台。

东西两石垒，高各有二三百尺，离江面约两里来远，东西台相去，只有一二百步，但其间却夹着一条深谷。立在东台，可以看得出罗芷的人家，回头展望来路，风景似乎散漫一点，而一上谢氏的西台，向西望去，则幽谷里的清景，却绝对地不像是在人间了。我虽则没有到过瑞士，但到了西台，朝西一看，立时就想起了曾在照片上看见过的威廉退儿①的祠堂。这四山的幽静，这江水的青蓝，简直同在画片上的珂罗版色彩，一色也没有两样；所不同的，就是在这儿的变化更多一点，周围的环境更芜杂不整齐一点而已，但这却是好处，这正是足以代表东方民族性的颓废荒凉的美。

---

① 威廉退儿：今译"威廉·退尔"，瑞士民间传说中的英雄。

从钓台下来，回到严先生的祠堂——记得这是洪杨以后严州知府戴槃重建的祠堂——西院里饱啖了一顿酒肉，我觉得有点酩酊微醉了。手拿着以火柴柄制成的牙签，走到东面供着严先生神像的龛前，向四面的破壁上一看，翠墨淋漓，题在那里的，竟多是些俗而不雅的过路高官的手笔。最后到了南面的一块白墙头上，在离屋檐不远的一角高处，却看到了我们的一位新近去世的同乡夏灵峰先生的四句似邵尧夫而又略带感慨的诗句。夏灵峰先生虽则只知崇古，不善处今，但是五十年来，像他那样的顽固自尊的亡清遗老，也的确是没有第二个人。比较起现在的那些官迷的南满尚书和东洋宦婢来，他的经术言行，姑且不必去论它，就是以骨头来称称，我想也要比什么罗三郎郑太郎辈，重到好几百倍。慕贤的心一动，醺人的臭技自然是难熬了，堆起了几张桌椅，借了一支破笔，我也在高墙上在夏灵峰先生的脚后放上了一个陈屁，就是在船舱的梦里，也曾微吟过的那一首歪诗。

　　从墙头上跳将下来，又向龛前天井去走了一圈，觉得酒后的喉咙，有点渴痒了，所以就又走回到了西院，静坐着喝了两碗清茶。在这四大无声，只听见我自己的啾啾喝水的舌音冲击到那座破院的败壁上去的寂静中间，同惊雷似的一响，院后的竹园里却忽而飞出了一声闲长而又有节奏似的鸡啼的声来。同时在门外面歇着的船家，也走进了院门，高声地对我说："先生，我们回去吧，已经是吃点心的时候了，你不听见那只鸡在后山啼么？我们回去吧！"

一九三二年八月在上海写

福州的西湖

天气热了之后,真是热得不可耐,而又不至于热死的时候,我们老会有那一种失神状态出现,就是嗒焉我丧吾的状态。茫茫然,浑浑然,知觉是有的,感觉却迟钝一点;看周围的事物风景,只融成一个很模糊的轮廓,对极熟悉的环境,也会发生奇异的生疏感,仿佛似置身在外国,又仿佛是回到了幼小的时期,总之,是一种半麻木的入梦的状态。

与此相反,于烈日行天的中午,你若突然走进一处阴凉的树林;或如烧似煮地热了一天,忽儿向晚起微风,吹尽了空中的热气,使你得在月明星淡的天盖下静躺着细看天河;当这些样的时候,我们也会起一种如梦似的失神状态,仿佛是从噩梦里刚苏醒转来的样子,既不愿意动弹,也不能够把注意力集中,陶然泰然,本不知道有我,更不知道有我以外的一切纠纷。

这两种情怀,前一种分明有不快的下意识潜伏在心头,而后一种当然是涅槃的境地。在福州,一交首夏,直到白露为止,差不多每日都可以使你体味到这两种至味。

因为福州地处东海之滨,所以夏天的太阳出来得特别的早;可是阳光一普照,空气,地壳,山川草木,就得蒸吐热气。故而自上午八九点钟起,到下午五时前后止,热度,大约总在八十六七至九十一二度①的中间。依这一度数看来,福州原也并不比别处特别的热,但是一年到头——十二个月中间,差不多有四五个月,天天都是如此,因而新自外地来的人,总觉得福州这地方比别处却热得不同。在福州热的时间虽则长一点,白天在太阳底下走路的苦楚,虽则觉得难熬一点,但福州的夏夜,实在是富有着异趣,实在真够使人留恋。我假使要模仿《旧约》诸先知的笔调,写起牧歌式的福州夏夜记事来,那开始就得这么地说:

> 太阳平西了,海上起了微风。天上的群星放了光,地上的亚当夏娃的子女,成群,结队,都走向西去,同伊色列②人的出埃及一样⋯⋯

为什么一到晚上,福州的住民大家要走向西去呢?就因为在福州的城西,也有一个西湖,是浮瓜沉李、夏夜乘凉的唯一的好地方。

没有到福州之先,我并不知道福州也有一个西湖。虽则说"天下西湖三十六",但我们所习知的,总只是与苏东坡有关的

---

① 华氏度,约三十至三十三摄氏度。
② 伊色列:今译"以色列"。

几个，河南颍上，广东惠州，与浙江杭州。到了福州之后，住上了年余，闲来无事，到各处去走走，觉得西湖在福州的重要，却也不减似杭州，尤其是在夏天。让我们先来查一查这福州西湖的历史（当然是抄的旧籍），乾隆徐景熹修的《福州府志》里说：西湖在候官县西三里。《三山志》：蓄水成湖，可荫民田。《闽都记》：周回二十里，引西北诸山溪水注于湖，与海通潮汐，所溉田不可胜计。《闽书》：西湖，晋太守严高所凿，蓄泄泽民田，周围十数里；王审知时大之，至四十余里。

自从晋后，这西湖屡塞屡浚，时大时小；最后到了民国，许世英氏在这里做省长的时候，还大大地疏浚了一次，并且还编了一部十二大册的《西湖志》。到得现在，时势变了，东北角城墙拆去，建设厅正在做植树、修堤、筑环湖马路的工作。千余年来西湖的历史，不过如此；但史上西湖的黄金时代，却有先后的两期。其一，是王审知王闽以后的时期。闽王宫殿，就筑在现在的布使埕威武军门以内；闽王时，朝西筑甬道，可以直达西湖，在湖上并且更筑起了一座水晶的宫殿，居民道上，往往可以听见地下的弦索之音。

闽王后代，不知前王创业的艰难，骄奢淫逸，享尽了人间的艳福；宫婢陈金凤的父子聚麀，湖亭水嬉，高唱棹歌，当然是在这西湖的圈里，这当是西湖的第一个黄金时代。

其次，是宋朝天下太平，风流太守，像曹颖区，程师孟，蔡君谟等管领的时代。诗酒流连，群贤毕至，当时的西湖虽小，而流传的韵事却很多！现在市场上流行的那部民国初年修的《西湖志》里，所记的逸闻轶事，歌赋诗词，亦以这一代的为多，称它为西湖第二期的黄金时代,大约总也不至大错。

其后由元历明,以及清朝的一代,虽然也有许多诗人的传说在西湖;但穷儒的点缀,当然只是修几间茅亭,筑一些坟墓而已,像帝王家、太守府那般的豪举,当然是没有的。

这些都是西湖的家谱,只能供好寻故事的人物参考,现在却不得不说一说西湖的面貌,以尽我介绍这海滨西子之劳;万一这僻处在一方的静女,能多得到几位遥思渴慕的有情人,则我一支秃笔的功德也可以说是不少。

杭州的西湖,若是一个理想中的粉本,那么可以说颐和园得了她的紧凑,而福州的西湖,独得了她的疏散。各有点相像,各有各的好处,而各在当地的环境里,却又很位置得当。

总之,是一湖湖水,处在城西。水中间有一堆小山,山旁边有几条堤,几条桥,与许多楼阁与亭台。远一点,是附廓的乡村;再远一点,是四周的山,连续不断的山。并且福州的西湖之与闽江,也却有杭州的西湖与钱塘江那么的关系,所以要说像,正是再像也没有。

但是杭州湖上的山,高低远近,相差不多;由俗眼看来,虽很悦目,一经久视,终觉变化太少,奇趣毫无。而福州的西湖近侧,要说低岗浅阜,有城内的屏山(北)与乌石山(南),城外的大梦山祭酒山(西)。似断若连,似连实断。远处东望鼓山连峰,自莲花山一路东驰,直到海云生处。有时候夕阳西照,有时候明月东升,这一排东头的青嶂,真若在掌股之间;山上的树木危岩,以及树林里的禅房僧舍,都看得清清楚楚;与西湖的距离,并不迫近眉睫,可也不远在千里,正同古人之所说,如硬纸写黄庭，恰到好处的样子。

福州的西湖，因为面积小，所以十景八景的名目，没有杭州那么的有名。并且时过境迁，如大梦松涛的一景，简直已经寻不出一个小浪来了，其他的也就可想而知。但是开化寺前的茶店，开化寺后，从前大约是宛在堂的旧址的那一块小阜，却仍是看晚霞与旭日的好地方。西面一堤，过环桥，就可以走上澄澜堂去，绕一个圈子，可以直绕到北岸的窑角诸娘的家里，这些地方，总仍旧是千余年前的西湖的旧景。并且立在环桥上面，北望诸山腰里的人家，南瞻乌石山头的大石，俯听听桥洞下男男女女的行舟，清风不断，水波也时常散作鳞文，以地点来讲，这桥上当是西湖最好的立脚地。桥头东西，是许世英氏于五四那一年立击楫碑的地方，此时此景，恰也正配。

福州西湖的游船，有一种像大明湖的方舟，有一种像平常的舢板，设备倒也相当的富丽，但终因为湖面太小了一点，使人鼓不起击楫的勇气；又因为湖水不清，码头太少，四岸没有可以上去游玩的别墅与丛林，所以船家与坐船的人，并没有杭州那么的多。可是年年端午，西湖的里里外外，上上下下，总是人多如鲫，挤得来寸步难移；这时候这些船家，便也可以借吊屈原之名而扬眉吐气，一只船的租金，竟有上二三元一日的；八月半的晚上，当然也是一样。

对于福州的西湖，我初来时觉得她太渺小，现在习熟了，却又觉她的楚楚可怜。在《西湖志》的第一章附录里，曾载有一位湖上的少女，被人买去做妾；后来随那位武弁到了北京，因不容于大妇，发配厮养卒以终。少女多才，赋诗若干绝以自哀，所谓

"为问生身亲父母,卖儿还剩几多钱?"以及"嫁得伧父双脚健,报人夫婿早登科"等名句,就是这一位福州冯小青之所作。诗的全部,记得《随园诗话》,和《两般秋雨庵随笔》里都抄登着在。她,这一位可怜的少女,我觉得就是福州西湖的化身;反过来说,或者把西湖当作她的象征,也未始不可。

一九三七年七月,在福州

花　坞

"花坞"这一个名字,大约是到过杭州,或在杭州住上几年的人,没有一个不晓得的;尤其是游西溪的人,平常总要一到花坞。二三十年前,汽车不通,公路未筑,要去游一次,真不容易;所以明明知道这花坞的幽深清绝,但脚力不健,非好游如好色的诗人,不大会去。现在可不同了,从湖滨向北向西地坐汽车去,不消半个钟头,就能到花坞口外。而花坞的住民,每到了春秋佳日的放假日期,也会成群结队,在花坞口的那座凉亭里鹄候,预备来做一个临时导游的角色,好轻轻快快地赚取游客的两毛小洋;现在的花坞,可真成了第二云栖,或第三九溪十八涧了。

花坞的好处,是在它的三面环山、一谷直下的地理位置,石人坞不及它的深,龙归坞没有它的秀。而竹木萧疏,清溪蜿绕,庵堂错落,尼媪翩翩,更是花坞独有的迷人风韵。将人来比花坞,就像浔阳商妇,老抱琵琶;将花来比花坞,更像碧桃开谢,未死春心;将菜来比花坞,只好说冬菇烧豆腐,汤清而味隽了。

我的第一次去花坞，是在松木场放马山背后养病的时候，记得是一天日和风定的清秋的下午，坐了黄包车，过古荡，过东岳，看了伴凤居，访过风木庵（是钱唐丁氏的别业），感到了口渴，就问车夫，这附近可有清静的乞茶之处？他就把我拉到了花坞的中间。

伴凤居虽则结构堂皇，可是里面却也坍败得可以；至于杨家牌楼附近的风木庵哩，丁氏的手迹尚新，茅庵的木架也在，但不晓怎么，一走进去，就感到了一种扑人的霉灰冷气。当时大厅上停在那里的两口丁氏的棺材，想是这一种冷气的发源之处，但泥墙倾圮，蛛网绕梁，与壁上挂在那里的字画屏条一对比，极自然地令人生出了"俯仰之间，已成陈迹"的感想。因为刚刚在看了这两处衰落的别墅之后，所以一到花坞，就觉得清新安逸，像世外桃源的样子了。

自北高峰后，向北直下的这一条坞里，没有洋楼，也没有伟大的建筑，而从竹叶杂树中间透露出来的屋檐半角，女墙一围，看将过去却又显得异常的整洁，异常的清丽。英文字典里有"cottage①"的这一个名字；而形容这些茅屋田庄的安闲小洁的字眼，又有着许多像 tiny, dainty, snug② 的绝妙佳词，我虽则还没有到过英国的乡间，但到了花坞，看了这些小庵却不能自已地便想起了这种只在小说里读过的英文字母。我手指着那些在林间散点着的小小的茅庵，回头来就问车夫："我们可能进去？"车夫说："自然是可以的。"于是就在一曲溪旁，走上了山路高一段的地

---

① 乡村小屋。
② 微小，秀丽，舒适。

方,到了静掩在那里的,双黑板的墙门之外。

车夫使劲敲了几下,庵里的木鱼声停了,接着门里头就有一位女人的声音,问外面谁在敲门。车夫说明了来意,铁门闩一响,半边的门开了,出来迎接我们的,却是一位白发盈头、皱纹很少的老婆婆。

庵里面的洁净,一间一间小房间的布置的清华,以及庭前屋后树木的参差掩映,和厅上佛座下经卷的纵横,你若看了之后,仍不起皈依弃世之心的,我敢断定你就是没有感觉的木石。

那位带发修行的老比丘尼去为我们烧茶煮水的中间,我远远听见了几声从谷底传来的鹊噪的声音;大约天时向暮,乌鹊来归巢了,谷里的静,反因这几声的急躁,而加深了一层。

我们静坐着,喝干了两壶极清极酽的茶后,该回去了,迟疑了一会,我就拿出了一张纸币,当作茶钱,那一位老比丘尼却笑起来了,并且婉慢地说:"先生!这可以不必;我们是清修的庵,茶水是不用钱买的。"

推让了半天,她不得已就将这一元纸币交给了车夫,说:"这给你做个外快吧!"

这老尼的风度,和这一次逛花坞的情趣,我在十余年后的现在,还在津津地感到回味。所以前一礼拜的星期日,和新来杭州住的几位朋友遇见之后,他们问我:"上哪里去玩?"我就立时提出了花坞,他们是有一乘自备汽车的,经松木场,过古荡东岳而去花坞,只需二十分钟,就可以到。

十余年来的变革,在花坞里也留下了痕迹。竹木的清幽,山溪的静妙,虽则还同太古时一样,但房屋加多了,地价当然也增高了几百倍；而最令人感到不快的，却是这花坞的住民变作了狡猾的商人。庵里的尼媪，和退院的老僧，也不像从前的恬淡了；建筑物和器具之类，并且处处还受着了欧洲的下劣趣味的恶化。

　　同去的几位，因为没有见到十余年前花坞的处女时期，所以仍旧感觉得非常满意，以为九溪十八涧、云栖绝没有这样的清幽深邃；但在我的内心，却想起了一位素朴天真、沉静幽娴的少女，忽被有钱有势的人奸了以后又被弃的状态。

　　　　　　　　　　一九三五年三月二十四日

西溪的晴雨

西北风未起，蟹也不曾肥，我原晓得芦花总还没有白，前两星期，源宁来看了西湖，说他倒觉得有点失望，因为湖光山色，太整齐，太小巧，不够味儿，他开来的一张节目上，原有西溪的一项；恰巧第二天又下了微雨，秋原和我就主张微雨里下西溪，好叫源宁去尝一尝这西湖近旁的野趣。

天色是阴阴漠漠的一层，湿风吹来，有点儿冷，也有点儿香，香的是野草花的气息。车过方井旁边，自然又下车来，去看了一下那座天主圣教修士们的古墓。从墓门望进去，只是黑沉沉、冷冰冰的一个大洞，什么也看不见，鼻子里却闻吸到了一种霉灰的阴气。

把鼻子掀了两掀，耸了一耸肩膀，大家都说，可惜忘记带了电筒，但在下意识里，自然也有一种恐怖、不安，和畏缩的心意，在那里作恶，直到了花坞的溪旁，走进窗明几净的静莲庵堂去坐下，喝了两碗清茶，这一些鬼胎，方才洗涤了个空空脱脱。

游西溪，本来是以松木场下船，带了酒盒行厨，慢慢儿地向西摇去为正宗。像我们那么高坐了汽车，飞鸣而过古荡、东岳，一个钟头要走百来里路的旅客，终于是难度的俗物，但是俗物也有俗益，你若坐在汽车座里，引颈而向西向北一望，直到湖州，只见一派空明，遥盖在淡绿成荫的斜平海上；这中间不见水，不见山，当然也不见人，只是渺渺茫茫、青青绿绿、远无岸、近亦无田园村落的一个大斜坡。过秦亭山后，一直到留下为止的那一条沿山大道上的景色，好处就在这里，尤其是当微雨朦胧、江南草长的春或秋的半中间。

从留下下船，回环曲折，一路向西向北，只在芦花浅水里打圈圈：圆桥茅舍，桑树蓼花，是本地的风光，还不足道；最古怪的，是剩在背后的一带湖上的青山，不知不觉，忽而又会得移上你的面前来，和你点一点头，又匆匆地别了。

摇船的少女，也总好算是西溪的一景；一个站在船尾把摇橹，一个坐在船头上使桨，身体一伸一俯，一往一来，和橹声的咿呀，水波的起落，凑合成一大又圆又曲的进行软调；游人到此，自然会想起瘦西湖边，竹西歌吹的闲情，而源宁昨天在漪园月下老人祠里求得的那支灵签，仿佛是完全地应了，签诗的语文，是《鄘风桑中》章末后的三句，叫作"期我乎桑中，要我乎上宫，送我乎淇之上矣"。

此后便到了交芦庵，上了弹指楼，因为是在雨里，带水拖泥，终于也感不到什么的大趣，但这一天向晚回来，在湖滨酒楼上放谈之下，源宁却一本正经地说："今天的西溪，却比昨日的西湖，要好三倍。"

前天星期假日，日暖风和，并且在报上也曾看到了芦花怒放的消息，午后日斜，老龙夫妇，又来约去西溪，去的时候，太晚了一点，所以只在秋雪庵的弹指楼上，消磨了半日之半。一片斜阳，反照在芦花浅渚的高头，花也并未怒放，树叶也不曾凋落，原不见秋，更不见雪，只是一味地晴明浩荡，飘飘然，浑浑然，洞贯了我们的肠腑，老僧无相，烧了面，泡了茶，更送来了酒，末后还拿出了纸和墨，我们看看日影下的北高峰，看看庵旁边的芦花荡，就问无相，花要几时才能全白？老僧操着缓慢的楚国口音，微笑着说："总要到阴历十月的中间；若有月亮，更为出色。"说后，还提出了一个交换的条件，要我们到那时候，再去一玩，他当预备些精馔相待，聊当作润笔，可是今天的字，却非写不可，老龙写了"一剑横飞破六合，万家憔悴哭三吴"的十四个字，我也附和着抄了一副不知在哪里见过的联语："春梦有时来枕畔，夕阳依旧上帘钩。"

　　喝得酒醉醺醺，走下楼来，小河里起了晚烟，船中间满载了黑暗，龙妇又逸兴遄飞，不知上哪里去摸出了一支洞箫来吹着。"其声呜呜然，如怨如慕，如泣如诉，余音袅袅，不绝如缕"，倒真有点像是七月既望，和东坡在赤壁的夜游。

一九三五年十月二十二日

里西湖的一角落

　　记得是在六七年——也许是十几年了——的前头，当时映霞的外祖父王二南先生还没有去世，我于那一年的秋天，又从上海到了杭州，寄住在里湖一区僧寺的临水的西楼；目的是想去整理一些旧稿，出几部书。

　　秋后的西湖，自中秋节起，到十月朝的前后，有时候也竟可以一直延长到阴历十一月的初头，我以为世界上更没有一处比西湖再美丽、再沉静、再可爱的地方。

　　天气渐渐凉了，可是还不至于感到寒冷，蚊蝇自然也减少了数目。环抱在湖西一带的青山，木叶稍稍染一点黄色，看过去仿佛是嫩草的初生。夏季的雨期过后，秋天百日，大抵是晴天多，雨天少。万里的长空，一碧到底，早晨也许在东方有几缕朝霞，晚上在四周或许上一圈红晕，但是皎洁的日中，与深沉的半夜，总是青天混同碧海，叫人举头越看越感到幽深。这中间若再添上几声络纬的微吟和蟋蟀的低唱，以及山间报时刻的鸡鸣与湖中代步行的棹响，那湖上的清秋静境，就可以使你感昧到点滴都无余滓的地步。"秋天好，最好在西湖……"我若要唱一阕小令的话，开口就得念这么的两句。西湖的秋日真是一段多么发人深省、迷人骨的时季呀！（写到了此地，我同时也在流滴着口涎。）

是在这一种淡荡的湖月林风里，那一年的秋后，我就在里湖僧寺的那一间临水西楼上睡觉，抽烟，喝酒，读书，拿笔写文章。有时候自然也到山前山后去走走路，里湖外湖去摇摇船，可是白天晚上，总是在楼头坐着的时候多，在路上水上的时候少，为的是想赶着这个秋天，把全集的末一二册稿子，全部整理出来。

但是预定的工作，刚做了一半的时候，有一天午后二南先生却坐了洋车，从城里出来访我了。上楼坐定之后，他开口微笑着说："好诗！好诗！"原来前几天我寄给城里住着的一位朋友的短札，被他老先生看见了；短札上写的，是东倒西歪的这么的几行小字："遯鼠禅房日闭关，夜窗灯火照孤山，此间事不为人道，君但能来与往还。"被他老先生一称赞，我就也忘记了本来的面目，马上就叫厨子们热酒，煮鱼，摘菜做点心。两人喝着酒，高谈着诗，先从西泠十子谈起，波及了《杭郡诗章》《两浙轩》的正录续录，又转到扬州八怪、明末诸贤的时候，他老先生才忽然想起，从袋里拿出了一张信来说："这是北翔昨天从哈尔滨寄来的信，要我为他去拓三十张杨云友的墓碣来，你既住近在这里，就请你去代办一办。我今天的来此，目的就为了这件事情。"

从这一天起，我的编书的工作就被打断了。重新缠绕着我，使我时时刻刻，老发生着幻想的，就是杨云友的那一个小小的坟亭。亭是在葛岭的山脚,正当上山路口东面的一堆荒草中间的。四面的空地,已经被豪家侵占得尺寸无余了,而这一个小小的破烂亭子,还幸而未被拆毁。我当老先生走后的第二天带了拓碑的工匠,上这一条路去寻觅的时候,身上先钩惹了一身的草籽与带刺的荆棘。到得亭下,将荒草割了一割,为探寻那一方墓碣又费了许多工夫。直到最后,扫去了坟周围的几堆垃圾牛溲,捏紧鼻头,绕到了坟的后面,跪下去一摸一看,才发现了那一方以青石刻成的张北翔所写的明女士杨云友的碑铭。这时候太阳已经打斜了,从山顶上又吹下了一天西北风来。我跪伏在污臭的烂泥地上,从头将这墓碣读了一遍,觉得立不起身来了;一种无名的伤感,直从丹田涌起,冲到了心,冲上了头。等那位工匠走近身边,叫了我几声不应,使了全身的气力,将我扶起的时候,他看了我一面,也突然间骇了一大跳。因为我的青黄的面上,流满了一脸的眼泪,眼色也似乎是满带了邪气。他以为我白日里着了鬼迷了,不问皂白,就将我背贴背地背到了石牌坊的道上,叫集了许多住在近边的乡人,抬送我到了寺里。

过了几天,他把三十张碑碣拓好送来了;进寺门之后,在楼下我就听见他在轻轻地问小和尚说:"楼上的那位先生,以后该没有发疯吧!"

小和尚骂了他几声"胡说!"就跑上楼来问我要不要会他一面,我摇了摇头只给了他些过分的工钱。

这一个秋天,虽则为了这一件事情而打断了我的预定的工作,但在第二年春天出版的我的一册薄薄的集子里,竟添上了一篇叫作《十三夜》的小说。小说虽则不长,由别人看起来,或许也不见得有什么好处，但在我自己，却总因为它是一个难产的孩子，所以格外地觉得爱惜。

过了几年，是杭州大旱的那一年，夏天携妻带子，我在青岛、北戴河各处避了两个月暑，回来路过北平，偶尔又在东安市场的剧园里看了一次荀慧生扮演的《杨云友三嫁董其昌》的戏。荀慧生的扮相并不坏，唱做更是恰到好处，当众挥毫的几笔淡墨山水，也很可观，不过不晓得为什么，我却觉得杨云友总不是那一副相貌。

又是几年过去了，一九三六年的春天，忽而发了醉兴，跑上了福州。福州的西城角上，也有一个西湖。每当夏天的午后，或冬日的侵晨，有时候因为没地方走，老跑到这小西湖的边上去散步。一边走着，一边也爱念着"天下西湖三十六，就中最好是杭州"的两句成语，以慰乡思。翻翻福州的《西湖志》，才晓得宛在堂的东面，斜坡草地的西北方，旧有一座强小姐的古墓，是很著灵异的。强小姐的出身世系，我也莫名其妙，但是宋朝有一位姓强的余杭人，曾经著过许多很好的诗词，我仿佛还有点儿记得。这一个强小姐墓，当然是清朝的墓，而福州土著的人，或者也许有姓强的，但当我走过西湖，走过这强小姐的墓时，却总要想起"钱塘苏小是乡亲"的一句诗，想起里湖一角落里那一座杨云友的坟亭；这仅仅是联想作用的反射么，或者是骸骨迷恋者的一种疯狂的症候？我可说不出来。

一九三七年三月四日在福州

青岛、济南、北平、北戴河的巡游

　　带青带绿的颜色，对于视觉，大约是特别的健全；尤其是深蓝，海天的深蓝，看了使人会莫名其妙地感到一种愉快。可是单调的色彩，只是一色的色彩，广大无边地包在你的左右四周，若一点儿变化也没有，成日成夜地与你相对，日久了当然是也要生厌的；青岛的好处就在这里，第一，就在她的可以使你换一换口味，第二，到了她的怀里，去摸索起来，却也并不单调，所以在暑热的时候，去住一两个月，恰正合适。

　　无论你南边从上海去，或北边从天津去，若由海道而去青岛，总不过二三十个钟头，可以到了。你在船舱里，只和海和天相对，先当然是觉得愉快，觉得伟大，觉得是飘飘然遗世而独立、羽化而登仙的样子；但一昼夜过后，未免要感到落寞，感到厌倦；正当你内心在感到这些，而嘴里还没有叫出来的时候，而白的灯台，红的屋瓦，弯曲的海岸，点点的近岛遥山，就净现上你的视界里来了，这就是青岛。所以从海道去青岛的人对她所得的最初印象，比无论哪一个港市，都要清新些，美丽些。香港没有她的复杂，广州不及她的洁净，上海比她欠清静，烟台比她更渺小，刘公岛我虽则还没有到过，但推想起来，总也不能够和青岛的整齐华美相比并的。以女人来比青岛，她像是一个大家闺秀；以人种来说青岛，她像是一个在情热之中隐藏着身份的南欧美妇人。

青岛的特色之一，是在她的市区的高低不平，与夫树木的青葱。都市的美观，若一味平直，只以颜色与摩天的高阁来调和，是不能够引人入胜的；而青岛的地面，却尽是一枝枝的小山，到处可以看得见海，到处都是很适宜的住宅区。就是那一条从前叫"弗利特利希大街"，现在叫"中山路"的商业通衢，两端走走，也不过两三里路，就到海边了；街的两面，一走上去，就是小山，就是眺望很好的高地。

从前路过青岛，只在船楼上看看她的绿树与红楼，虽觉她很美，但还没有和她亲过吻，抱过腰；今年带了儿女，去住了一个夏天，方才觉"东方第一良港""东方第一避暑区"的封号，果然不是徒有其表的虚称。

海水浴场的设备如何，暂且不去管它，第一是四周的那么些个浅滩，恐怕是在东亚，没有一处避暑区赶得上青岛的。日本的海岸，当然也有好的，像明石须磨的一带，都是风光明媚的地方，可是小湾没有青岛的多，而岸线又不及青岛的曲。至于日本的北面临日本海的海岸呢，气候虽则凉冷，但风浪太大，避暑洗海水澡总有点不大适宜。

青岛，缺点当然也是有的。第一，夏天的空气太潮湿，雾露太多，就有点儿使人不舒服。其次则外国的东方舰队，来青岛避暑停泊的数目实在多不过，因而白俄的娼妇、中国盐水妹的来赶夏场买卖的，也混杂热闹到了使人分不出谁是良家的女子。喜欢异国颓废的情调的人，或者反而对此会感兴趣，但想去看一点书、做一点事情的人，被这些酒肉气醉人的淫暖之风一吹，总不免要感到头昏脑胀，想呕吐出来。我今年的一个夏天就整整地被这些活春宫冲坏了的；日里上海滨去看看裸体，晚上在露台听听淫辞，结果我就一个字也没有写，一册书也没有读，到了新秋微冷的时候，就匆匆坐了胶济路车上北平去了。明年我就打算不再去青岛，而上一个更清静一点的海岸或山上去过夏天。

崂山的风景，原也不错；可是一般人所颂赞的大崂观靛缸湾一带的清溪石壁，也只平平，看过江南的清景的人，对此是不会感到特异的美感的；要讲伟大，要耐人寻味，自然是外崂沿海一带，从白云洞、华岩寺到太清宫的一路。我在青岛的时候，曾有一位小姐，向我说过石老人附近，景色的清幽，浮山午山庙周围，梨花的艳异；但因为去的时候不巧，对于这些绝景，都不曾领略，此生不知有没有再去的机会了，我到现在，还在怅念。

由青岛去济南的道上，最使我感到兴奋的，是过潍县之后，到青州之先，在朱刘店驿，从车窗里遥望首阳山的十几分钟。伯夷叔齐的古迹，在中国原有好几处，但山东的一角孤山，似乎比较的有趣一点，因为地近田横岛，联想起来，也着实富于诗意。洁身自好之士，处到了这一种乱世，谁能保得住不致饿死？我虽不敢仰慕夷齐之清高，也绝没有他们的节操与大志，但是饿死的一点，却是日像一日，尽可以与这两位孤竹国的王子比比了，所以车过首阳之后,走得老远老远,我还探头窗外,在对荒山的一个野庙默表敬意,至于青州的云门山,于陵的长白山、白云山等,只稍稍掉头望了一望,明知道不能去登,也就不觉得是什么了不得的名山胜地了;可是云门的六朝石刻,听说确是货真价实的历史上的宝物。

到济南城后,找着了李守章氏,第二日照例地去游千佛山、大明湖、趵突泉、金线泉、黑虎泉等名胜。自然是以家家流水、户户垂杨的黑虎泉(现在新设了游泳池了)一带,风景最为潇洒。大明湖的倒影千佛山,我倒也看见了,只叫在历下亭的后面东北堤旁临水之处,向南一望,千佛山的影子便了了可见,可是湖景并不觉得什么美丽。只有蒲菜、莲蓬的味道,的确还鲜,也无怪乎居民的竞相侵占,要把大明湖改变作大明村了。就在这一天的晚上,我们离开了李清照、辛弃疾的生地而赶上了平浦的通车,原因是为了映霞还没有到过北平,想在没有被入侵夺去之前,去瞻仰瞻仰这有名的旧日的皇都。

北平的内容,虽则空虚,但外观总还是那么的一个样子。人口增加,新居添筑,东安、西单两市场,人海人山;汽车电车的声音,也日夜地不断。可是,戏院的买卖减了,八大胡同里的房子大半空了,大店家的好货也不大备了,小馆子的顾客大增,而大饭庄的灯火却萧条起来了;到平之后,并且还听见西山都出了劫案,杀死了人。在故宫里看了几日假古董,北海、中央公园内喝了几次茶,上三贝子花园、颐和园去跑了一跑之后,应水淇之招,我们就一直地到了山海关内的北戴河边。刚在青岛看海看厌了的我们,这一回对北戴河自然不能像从前似的用上级形容词来赞美了。不过有两件事情，我总觉得北戴河要比青岛好些。第一，是汽车声音的绝无，第二，是避暑客人的高尚。不过话也要说回来，在鹿囿上面的那一家菜馆里吃饭的时候，白俄女人的做买卖的也未始不曾看见，但数目少了，反而以为万绿丛中一点红，这一块肉，倒是少她不得的。

北戴河的骡子，实在是一种比黄包车汽车轿子更有诗意的乘物。我们到了车站，故意想难难没有骑过骡儿的映霞，大家就不坐车而骑骡；但等到了张家大楼，她的骑骡术已经谙熟了，以后直到离开北戴河为止，她就老爱在骡背上跨着，不肯下来。

北戴河的气候，当然要比青岛的好；但人工的设备，地面的狭小，却比青岛差得很远。东山区域，住宅太多，卫生状况也因而不好，我以为西面联峰山下，一直到海滨的一段，将来必定要兴盛起来。但自第五桥，沿海上南天门去的一路，风景也真好不过。

尤其是南天门金山嘴的一角，东望秦皇岛山海关，南临渤海，北去鸽子窝也不过两三里地的路程；北戴河的海山景色，当以此地为中心，而别庄不多，那娘娘庙的建筑，也坍败得不堪，我真觉得奇怪。还有那个三皇殿哩，再过两年，怕庙址都要没处去寻了，我不懂北戴河的公益所，何以不去修理修理，使成一避暑的游息之所。

这一次在北戴河住得不久，所以像汤泉山、背牛顶的胜水岩等处，都没有去成。但在回来的路上，到了滦口，看看阳山碣石山等不断的青峰，与夫滦河蜿蜒的姿势，就觉得山水的秀丽，不仅是江南的特产了，在关以内和关以外，何尝没有明媚的山川？但大好的山河，现在都拱手让人拿去筑路开矿，来打我们中国了，叫我们小百姓又有什么法子去拼命呢？古人有"马后桃花马前雪，出关争得不回头"的诗句，希望衮衮诸公，不要误信诗人，把这些好地方都看作了雪地冰天、丢在脑后才好！

　　　　一九三四年十一月二十八日于杭州大学路寓所

国道飞车记

两浙的山水,差不多已经看到十之七八了,只有杭州北去,所谓京杭国道的一带,自从汽车路修成之后,却终于没有机会去游历。像莫干山,像湖州,像长兴等处,我去的时候,都系由拱宸桥坐小火轮而去,至今时隔十余年,现在汽车路新通,当然又是景象一变了,因而每在私私地打算,想几时腾出几日时间来,从杭州向北,一直地到南京为止,再去试一番混沌的游行。

七月二十一日,亦即阴历六月下旬的头一天,正当几日酷暑后的一个伏里的星期假日,赵公夫妇,先期约去宜兴看善卷、庚桑两洞的创制规模;有此一对好游侣,自然落得去领略领略祝英台的故宅、张道陵的仙岩了。所以早晨四点钟的时候,就性急慌忙地立向了苍茫的晨色之中,像一只鹤样,伸长了头,尽在等待着一九五号汽车的喇叭声来。

六点多钟到了旗下,和朱惠清夫妇,一共三对六人,挤入了一辆培克轿车的中间。出武林门,过小河寨,走上两旁有白杨树长着的国道的时候,大家只像是笼子里放出来的小鸟,嘻嘻哈哈,你说一声:"这风景多么好!"我唱一句:"青山绿水常在面前!"把所有的人生之累,都撒向汽车后面的灰尘里去了。

飞跑了二三十分钟,面前看见了一条澄碧的清溪,溪上有一围小山,山上山下更有无数的白壁的人家,倒映在溪水的中流,大家都说是瓶窑到了;是拱宸桥以北的第一个大镇,也就是杭州属下四大镇中间的一个。前两个月,由日本庚款中拨钱创设的上海自然科学研究所所长中尾博士来浙江调查地质,曾对我说过,瓶窑是五百年前窑业极盛的地方;虽则土质不十分细致,但若开掘下去,也还可以掘出许多有价值的古瓶古碗来。车从那条架在苕溪溪上的木桥上驶过,我心里正在打算,想回来的时候,时间若来得及,倒也可以下车去看看,这瓶窑究竟是一个怎么样的地方。

当这一个念头正还没有转完,汽车到了山后,却迟迟地突然发出了几声异样的响声。勃来克一攀,车刹住了;车夫跳下去检查了一下,上来再踏;车身竟摆下了架子,再也不肯动了;我们只能一齐下来,在野道旁一处车水的地方暂息了一下尘身。等车夫上瓶窑公路车站去叫了机器师来检查的时候,我们已经吃完了几个茶叶蛋,两杯黄酒,和三个梨儿;而四周的野景,南面的山坡,和一池浅水,数簇疏林,还不算是正式的下酒之物。

唱着自然的大道之歌,和一群聚拢来看热闹的乡下顽童,哼落呵落地将汽车倒推了车站的旁边,赵公夫妇就忙去打电话叫汽车;不负责任的我们四人,便幸灾乐祸,悠悠地踏上了桥头,踏上了后窑的街市,大嚼了一阵油条烧饼、炒豆黄金瓜。好容易把电话打通，等第二乘汽车自杭州出发来接替的中间，我们大家更不忙不怕，在四十几分钟之内，游尽了瓶窑镇上磨子心、横街等最热闹的街市，看遍了四面有绿水回环着的回龙寺的伽蓝。

当第二乘接替的汽车到来，喇叭吹着，催我们再上车去的一刻，我们立在回龙寺东面的小桥栏里，看看寺后的湖光，看看北面湖上的群山，更问问上这寺里来出家养老，要出几百元钱才可以买到一所寮房的内部组织，简直有点儿不想上车，不想再回到红尘人世去的样子。

因为在瓶窑耽误了将近两小时的工夫，怕前程路远，晚上赶不及回杭州，所以汽车一发，就拼命地加紧了速度；所以驶过湖州，驶过烟波浩荡的太湖边上，都不曾下来拥鼻微吟，学一学骚人雅士的流连风景。但当走过江浙交界的界碑的瞬间，与过国道正中途太湖湖上有许多妨碍交通的木牌坊立着的一刹那，大家的心里，也莫名其妙地起了一种感慨，这是人类当自以为把"无限"征服了的时候，必然地要起来的一种感慨。宇宙之中，最显而易见的"无限"的观念，是空间与时间；人生天地间，与无限的时间和空间来一较量，实在是太渺小太可怜了；于是乎就得想个法子出来，好让大家来自慰一下。所以国界省界县界等等，就是人类凭了浅薄的头脑，想把无限的空间来加以限制的一种小玩意儿；里程的记数，与夫山川界路的划分，用意虽在保持私有财产的制度，但实际却可以说是我们对于"无限"想加以征服的企图。把一串不断的时间来划成年，分成月，更细切成日与时与分，其用意也在乎此，就是数的设定，也何尝不是出于这一种人类的野心？因为径寸之木，以二分之，便一辈子也分不完，一加一地将数目连加上去，也同样一辈子都加不尽的。

车过太湖，于受到了这些说不出理由的感动之外，我们原也同做梦似的从车窗里看到了一点点风景。烈日下闪烁着的汪洋三万六千顷的湖波，以及老远老远浮在那里的马迹山、洞庭山等的岛影，从飞驰着的汽车窗里遥望过去，却像是电影里的外景，也像是走马灯上的湖山。而正当京杭国道的正中，从山坡高处，在土方堤下看得见的那些草舍田畴，农夫牛马，以及青青的草色，矮矮的树林，白练的湖波，蜿蜒的溪谷，更像是由一位有艺术趣味的模型制作家手捏出来的山谷的缩图。

从国道向西叉去，又在高低不平的新筑支路上疾驰了二三十分钟，正当正午，车子却到了善卷洞外了。

善卷洞外的最初的印象，是一排不大有树木的小山，和许多颜色不甚调和的水泥亭子及洋房。虽说是洋房，但洞口的那一座大建筑物，图样也实在真坏；或许是建筑未完，布置未竣，所以给来游的人的最初印象，不甚高明；但洞内的水门汀路，及岩壁的开凿等工程，也着实还有些可以商量的地方。在我们这些曾经见过广西的岩洞，与北山三十六洞天的游客看来，觉得善卷洞也不过是一个寻常的山洞而已，可是储先生的苦心经营，花了十余万块钱，直到现在也还没有完工的那一种毅力，却真值得佩服得很。善卷洞的最大特点，是由洞底流向后山出口的那一条洞里的暗水，坐坐船也有十几分钟好走；穿出后山，豁然开朗，又是一番景象了，这一段洞里的行舟，倒真是不可埋没的奇趣。我们因为到了洞里，大家都同饿狼似的感到了饥饿，并且下午回来，还有二三百里的公路要跑，所以在善卷洞中只匆匆看了一个大概。

附近的古迹,像祝英台的坟和故宅,上面有一块吴天玺元年封禅囤碑立着的国山等处,都没有去;而守洞导游的一群貌似匪类的人,只知敲竹杠,不知领导游客,说明历史的种种缺点,更令我们这六位塞饱了面包和罐头食物的假日旅行者,各催生了可嫌的呕吐。竹杠原也敲得并不很大,但使用一根手杖,坐一坐洞里的石磴,甚而至于舒一舒下气,都要算几毛几分的大洋,却真有点儿气人。

从善卷洞出来,大约东面离洞口约莫有十里地的路旁,我们又偶然发现了一个芙蓉古寺。这寺据说是唐代的名刹,像是近年来新行修理的样子;四围的树木,门外的小桥,寺东面的一座洁净的客厅,都令人能够发生一种好感;而临走的时候,对于两毫银币的力钱的谢绝,尤其使我们感到了僧俗的界别;因为看和尚的态度,倒并不是在于嫌憎钱少,却只是对于应接不周的这件事情在抱歉的样子。

再遵早晨进去的原路出来,走到了一处有牌坊立着的三岔路口,是朝南走向庚桑亦即张公洞去的支路了,路牌上写着,有三公里多点的路程。

张公洞似乎已经由储先生完全整理好了,我们车到了后洞的石级之前,走上了对洞口的那一扇门前坐下,扑面就感到了一阵冷气,凉隐隐,潮露露,立在那一扇造在马鞍小岭上的房屋下的圆洞门前发着抖,更向下往洞口一看,从洞里哼出来的,却是一层云不像云烟不似烟的凉水蒸气。没有进洞,大家就高兴极了,说这里真是一块不知三伏暑的极乐世界。喝了几口茶,换上了套鞋,点着油灯,跟着守洞的人,一层一层地下去,大家的肌肤上就起了鸡粒；等到了海王厅的大柱下去立定，举头向上面前洞口瞭望天光的时候，大家的话声，都嗡嗡然变成了怪响。第一是鼻头里凝住了鼻液，伤起风来了；第二是因为那一个圆形的大石盖，几百丈方的大石盖，对说话的人声，起了回音。脚力强健的赵公夫妇，还下洞底里去看了水中的石柱，上前洞口去看天光，我们四个却只在海王厅里，饱吸着蝙蝠的大小便气，高声乱唱了一阵京调，因而嗡嗡的怪响，也同潮也似的涨满了全洞。

从庚桑洞出来，已经是未末申初的时刻了，但从支路驶回国道，飞驰到湖州的时候，太阳还高得很。于是大家就同声一致，决定走下车去，上碧浪湖头去展拜一回英士先生的坟墓。道场山上的塔院，湖州城里的人家，原也同几十年前的样子一样，没有什么改易，可是碧浪湖的湖道，却淤塞得可观，大约再过几十年，就要变得像大明湖一般，涨成一片的水田旱道无疑了；沧海变桑田，又何必麻姑才看得见，我就可以算是一个目睹着这碧浪湖淤塞的老寿星。

回来的路上，大约是各感到了疲倦的结果，两个多钟头，坐在车子里面，竟没有一个人发放一点高声的宏论；直到七点钟前，车到旗下，在朱公馆洗了一洗手脸，徒步走上湖滨菜馆去吃饭的中间，朱公才用了文言的语气，做了一篇批评今天的游迹的奇文，终于引得大家哈哈地发了笑，多吃了一碗稀饭，总算也是这一次游行的一个伟大的结局。

"且夫天下事物，有意求之，往往不能得预定的效果；而偶然的发生，则枝节之可观每有胜于根千万倍者。所谓有意栽花花不活，无心插柳柳成荫之古语，殆此之谓欤？即以今日之游踪而论，瓶窑的一役，且远胜于宜兴之两洞；关蓉的一寺，亦较强于碧浪的湖波；而一路之遥山近水，太湖的倒映青天，回来过拱埠时之几点疏雨，尤其是文中的佳作，意外的收成。总而言之，清游一日，所得正多，我辈亦大可自慰。若欲论功行赏，则赵公之指挥得体，夫人的辎重备粮，尤堪嘉奖；其次则飞车赶路，舆人之功不可没；至于吟诗记事，播之遐迩，传之将来，则更有待于达翁，鄙见如此，质之赵公，以为何如？"

这一段名议论，确是朱公用了缓慢的湖北官音，随口诵出来的全文，认为不忍割爱，所以一字不易，为之记录于此。

一九三五年七月二十四日

二十二年的旅行

编者出的这一个题目,范围实在大得很。先自室内旅行起,以至世界旅行,星球、月球旅行等,在实际上,在空想上,二十二年中,大约总有许多人试过的无疑。编者把这题目来分给我,想来是因为我在二十二年秋天,上浙东去旅行过一次的缘故;但这一次旅行的结果,已经为杭江铁路局写了两篇旅行记——一名《杭江小历纪程》,一名《浙东景物纪略》——随时在各报上杂志上发表过一次,现在已被收入到该局发行的旅行指南里去了。迫不得已,我只好写点关于旅行一般的空话,以及还有许多在浙东得来的零星印象,来缴卷塞责。

旅行,实在是有闲有钱有健康的人的最好的娱乐。从前中国人视出门为畏途,离家百里,就先要祷告祖宗,辞别亲友,像煞是不容易回来的样子,现在则空有飞机,水有轮船,陆有火车汽车,千里万里,都可以转瞬而至了;所以从前的人所最怕的这旅行,现在的人却可以把它当作娱乐来看。有几个有钱好事的闲人,并且还把它当作了一种学问。

　　我想旅行的快乐,第一当然是在精神的解放;一个人生在世上,少不得总有种种纠纷和关系缠绕在身边的,富人有富人的忧虑,穷人有穷人的苦恼;一上征途,则同进了病院和监狱一样,什么事情都可以暂时搁起,不管他妈了——以入病院和进监狱为譬喻,或者是有点语病,但我所注重的,是在对于人世的杂务一方面的话,入了病院,工总可以不做了,进了监狱,债总可以不还了,是这一个意思。

　　第二,旅行的快乐,大约是在好奇心的满足;有非常美丽的太太随侍在侧的男子,会同臃肿粗大的寝室女仆去亲嘴抱腰的心理,想起来大约也同这旅行者之心一样地在好奇思异。本来有高大的洋房作住宅的先生们,到了乡下,看见一所茅草盖顶、柳树当门的厕所,会得喜欢叫绝的,也就是这一个caprice①在那里作怪。

　　还有些人,觉得平时的生活太舒适了,只想去不会丧命地冒些小险,不会损身地吃些小苦,以打破打破那一条生命之流的单条平滑,旅行却也是最适当的一针吗啡。

　　唯其是如此,所以中国也有了同Thomas. Cook & Son②一样的一个旅行社,萧伯纳也坐飞机飞过了长城,独身者的夺柯勃辣想在北平市里破一破独身之戒。但我的这一次的旅行浙东,原因可有点不同,虽在旅行,实际上却是在替路局办公,是一个行旅的

---

① 英文:任性。
② 托马斯-库克父子旅行社,又译作"通济隆旅行社",世界上第一家旅行社。

灵魂叫卖者的身份。

浙东一带，所给予我的混合印象，是在山的秀里带雄，水的清能见底，与沿途处处，柏树红叶的美似春花。百姓都很勤俭，所以乡下人家，家家都整洁堂皇，比起杭嘉湖的乡村的坍败衰落来，实在相差得很远。地势极高，山峰绵亘，斜坡上谷底里，竹树最多，间有几棵纤纤的枫树，经霜之后，叶尽红了，微风一动，更能显出万绿丛中红一点的迷人的诗意。中国铁路的两大干线，平汉与津浦，我跑的次数最多，其他的支线若广九，若北宁，若京绥等，也曾去过几次，但以景色的变化多奇、山水的淡浓相称来说，我觉得没有一处，能比得上这杭江铁路三百余里的一段风光；虽则正太铁路如何，我是没有去过，还不敢说。

说到人物，则金华附近的女人，皮色都是很白，相貌也都秀丽，有平湖苏州的女人的美处，而健康高大，则又像是条顿民族的乡间的农妇。

至于物产呢，浙东居民当然是以造纸种田为正业的，间有煤矿铁矿，汤溪也有温泉，但无人开发，富源还睡在地里。因为多山，所以木材也多，居民之从事于烧炭烧窑者，为数也着实不少。其余若畜牧的养猪养鸭养牛，种植的细蔗荞麦黍稷，以及柏子玉蜀黍之类，若能改良照科学的方法做去，则金衢一带的百姓，更可以增加富庶；可惜世乱纷纭，为政者现在还顾不到此。

我的这一次的旅行浙东，主要原因固然是因受了杭江路局之嘱托，但暗地里却也有一点去散散郁闷的下意识在的。上杭州来蛰居了半年，文章也不做，见客也少见，小心翼翼，默学金人，唯恐祸从口出，要惹是生非。但这半年的谨慎的结果，想不到竟引起了几位杭州的文学青年的怨恨,说我架子太大,说我思想落伍,在九月秋高的那一个月里,连接到了几篇痛骂的文章,一封匿名的私信。我虽则还没有自大狂到想比拟卢骚,但途穷日暮,到得前无去所,后无退路的时候,自家想想,却真有点儿和不得不发疯自杀的这位可怜的蒋·捷克相去无几了。当时我正在打算再上上海或北平去过放浪的生活,确好是杭江路局的这一回事情来了,心想不是落水遇救,天无绝人之路么?这一段却是不足为外人道的我侬的私语,附写在此,好做一个 egotistic①,megalomaniac② 的 epilogue③,以代牢骚。

一九三三年十二月

---

① 英文:自我的。
② 英文:狂妄的。
③ 英文:后记。

第五辑　北国的微音

回忆鲁迅

序　言

鲁迅作故的时候,我正漂流在福建。那一天晚上,刚在南台一家饭馆里吃晚饭,同席的有一位日本的新闻记者,一见面就问我,鲁迅逝世的电报,接到了没有?我听了,虽则大吃了一惊,但总以为是同盟社造的谣。因为不久之前,我曾在上海会过他,我们还约好于秋天同去日本看红叶的。后来虽也听到他的病,但平时晓得他老有因为落夜而致伤风的习惯,所以,总觉得这消息是不可靠的误传。因为得了这一个消息之故,那一天晚上,不待终席,我就走了。同时,在那一夜里,福建报上,有一篇演讲稿子,也有改正的必要,所以从南台走回城里的时候,我就直上了报馆。

晚上十点以后,正是报馆里最忙的时候,我一到报馆,与一位负责的编辑,只讲了几句话,就有位专编国内时事的记者,拿了中央社的电稿,来给我看了;电文却与那一位日本记者所说的一样,说是"著作家鲁迅,于昨晚在沪病故"了。

我于惊愕之余,就在那一张破稿纸上,写了几句电文:"上海申报转许景宋①女士:骤闻鲁迅噩耗,未敢置信,万请节哀,余事面谈。"第二天的早晨,我就踏上了三北公司的靖安轮船,奔回到了上海。

鲁迅的葬事,实在是中国文学史上空前的一座纪念碑,他的葬仪,也可以说是民众对日人的一种示威运动。工人,学生,妇女团体,以前鲁迅生前的知友亲戚,和读他的著作、受他的感化的不相识的男男女女,参加行列的,总有一万人以上。

当时,中国各地的民众正在热叫着对日开战,上海的知识分子,尤其是孙夫人蔡先生等旧日自由大同盟的诸位先进,提倡得更加激烈,而鲁迅适当这一个时候去世了,他平时,也是主张对日抗战的,所以民众对于鲁迅的死,就拿来当作了一个非抗战不可的象征;换句话说,就是在把鲁迅的死,看作了日本侵略中国的具体事件之一。在这个时候,在这一种情绪下的全国民众,对鲁迅的哀悼之情,自然可以不言而喻了;所以当时全国所出的刊物,无论哪一种定期或不定期的印刷品上,都充满了哀吊鲁迅的文字。

但我却偏有一种爱冷不感热的特别脾气,以为鲁迅的崇拜者,友人,同事,既有了这许多追悼他的文字与著作,那我这一个渺乎其小的同时代者,正可以不必马上就去铺张些我与鲁迅的

---

① 即许广平。

关系。在这一个热闹关头，我就是写十万百万字的哀悼鲁迅的文章，于鲁迅之大，原是不能再加上以毫末，而于我自己之小，反更足以多一个证明。因此，我只在《文学》月刊上，写了几句哀悼的话，此外就一字也不提，一直沉默到了现在。

现在哩！鲁迅的全集，已经出版了；而全国民众，正在一个绝大的危难底下抖擞。在这伟大的民族受难期间，大家似乎对鲁迅个人的伤悼情绪，减少了些了，我却想来利用余闲，写一点关于鲁迅的回忆。若有人因看了这回忆之故，而去多读一次鲁迅的集子，那就是我对于故人的报答，也就是我所以要写这些断片的本望。

廿七年[①]八月十四日在汉寿

和鲁迅第一次的相见，不知是在哪一年哪一月哪一日——我对于时日地点，以及人的姓名之类的记忆力，异常的薄弱，人非要遇见至五六次以上，才能将一个人的名氏和一个人的面貌联合起来，记在心里——但地方却记得是在北平西城的砖塔胡同一间坐南朝北的小四合房子里。因为记得那一天天气很阴沉，所以一定是在我去北平，入北京大学教书的那一年冬天，时间仿佛是在下午的三四点钟。若说起那一年的大事情来，却又有史可稽了，就是曹锟贿选成功，做大总统的那一个冬天。

去看鲁迅，也不知是为了什么事情。他住的那一间房子，我

[①] 1938 年。

却记得很清楚,是在那两座砖塔的东北面,正当胡同正中的地方,一个三四丈宽的小院子,院子里长着三四株枣树。大门朝北,而住屋——三间上房——却朝正南,是杭州人所说的"倒骑龙式"的房子。

那时候,鲁迅还在教育部里当佥事,同时也在北京大学里教小说史略。我们谈的话,已经记不起来了,但只记得谈了些北大的教员中间的闲话,和学生的习气之类。

他的脸色很青,胡子是那时候已经有了;衣服穿得很单薄,而身材又矮小,所以看起来像是一个和他的年龄不大相称的样子。

他的绍兴口音,比一般绍兴人所发的来得柔和,笑声非常之清脆,而笑时眼角上的几条小皱纹,却很是可爱。

房间里的陈设,简单得很;散置在桌上、书橱上的书籍,也并不多,但却十分的整洁。桌上没有洋墨水和钢笔,只有一方砚瓦,上面盖着一个红木的盖子。笔筒是没有的,水池却像一个小古董,大约是从头发胡同的小市上买来的无疑。

他送我出门的时候,天色已经晚了,北风吹得很大;门口临别的时候,他不晓说了一句什么笑话,我记得一个人在走回寓舍来的路上,因回忆着他的那一句,满面还带着了笑容。

同一个来访我的学生,谈起了鲁迅。他说:"鲁迅虽在冬天,也不穿棉裤,是抑制性欲的意思。他和他的旧式的夫人是不要好的。"因此,我就想起了那天去访问他时,来开门的那一位清秀的中年妇人,她人亦矮小,缠足梳头,完全是一个典型的绍兴太太。

数年前,鲁迅在上海,我和映霞去北戴河避暑回到了北平的时候，映霞曾因好奇之故，硬逼我上鲁迅自己造的那一所西城象鼻胡同后面西三条的小房子里，去看过这中年的妇人。她现在还和鲁迅的老母住在那里，但不知她们在强暴的邻人管制下的生活也过得惯不？

　　那时候，我住在阜成门内巡捕厅胡同的老宅里。时常来往的，是住在东城禄米仓的张凤举、徐耀辰两位，以及沈尹默、沈兼士、沈士远的三昆仲；不时也常和周作人氏、钱玄同氏、胡适之氏、马幼渔氏等相遇，或在北大的休息室里，或在公共宴会的席上。这些同事们，都是鲁迅的崇拜者，而对于鲁迅的古怪脾气，都当作一件似乎是历史上的轶事在谈论。

　　在我与鲁迅相见不久之后，周氏兄弟反目的消息，从禄米仓的张、徐二位那里听到了。原因很复杂，而旁人终于也不明白是究竟为了什么。但终鲁迅的一生，他与周作人氏，竟没有和解的机会。

　　本来，鲁迅与周作人氏哥儿俩，是住在八道湾的那一所大房子里的。这一所大房子，系鲁迅在几年前，将他们绍兴的祖屋卖了，与周作人在八道湾买的；买了之后，加以修缮，他们弟兄和老太太就统在那里住了。俄国的那位盲诗人爱罗先珂寄住的，也就是这一所八道湾的房子。

　　后来鲁迅和周作人氏闹了，所以他就搬了出来，所住的，大约就是砖塔胡同的那一间小四合了。所以，我见到他的时候，正在他们的口角之后不久的期间。

　　据凤举他们判断，以为他们弟兄间的不睦，完全是两人的误解。周作人氏的那位日本夫人，甚至说鲁迅对她有失敬之处。但鲁迅有时候对我说："我对启明，总老规劝他的，叫他用钱应该节省一点。我们不得不想想将来，但他对于经济，总是进一个花一个的，尤其是他那一位夫人。"从这些地方，会合起来，大约他们反目的真因，也可以猜度到一二成了。不过凡是认识鲁迅，认识启明及他的夫人的人，都晓得他们三个人，完全是好人；鲁迅虽则也痛骂过正人君子，但据我所知的他们三人来说，则只有他们才是真正的正人君子。现在颇有些人，说周作人已做了汉奸，但我却始终仍是怀疑。所以，全国文艺作者协会致周作人的那一封公开信，最后的决定，也是由我改削过的；我总以为周作人先生，与那些甘心卖国的人，是不能做一样的看法的。

这时候的教育部，薪水只发到二成三成，公事是大家不办的，所以，鲁迅很有工夫教书，编讲义，写文章。他的短文，大抵是由孙伏园氏拿去，在《晨报副刊》上发表；教书是除北大外，还兼任着师大。

有一次，在鲁迅那里闲坐，接到了一个来催开会的通知，我问他忙么。他说，忙倒也不忙，但是同唱戏的一样，每天总得到处去扮一扮。上讲台的时候，就得扮教授，到教育部去也非得扮官不可。

他说虽则这样地说，但做到无论什么事情时，却总肯负完全的责任。

至于说到唱戏呢，在北平虽则住了那么久，可是他终于没有爱听京戏的癖性。他对于唱戏听戏的经验，始终只限于绍兴的社戏、高腔、乱弹、目连戏等，最多也只听到了徽班。阿Q所唱的那句"手执钢鞭将你打"，就是乱弹班《龙虎斗》里的句子，是赵玄坛唱的。

对于目连戏,他却有特别的嗜好,他有好几次同我说,这戏里的穿插,实在有许许多多的幽默味。他曾经举出不少的实例,说到一个借了鞋袜靴子去赴宴会的人,到了人来向他索还,只剩一件大衫在身上的时候,这一位老兄就装作肚皮痛,以两手按着腹部,口叫着我肚皮痛煞哉,将身体伏矮了些,于是长衫就盖到了脚部以遮掩过去的一段,他还照样地做出来给我们看过。说这一段话时,我记得《月夜》的著者,川岛兄也在座上,我们曾经大笑过的。

后来在上海,我有一次谈到了予倩、田汉诸君想改良京剧,来做宣传的话,他根本就不赞成。并且很幽默地说,以京剧来宣传救国,那就是:"我们救国啊啊啊啊了,这行么?"

孙伏园氏在晨报社,为了鲁迅的一篇挖苦人的恋爱的诗,与刘勉己氏闹翻了脸。鲁迅的学生李小峰就与伏园联合起来,出了《语丝》。投稿者除上述的诸位之外,还有林语堂氏,在国外的刘半农氏,以及徐旭生氏等。但是周氏兄弟,却是《语丝》的中心。而每次语丝社中人叙会吃饭的时候,鲁迅总不出席,因为不愿与周作人氏遇到的缘故。因此,在这一两年中,鲁迅在社交界,始终没有露一露脸。无论什么人请客,他总不肯出席;他自己哩,除了和一二人去小吃之外,也绝对地不大规模(或正式)地请客。这脾气,直到他去厦门大学以后,才稍稍改变了些。

鲁迅的对于后进的提拔,可以说是无微不至。《语丝》发刊以后,有些新人的稿子,差不多都是鲁迅推荐的。他对于高长虹他们的一集团,对于沉钟社的几位,对于未名社的诸子,都一例地在为说项。就是对于沈从文氏，虽则已有人在孙伏园去后的《晨报副刊》上在替吹嘘了，他也时时提到，唯恐诸编辑的埋没了他。还有当时在北大念书的王品青氏，也是他所属望的青年之一。

鲁迅和景宋女士的认识，是当他在北京（那时北平还叫作"北京"）女师大教书的中间，前后经过，《两地书》里已经记载得很详细，此地可以不必说。但他和许女士的进一步的接近，是在"三一八"惨案之前，章士钊做教育总长，使刘百昭去用了老妈子军以暴力解散女师大的时候。

鲁迅是向来喜欢打抱不平的，看了章士钊的横行不法，又兼自己还是这学校的讲师，所以，当教育部下令解散女师大的时候，他就和许季茀、沈兼士、马幼渔等一道起来反对。当时的鲁迅，还是教育部的佥事，故而总长的章士钊也就下令将他撤职。为此，他一面向行政院控告章士钊，提起行政诉讼，一面就在《语丝》上攻击《现代评论》的为虎作伥，尤以对陈源（通伯）教授为最烈。

《现代评论》的一批干部，都是英国留学生；而其中像周鲠生、皮宗石、王世杰等，却是两湖人。他们和章士钊，在同到过英国的一点上，在同是湖南人的一点上，都不得不帮教育部的忙。鲁迅因而攻击绅士态度，攻击《现代评论》的受贿赂，这一时候他的杂文，怕是他一生之中，最含热意的妙笔。在这一个压迫和反抗、正义和暴力的争斗之中，他与许广平便有了更进一步的认识机会。

在这前后，我和他见面的次数并不多，因为我已经离开了北平,上武昌师范大学文科去教书了,可是这一年(民国十三年)暑假回北京,看见他的时候,他正在做控告章士钊的状子,而女师大为校长杨荫榆的问题,也正是闹得最厉害的期间。当他告诉我完了这事情的经过之后,他仍旧不改他的幽默态度说:"人家说我在打落水狗,但我却以为在打枪伤老虎,在扮演周处或武松。"

这句话真说得我高笑了起来。可是他和景宋女士的认识,以及有什么来往,我却还一点儿也不曾晓得。

直到两年(?)之后,他因和林文庆博士闹意见,从厦门大学回上海的那一年暑假,我上旅馆去看他,谈到了中午,就约他及景宋女士与在座的许钦文去吃饭。在吃完饭后,茶房端上咖啡来时,鲁迅却很热情地向正在搅咖啡杯的许女士看了一眼,又用告诫亲属似的热情的口气,对许女士说:"密斯许,你胃不行,咖啡还是不吃的好,吃些生果吧!"

在这一个极微细的告诫里,我才第一次看出了他和许女士中间的爱情。

从此以后,鲁迅就在上海住下了,是在闸北去窦乐安路不远的景云里内一所三楼朝南的洋式弄堂房子里。他住二层的前楼,许女士是住在三楼的。他们两人间的关系,外人还是一点儿也没有晓得。

有一次,林语堂——当时他住在愚园路,和我静安寺路的寓居很近——和我去看鲁迅,谈了半天出来,林语堂忽然问我:"鲁迅和许女士,究竟是怎么回事,有没有什么关系的?"

我只笑着摇摇头,回问他说:"你和他们在厦大同过这么久的事,难道还不晓得么?我可真看不出什么来。"

说起林语堂，实在是一位天性淳厚的真正英美式的绅士，他绝不疑心人有意说出的不关紧要的谎。我只举一个例出来，就可以看出他的本性。当他在美国向他的夫人求爱的时候，他第一次捧呈了她一册克莱克夫人著的小说《模范绅士约翰·哈里法克斯》；但第二次他忘记了，又捧呈了她以这册 *John Halitax Gentleman*。这是林夫人亲口对我说的话，当然是不会错的。从这一点上看来，就可以看出语堂真是如何的忠厚老实的一位模范绅士。他的提倡幽默，挖苦绅士态度，我们都在说，这些都是从他的 inferiority gomplex（不及错觉）心理出发的。

语堂自从那一回经我说过鲁迅和许女士中间大约并没有什么关系之后，一直到海婴（鲁迅的儿子）将要生下来的时候，才兹恍然大悟。我对他说破了，他满脸泛着好好先生的微笑说："你这个人真坏！"

鲁迅的烟瘾，一向是很大的；在北京的时候，他吸的，总是哈德门牌的十支装包。当他在人前吸烟的时候，他总探手进他那件灰布棉袍的袋里去摸出一支来吸；他似乎不喜欢将烟包先拿出来，然后再从烟包里抽出一支，而再将烟包塞回袋里去。他这脾气，一直到了上海，仍没有改过，不晓是为了怕麻烦的原因呢？抑或为了怕人家看见他所吸的烟，是什么牌。

他对于烟酒等刺激品，一向是不十分讲究的。对于酒，他是同烟一样。他的量虽则并不大，但却老爱喝一点。在北平的时候，我曾和他在东安市场的一家小羊肉铺里喝过白干；到了上海之后，所喝的，大抵是黄酒了。但五加皮，白玫瑰，他也喝，啤酒，白兰地他也喝，不过总喝得不多。

爱护他，关心他的健康无微不至的景宋女士，有一次问我："周先生平常喜欢喝一点酒，还是给他喝什么酒好？"我当然答以黄酒第一。但景宋女士却说，他喝黄酒时，老要量喝得很多，所以近来她在给他喝五加皮。并且说，因为五加皮酒性太烈，她所以老把瓶塞在平时拔开，好叫消散一点酒气，变得淡些。

在这些地方，本可看出景宋女士的一心为鲁迅牺牲的伟大精神来；仔细一想，真要叫人感激得下眼泪的，但我当时却笑了，笑她的太没有对于酒的知识。当然她原也晓得酒精成分多少的科学常识，可是爱人爱得过分时，常识也往往会被热挚的真情，掩蔽下去。我于讲完了量与质的问题，讲完了酒精成分的比较问题之后，就劝她，以后，顶好是给周先生以好的陈黄酒喝，否则还是喝啤酒。

这一段谈话后不久，忽而有一天，鲁迅送了我两瓶十多年陈的绍兴黄酒，说是一位绍兴同乡，带出来送他的。我这才放了心，相信以后他总不再喝五加皮等烈酒了。

我的记忆力很差，尤其是对于时日及名姓等的记忆。有些朋友，当见面时却混得很熟，但竟有一年半载以上，不晓得他的名姓的，因为混熟了，又不好再请教尊姓大名的缘故。像这一种习惯，我想一般人也许都有，可是，在我觉得特别的厉害。而鲁迅呢，却很奇怪，他对于遇见过一次，或和他在文字上有点纠葛过的人，都记得很详细，很永固。

所以，我在前段说起过的，鲁迅到上海的时日，照理应该在十八年的春夏之交；因为他于离开厦门大学之后，是曾上广州中山大学去住过一年的；他的重回上海，是在因和顾颉刚起了冲突，脱离中山大学之后；并且因恐受当局的压迫拘捕，其后亦曾在广州闲住了半年以上的时间。

他对于辞去中山大学教职之后，在广州闲住的半年那一节事情，也解释得非常有趣。他说："在这半年中，我譬如是一只雄鸡，在和对方呆斗。这呆斗的方式，并不是两边就咬起来，却是振冠击羽，保持着一段相当距离的对视。因为对方的假君子，背后是有政治力量的，你若一经示弱，对方就会用无论哪一种卑鄙的手段，来加你以压迫。

"因而有一次，大学里来请我讲演，伪君子正在庆幸机会到了，可以罗织成罪我的证据。但我却不忙不迫地讲了些魏晋人的风度之类，而对于时局和政治，一个字也不曾提起。"

在广州闲住了半年之后，对方的注意力有点松懈了，就是对方的雄鸡，坚忍力有点不能支持了；他就迅速地整理行囊，乘其不备，而离开了广州。

人虽则离开了，但对于代表恶势力而和他反对的人，他却始终不会忘记。所以，他的文章里，无论在哪一篇，只叫用得上去的话，他总不肯放松一着，老会把这代表恶势力的敌人押解出来示众。

对于这一点，我也曾再三地劝他过，劝他不要上当。因为有许多无理取闹、来攻击他的人，都想利用了他来成名。实际上，这一个文坛登龙术，是屡试屡验的法门；过去曾经有不少的青年，因攻击鲁迅而成了名的。但他的解释，却很彻底。他说："他们的目的，我当然明了。但我的反攻，却有两种意思。第一，是正可以因此而成全了他们；第二，是也因为了他们，而真理愈得阐发。

他们的成名,是烟火似的一时的现象,但真理却是永久的。"

他在上海住下之后,这些攻击他的青年,愈来愈多了。最初,是高长虹等,其次是太阳社的钱杏邨等,后来则有创造社的叶灵凤等。他对于这些人的攻击,都三倍四倍地给了反攻,他的杂文的光辉,也正因了这些不断的搏斗而增加了熟练与光辉。他的全集的十分之六七,是这种搏斗的火花,成绩俱在,在这里可以不必再说。

此外还有些并不对他攻击,而亦受了他的笔伐的人,如张若谷、曾今可等;他对于他们,在酒兴浓溢的时候,老笑着对我说:"我对他们也并没有什么仇。但因为他们是代表恶势力的缘故,所以我就做了堂·克蓄德①,而他们却做了活的风车。"

关于"堂·克蓄德"这一名词,也是钱杏邨他们奉赠给他的。他对这名词并不嫌恶,反而是很喜欢的样子。同样在有一时候,叶灵凤引用了苏俄讥高尔基的画来骂他,说他是"阴阳面的老人",他也时常笑着说:"他们比得我太大了,我只恐怕承当不起。"

创造社和鲁迅的纠葛,系开始在成仿吾的一篇批评,后来一直地继续到了创造社的被封时为止。

鲁迅对创造社,虽则也时常有讥讽的言语,散发在各杂文里;但根底却并没有恶感。他到广州去之先,就有意和我们结成一条战线,来和反动势力拮抗的;这一段经过,恐怕只有我和鲁迅及景宋女士三人知道。

至于我个人与鲁迅的交谊呢,一则因系同乡,二则因所处的

---

① 堂·克蓄德:今译"堂吉诃德"。

时代,所看的书,和所与交游的友人,都是同一类属的缘故,始终没有和他发生过冲突。

后来,创造社因被王独清挑拨离间,分成了派别,我因一时感情作用,和创造社脱离了关系。在当时,一批幼稚病的创造社同志,都受了王独清等的煽动,与太阳社联合起来攻击鲁迅,但我却始终以为他们的行动是越出了常轨,所以才和他计划出了《奔流》这一个杂志。

《奔流》的出版,并不是想和他们对抗,用意是在想介绍些真正的革命文艺的理论和作品,把那些犯幼稚病的"左"倾青年,稍稍纠正一点过来。

当编《奔流》的这一段时期,我以为是鲁迅的一生之中,对中国文艺影响最大的一个转变时期。

在这一年当中,鲁迅的介绍左翼文艺的正确理论的一步工作,才开始立下了系统。而他的后半生的工作的纲领,差不多全是在这一个时期里定下来的。

当时在上海负责在做秘密工作的几位同志,大抵都是在我静安寺路的寓居里进出的人;左翼作家联盟,和鲁迅的结合,实际上是我做的媒介。不过,左翼成立之后,我却并不愿意参加,原因是因为我的个性是不适合于这些工作的,我对于我自己,认识得很清,绝不愿担负一个空名,而不去做实际的事务;所以,左联成立之后,我就在一月之内,对他们公然地宣布了辞职。

但是暗中站在超然的地位,为左联及各工作者的帮忙,也着实不少。除来不及营救,已被他们杀死的许多青年不计外,在龙华,在租界捕房被拘去的许多作家,或则减刑,或则拒绝引渡,或则当时释放等案件，我现在还记得起来的，当不止十件八件的少数。

鲁迅的热心于提拔青年的一件事情，是大家在说的。但他的因此而受痛苦之深刻，却外边很少有人知道。像有些先受他的提拔，而后来却用攻击的方法以成自己的名的事情，还是彰明显著的事实，而另外还有些"挑了一担同情来到鲁迅那里，强迫他出很高的代价"的故事，外边的人，却大抵都不晓得了。在这里，我只举一个例。

在广州的时候，有一位青年的学生，因平时被鲁迅所感化而跟他到了上海。到了上海之后，鲁迅当然也收留他一道住在景云里那一所三层楼的弄堂房子里。但这一位青年，误解了鲁迅的意思，以为他没有儿子——当时海婴还没有生——所以收留自己和他住下，大约总是想把自己当作他的儿子的意思。后来，他又去找了一位女朋友来同住，意思是为鲁迅当儿媳妇的。可是，两人坐食在鲁迅的家里，零用衣饰之类，鲁迅当然是供给不了的；于是这一位自定的鲁迅的子嗣，就发生了很大的不满，要求鲁迅，一定要为他谋一出路。

鲁迅没法子，就来找我，叫我为这青年去谋一职业，如报馆校对、书局伙计之类；假使是真的找不到职业，那么亦必须请一家书店或报馆在名义上用他做事，而每月的薪水三四十元，当由鲁迅自己拿出，由我转交给这书局或报馆，作为月薪来发给。

这事我向当时的现代书局说了，已经说定是每月由书局和鲁迅各拿出一半的钱来，使用这一位青年。但正当说好的时候，这一位青年却和爱人脱离了鲁迅而走了。

这一件事情，我记得章锡琛曾在鲁迅去世的时候写过一段短短的文章；但事实却很复杂，使鲁迅为难了好几个月。从这一回事情之后，鲁迅就爱说"青年是挑了一担同情来的"趣话。不过这仅仅是一例，此外，因同情青年的遭遇，而使他受到痛苦的事实还正多着哩！

民国十八年以后，因国共分家的结果，有许多青年，以及正义的斗士，都无故而被牺牲了。此外，还有许多从事革命运动的青年，在南京、上海，以及长江流域的通都大邑里，被捕的，正不知有多少。在上海专为这些革命志士以及失业工人等救济而设的一个团体，是共济会。但这时候，这救济会已经遭了当局之忌，不能公开工作了；所以弄成请了律师，也不能公然出庭，有了店铺作保，也不能去向法庭请求保释的局面。在这时候，带有国际性的民权保障自由大同盟，才在孙夫人（宋庆龄女士）、蔡先生（孑民）等的领导之下，在上海成立了起来。鲁迅和我，都是这自由大同盟的发起人，后来也连做了几任的干部，一直到南京的通缉令下来，杨杏佛被暗杀的时候为止。

在这自由大同盟活动的期间，对于平常的集会，总不出席的鲁迅，却于每次开会时一定先期而到；并且对于事务是一向不善处置的鲁迅，将分派给他的事务，也总办得井井有条。从这里，我们又可以看出，鲁迅不仅是一个只会舞文弄墨的空头文学家，对于实务，他原是也具有实际干才的。说到了实务，我又不得不想起我们合编的那一个杂志《奔流》——名义上，虽则是我和他合编的刊物，但关于校对、集稿、算发稿费等琐碎的事务，完全是鲁迅一个人效的劳。

他的做事务的精神，也可以从他的整理书斋，和校阅原稿等小事情上看得出来。一般和我们在同时做文字工作的人，在我所认识的中间，大抵十个有九个都是把书斋弄得乱杂无章的。而鲁迅的书斋，却在无论什么时候，都整理得必清必楚。他的校对的稿子，以及他自己的文章，涂改当然是不免，但总缮写得非常的清楚。

　直到海婴长大了，有时候老要跑到他的书斋里去翻弄他的书本杂志之类；当这样的时候，我总看见他含着苦笑，对海婴说："你这小捣乱看好了没有？"海婴含笑走了的时候，他总是一边谈着笑话，一边先把那些搅得零乱的书本子堆叠得好好，然后再来谈天。

　记得有一次，海婴已经会得说话的时候了，我到他的书斋去的前一刻，海婴正在那里捣乱，翻看书里的插图。我去的时候，书本子还没有理好。鲁迅一见着我，就大笑着说："海婴这小捣乱，他问我几时死；他的意思是我死了之后，这些书本都应该归他的。"

　鲁迅的开怀大笑，我记得要以这一次为最兴高采烈。听这话的我，一边虽也在高笑，但暗地里一想到了"死"这一个定命，心里总不免有点难过。尤其是像鲁迅这样的人，我平时总不会把死和他联合起来想在一道。就是他自己，以及在旁边也在高笑的景宋女士，在当时当然也对于"死"这一个观念的极微细的实感都没有的。

　这事情，大约是在他去世之前的两三年的时候；到了他死之后，在万国殡仪馆成殓出殡的上午，我一面看到了他的遗容，一面又看见海婴仍是若无其事地在人前穿了小小的丧服在那里快快乐乐地跑，我的心真有点儿绞得难耐。

鲁迅的著作的出版者，谁也知道是北新书局。北新书局的创始人李小峰是北大鲁迅的学生；因为孙伏园从《晨报副刊》出来之后，和鲁迅、启明及语堂等，开始经营《语丝》之发行，当时还没有毕业的李小峰，就做了《语丝》的发行兼管理印刷的出版业者。

北新书局从北平分到上海，大事扩张的时候，所靠的也是鲁迅的几本著作。

后来一年一年地过去，鲁迅的著作也一年一年地多起来了，北新和鲁迅之间的版税交涉，当然成了一个很大的问题。

北新对著作者，平时总只含混地说，每月致送几百元版税，到了三节，便开一清单来报账的。但一则他的每月致送的款项，老要拖欠，再则所报之账，往往不十分清爽。

后来，北新对鲁迅及其他的著作人，简直连月款也不提，节账也不算了。靠版税在上海维持生活的鲁迅，一时当然也破除了情面，请律师和北新提起了清算版税的诉讼。

照北新开给鲁迅的旧账单等来计算，在鲁迅去世的前六七年，早该积欠有两三万元了。这诉讼，当然是鲁迅的胜利，因为欠债还钱，是古今中外一定不易的自然法律。北新看到了这一点，就四处地托人向鲁迅讲情，要请他不必提起诉讼，大家来设法谈判。

当时我在杭州小住，打算把一部不曾写了的《蜃楼》写它完来。但住不上几天，北新就有电报来了，催我速回上海，为这事尽一点力。

后来经过几次的交涉，鲁迅答应把诉讼暂时不提，而北新亦愿意按月摊还积欠两万余元，分十个月还了；新欠则每月致送四百元，绝不食言。

这一场事情，总算是这样地解决了；但在事情解决，北新请大家吃饭的那一天晚上，鲁迅和林语堂两人，却因误解而起了正面的冲突。

冲突的原因，是在一个不在场的第三者，也是鲁迅的学生，当时也在经营出版事业的某君。北新方面，满以为这一次鲁迅的提起诉讼，完全系出于这同行第三者的挑拨。而忠厚诚实的林语堂，于席间偶尔提起了这一个人的名字。

鲁迅那时，大约也有了一点酒意，一半也疑心语堂在责备这第三者的话，是对鲁迅的讽刺；所以脸色变青，从座位里站了起来，大声地说："我要声明！我要声明！"

他的声明，大约是声明并非由这第三者的某君挑拨的。语堂当然也要声辩他所讲的话，并非是对鲁迅的讽刺；两人针锋相对，形势真弄得非常的险恶。

在这席间，当然只有我起来做和事佬；一面按住鲁迅坐下，一面我就拉了语堂和他的夫人，走下了楼。

这事当然是两方的误解，后来鲁迅原也明白了；他和语堂之间，是有过一次和解的。可是到了他去世之前年，又因为劝语堂多翻译一点西洋古典文学到中国来，而语堂说这是老年人做的工作之故，而各起了反感。但这当然也是误解，当鲁迅去世的消息传到当时寄居在美国的语堂耳里的时候，语堂是曾有极悲痛的唁电发来的。

鲁迅住的景云里那一所房子,是在北四川路尽头的西面,去虹口花园很近的地方。因而去狄思威路北的内山书店亦只有几百步路。

书店主人内山完造,在中国先则卖药,后则经营贩卖书籍,前后总已有了二十几年的历史。他生活很简单,懂得生意经,并且也染上了中国人的习气,喜欢讲交情。因此,我们这一批在日本住久的人在上海,总老喜欢到他店里去坐坐谈谈;鲁迅于在上海住下之后,也就是这内山书店的常客之一。

"一·二八"沪战发生,鲁迅住的那一个地方,去天通庵只有一箭之路,交战的第二日,我们就在担心着鲁迅一家的安危。到了第三日,并且谣言更多了,说和鲁迅同住的他三弟巢峰(周建人)被敌宪兵殴伤了;但就在这一个下午,我却在四川路桥南,内山书店的一家分店的楼上,会到了鲁迅。

他那时也听到了这谣传了,并且还在报上看见了我寻他和其他几位住在北四川路的友人的启事。他在这兵荒马乱之间,也依然不消失他那种幽默的微笑;讲到巢峰被殴伤的那一段谣言的时候,还加上了许多我们所不曾听见过的新鲜资料,证明一般空闲人的喜欢造谣生事,乐祸幸灾。

在这中间,我们就开始了向全世界文化人呼吁,出刊物公布暴敌狞恶侵略者面目的工作,鲁迅当然也是签名者之一;他的实际参加联合抗敌的行动,和一班左翼作家的接近,实际上是从这一个时期开始的。

"一·二八"战事过后,他从景云里搬了出来,住在内山书店斜对面的一家大厦的三层楼上；租金比较的贵，生活方式也比较的奢侈，因而一般平时要想寻出一点弱点来攻击他的人，就又像是发掘得了至宝。

但他在那里住得也并不久，到了南京的秘密通缉令下来，上海的反动空气很浓厚的时候，他却搬上了内山书店的北面，新造好的大陆新村（四达里对面）的六十几号房屋去住了。在这里，一直住到了他去世的时候为止。

南京的秘密通缉令，列名者共有六十几个，多半与民权保障自由大同盟有关的文化人。而这通缉案的呈请者，却是在杭州的浙江省党部的诸先生。

说起杭州，鲁迅绝端地厌恶；这通缉案的呈请者们，原是使他厌恶的原因之一，而对于山水的爱好，别有见解，也是他厌恶杭州的一个原因。

有一年夏天，他曾同许钦文到杭州去玩过一次；但因湖上的闷热、蚊子的众多、饮水的不洁等关系，他在旅馆里一晚没有睡觉，第二天就逃回上海来了。自从这一回之后，他每听见人提起杭州，就要摇头。

后来，我搬到杭州去住的时候，也曾写过一首诗送我，头一句就是"钱王登遐仍如在"；这诗的意思，他曾同我说过，指的是杭州党政诸人的无理的高压。他从五代时的记录里，曾看到过钱武肃王的时候，浙江老百姓被压榨得连裤子都没有穿，不得不以砖瓦来遮盖下体。这事不知是出在哪一部书里，我到现在也还没有查到，但他的那句诗的原意，却就系此而言。我因不听他的忠告，终于搬到杭州去住了，结果竟不出他之所料，被一位党部的先生,弄得家破人亡;这一位吃党饭出身,积私财至数百万,曾经呈请南京中央党部通缉我们的先生,对我竟做出了比敌人对待我们老百姓还更凶恶的事情,而且还是在这一次的抗战军兴之后。我现在虽则已远离祖国,再也受不到他的奸淫残害的毒爪了;但现在仍还在执掌以礼义廉耻为信条的教育大权的这一位先生,听说近来因天高皇帝远、浑水好捞鱼之故,更加加重了他对老百姓的这一种远溢过钱武肃王的德政。

鲁迅不但对于杭州没有好感,就是对他出身地的绍兴,也似乎并没有什么依依不舍的怀恋。这可从有一次他的谈话里看得出来。是他在上海住下不久的时候,有一回我们谈起了前两天刚见过面的孙伏园。他问我伏园住在哪里,我说,他已经回绍兴去了,大约总不久就会出来的。鲁迅言下就笑着说:"伏园的回绍兴,实在也很可观!"他的意思,当然是绍兴又凭什么值得这样地频频回去。

所以从他到上海之后,一直到他去世的时候为止,他只匆匆地上杭州去住了一夜,而绝没有回去过绍兴一次。

预言者每不为其故国所容,我于鲁迅更觉得这一句格言的确凿。各地党部的对待鲁迅,自从浙江党部发动了那大弹劾案之后,似乎态度都是一致的。抗战前一年的冬天,我路过厦门,当时有许多厦大同学曾来看我,谈后就说到了厦大门前,经过南普陀的那一条大道,他们想呈请市政府改名"鲁迅路"以资纪念。并且说,这事已经由鲁迅纪念会(主其事的是厦门星光日报社长胡资周及记者们与厦大学生代表等人)呈请过好几次了,但都被搁置着不批下来。我因为和当时的厦门市市长及工务局长等都是朋友，所以就答应他们说这事一定可以办到。但后来去市长那里一查问，才知道又是党部在那里反对，绝对不准人们纪念鲁迅。这事情，后来我又同陈主席说了，陈主席当然是表示赞同的。可是，这事还没有办理完成，而抗战军兴，现在并且连厦门这一块土地，也已经沦陷了一年多了。

自从我搬到杭州去住下之后，和他见面的机会，就少了下去，但每一次我上上海去的中间，无论如何忙，我总抽出一点时间来去和他谈谈，或和他吃一次饭。

而上海的各书店、杂志编辑者、报馆之类，要想拉鲁迅的稿子的时候，也总是要我到上海去和鲁迅交涉的回数多，譬如，黎烈文初编《自由谈》的时候，我就和鲁迅说，我们一定要维持它，因为在中国最老不过的《申报》，也晓得要用新文学了，就是新文学的胜利。所以，鲁迅当时也很起劲，《伪自由书》《花边文学》集里许多短稿，就是这时候的作品。在起初，他的稿子就是由我转交的。

此外，像良友书店、天马书店，以及生活出的《文学》杂志之类，对鲁迅的稿件，开头大抵都是由我为他们拉拢的。尤其是当鲁迅对编辑者们发脾气的时候。做好做歹，仍复替他们调停和解这一角色，总是由我来担当。所以，在杭州住下的两三年中，光是为了鲁迅之故，而跑上海的事情，前后总也有了好多次。

在他去世的前一年春天，我到了福建，和他见面的机会更加少了。但记得就在他作故的前两个月，我回上海，他曾告诉了我以他的病状，说医生说他的肺不对，他想于秋天到日本去疗养，问我也能够同去不能。我在那时候，也正在想去久别了的日本一次，看看他们最近的社会状态，所以也轻轻谈到了同去岚山看红叶的事。可是从此一别，就再没有和他做长谈的幸运了。

　　关于鲁迅的回忆，枝枝节节，另外也正还多着，可是他给我的信件之类，有许多已在搬回杭州去之先烧了，有几封在上海北新书局里存着，现在又没有日记在手头，所以就在这里，先暂搁笔，以后若有机会，或许再写也说不定。

怀鲁迅

真是晴天的霹雳,在南台的宴会席上,忽而听到了鲁迅的死!

发出了几通电报,荟萃了一夜行李,第二天我就匆匆跳上了开往上海的轮船。

二十二日上午十时船靠了岸,到家洗一个澡,吞了两口饭,跑到胶州路万国殡仪馆去,遇见的只是真诚的脸,热烈的脸,悲愤的脸,和千千万万将要破裂似的青年男女的心肺与紧捏的拳头。

这不是寻常的丧葬,这也不是沉郁的悲哀,这正像是大地震要来,或黎时将到时充塞在天地之间的一瞬间的寂静。

生死、肉体、灵魂、眼泪、悲叹,这些问题与感觉,在此地似乎太渺小了,在鲁迅的死的彼岸,还照耀着一道更伟大、更猛烈的寂光。

没有伟大的人物出现的民族,是世界上最可怜的生物之群;有了伟大的人物,而不知拥护、爱戴、崇仰的国家,是没有希望的奴隶之邦。因鲁迅的一死，使人们自觉出了民族的尚可以有为，也因鲁迅之一死，使人家看出了中国还是奴隶性很浓厚的半绝望的国家。

鲁迅的灵柩，在夜阴里被埋入浅土中去了；西天角却出现了一片微红的新月。

一九三六年十月二十四日在上海

怀四十岁的志摩

眼睛一眨,志摩去世,已经交五年了。在上海那一天阴晦的早晨的凶报,福煦路上遗宅里的仓皇颠倒的情形,以及其后灵柩的迎来,吊奠的开始,尸骨的争夺,和无理解的葬事的经营等情状,都还在我的目前,仿佛是今天早晨或昨天的事情。志摩落葬之后,我因为不愿意和那一位商人的老先生见面,一直到现在,还没有去墓前倾一杯酒,献一朵花;但推想起来,墓木纵不可拱,总也已经宿草盈阡了吧?志摩有灵,当能谅我这故意的疏懒!

综志摩的一生,除他在海外的几年不算外,自从中学入学起直到他的死后为止,我是他的命运的热烈的同情旁观者;当他死的时候,和许多朋友夹在一道,曾经含泪写过一篇极简略的短文,现在时间已经经过了五年,回想起来,觉得对他的余情还有许多郁蓄在我的胸中。仅仅一个空泛的友人,对他尚且如此,生前和他有更深的交谊的许多女友,伤感的程度自然可以不必说了,志摩真是一个淘气,讨爱,能使你永久不会忘怀的顽皮孩子!

称他作"孩子",或者有人会说我卖老,其实我也不过是他的同年生,生日也许比他还后几日,不过他所给我的却是一个永也不会老去的新鲜活泼的孩儿的印象。

志摩生前,最为人所误解,而实际也许是催他速死的最大原因之一的一重性格,是他的那股不顾一切、带有激烈的燃烧性的热情。这热情一经激发,便不管天高地厚,人死我亡,势非至于将全宇宙都烧成赤地不可。发而为诗,就成就了他的五光十色、灿烂迷人的七宝楼台,使他的名字永留在中国的新诗史上。以之处世,毛病就出来了;他的对人对物的一身热恋,就使他失欢于父母,得罪于社会,甚而至于还不得不遗诟于死后。他和小曼的一段浓情,在他的诗里,日记里,书简里,随处都可以看得出来;若在进步的社会里,有理解的社会里,这一种事情,岂不是千古的美谈?忠厚柔艳如小曼,热烈诚挚若志摩,遇合在一道,自然要发放火花,烧成一片了,哪里还顾得到纲常伦教?更哪里还顾得到宗法家风?当这事情正在北京的交际社会里成话柄的时候,我就佩服志摩的纯真与小曼的勇敢,到了无以复加。记得有一次在来今雨轩吃饭的席上,曾有人问起我以对这事的意见,我就学了《三剑客》影片里的一句话回答他:"假使我马上要死的话,在我死的前头,我就只想作一篇伟大的史诗,来颂美志摩和小曼。"

情热的人,当然是不能取悦于社会,周旋于家室,更或至于不善用这热情的;志摩在死的前几年的那一种穷状,那一种变迁,其罪不在小曼,不在小曼以外的他的许多男女友人,当然更不在志摩自身；实在是我们的社会，尤其是那一种借名做商品的商人根性，因不理解他的缘故，终至于活生生地逼死了他。

  志摩的死，原觉得可惜得很；人生的三四十前后——他死的时候是三十六岁——正是壮盛到绝顶的黄金时代。他若不死，到现在为止，五六年间，大约我们又可以多读到许多诗样的散文，诗样的小说，以及那一部未了的他的杰作——《诗人的一生》；可是一面，正因他的突然的死去，倒使这一部未完的杰作，更加多了深厚的回味之处却也是真的。所以在他去世的当时，就有人说，志摩死得恰好，因为诗人和美人一样，老了就不值钱了。况且他的这一种死法，又和罢伦、奢来①的死法一样，确是最适合他身份的死。若把这话拿来作自慰之辞，原也有几分真理含着，我却终觉得不是如此的；志摩原可以活下去，那一件事故的发生，虽说是偶然的结果，但我们若一追究他的所以不得不遭逢这惨事的原因，那我在前面说过的一句话，"是无理解的社会逼死了他"，就成立了。我们所处的社会，真是一个如何狭量、险恶、无情的社会！不是身处其境、身受其毒的人，是无从知道的。

  过去的事情，已经过去了；我们在志摩的死后，再来替他打抱不平，也是徒劳的事情。所以这次当志摩四十岁的诞辰，我想最好还是做一点实际的工作来纪念他，较为适当；小曼已经有编纂他的全集的意思了，这原是纪念志摩的办法之一，此外像志摩文学奖金的设定，和他有关的公共机关里纪念碑胸像的建立，志摩图书馆的发起，以及志摩传记的编撰等等，也是都可以由我们

---

① 今译"拜伦、席勒"。

后死的友人，来做的工作。可恨的是时势的混乱，当这一个国难的关头，要来提倡尊重诗人，是违背事理的；更可恨的是世情的浇薄，现在有些活着的友人，一旦钻营得了大位，尚且要排挤诋毁、诬陷压迫我们这些无权无势的文人，对于死者那更加可以不必说了。"侬今葬花人笑痴，他年葬侬知是谁？"悼吊志摩，或者也就是变相的自悼吧！

志摩在回忆里

　　新诗传宇宙,竟尔乘风归去,同学同庚,老友如君先宿草。
　　华表托精灵,何当化鹤重来,一生一死,深闺有妇赋招魂。

　　这是我托杭州陈紫荷先生代作代写的一副挽志摩的挽联。陈先生当时问我和志摩的关系,我只说他是我自小的同学,又是同年,此外便是他这一回的很适合他身份的死。

　　作挽联我是不会作的,尤其是文言的对句。而陈先生也想了许多成句,如"高处不胜寒""犹是深闺梦里人"之类,但似乎都寻不出适当的上下对,所以只成了上举的一联。这挽联的好坏如何,我也不晓得,不过我觉得文句作得太好,对仗对得太工,是不大适合于哀挽的本意的。悲哀的最大表示,是自然地目瞪口呆、僵若木鸡的那一种样子,这我在小曼夫人当初次接到志摩的凶耗的时候曾经亲眼见到过。其次是抚棺的一哭，这我在万国殡仪馆中，当日来吊的许多志摩的亲友之间曾经看到过。至于哀挽诗词的工与不工，那却是次而又次的问题了；我不想说志摩是如何如何的伟大，我不想说他是如何如何的可爱，我也不想说我因他之死而感到怎么怎么的悲哀，我只想把在记忆里的志摩来重描一遍，因而再可以想见一次他那副凡见过他一面的人谁都不容易忘去的面貌与音容。

大约是在宣统二年（一九一○年）的春季，我离开故乡的小市，去转入当时的杭府中学读书——上一期似乎是在嘉兴府中读的，终因路远之故而转入了杭府——那时候府中的监督，记得是邵伯䌹先生，寄宿舍是大方伯的图书馆对面。

当时的我，是初出茅庐的一个十四岁未满的乡下少年，突然间闯入了省府的中心，周围万事看起来都觉得新异怕人。所以在宿舍里，在课堂上，我只是诚惶诚恐，战战兢兢，同蜗牛似的蜷伏着，连头都不敢伸一伸出壳来。但是同我的这一种畏缩态度正相反的，在同一级同一宿舍里，却有两位奇人在跳跃活动。

一个是身体生得很小，而脸面却是很长，头也生得特别大的小孩子。我当时自己当然总也还是一个孩子，然而看见了他，心里却老是在想，"这顽皮小孩，样子真生得奇怪"，仿佛我自己已经是一个大孩似的。还有一个日夜和他在一块，最爱做种种淘气的把戏，为同学中间的爱戴集中点的，是一个身材长得相当的高大，面上也已经满示着成年的男子的表情，由我那时候的心里猜来，仿佛是年纪总该在三十岁以上的大人——其实呢，他也不过和我们上下年纪而已。

他们俩，无论在课堂上或在宿舍里，总在交头接耳地密谈着，高笑着，跳来跳去，和这个那个闹闹，结果却终于会出其不意地做出一件很轻快很可笑很奇特的事情来吸收大家的注意的。

而尤其使我惊异的，是那个头大尾巴小、戴着金边近视眼镜的顽皮小孩，平时那样地不用功，那样地爱看小说——他平时拿在手里的总是一卷有光纸上印着石印细字的小本子——而考起来或作起文来却总是分数得的最多的一个。

像这样地和他们同住了半年宿舍，除了有一次两次也上了他们一点小当之外，我和他们终究没有发生什么密切一点的关系；后来似乎我的宿舍也换了，除了在课堂上相聚在一块之外，见面的机会更加少了。年假之后第二年的春天，我不晓为了什么，突然离去了府中，改入了一个现在似乎也还没有关门的教会学校。从此之后，一别十余年，我和这两位奇人——一个小孩，一个大人——终于没有遇到的机会。虽则在异乡漂泊的途中，也时常想起当日的旧事，但是终因为周围环境的迁移激变，对这微风似的少年时候的回忆，也没有多大的留恋。

民国十三四年——应为一九二四、一九二五年——之交，我混迹在北京的软红尘里；有一天风定日斜的午后，我忽而在石虎胡同的松坡图书馆里遇见了志摩。仔细一看，他的头，他的脸，还是同中学时候一样发育得分外的大，而那矮小的身材却不同了，非常之长大了，和他并立起来，简直要比我高一二寸的样子。

他的那种轻快磊落的态度，还是和孩时一样，不过因为历尽了欧美的游程之故，无形中已经锻炼成了一个长于社交的人了。笑起来的时候，可还是同十几年前的那个顽皮小孩一色无二。

从这年后，和他就时时往来，差不多每礼拜要见好几次面。他的善于座谈、敏于交际、长于吟诗的种种美德，自然而然地使他成了一个社交的中心。当时的文人学者，达官丽姝，以及中学时候的倒霉同学，不论长幼，不分贵贱，都在他的客座上可以看得到。不管你是如何心神不快的时候，只叫经他用了他那种浊中带清的洪亮的声音，"喂，老×，今天怎么样？什么什么怎么样了？"的一问，你就自然会把一切的心事丢开，被他的那种快乐的光耀同化了过去。

正在这前后，和他一次谈起了中学时候的事情，他却突然地呆了一呆，张大了眼睛惊问我说："老李你还记得起记不起？他是死了哩！"

这所谓"老李"者，就是我在头上写过的那位顽皮大人，和他一道进中学的他表哥哥。

其后他又去欧洲，去印度，交游之广，从中国的社交中心扩大而成为国际的。于是美丽宏博的诗句和清新绝俗的散文，也一年年地积多了起来。一九二七年的革命之后，北京变了北平，当时的许多中间阶级者就四散成了秋后的落叶。有些飞上了天去，成了要人，再也没有见到的机会了；有些也竟安然地在牖下到了黄泉；更有些，不死不生，仍复在歧路上徘徊着，苦闷着，而终于寻不出路。是在这一种状态之下，有一天在上海的街头，我又忽而遇见了志摩，"喂，这几年来你躲在什么地方？"

兜头的一喝，听起来仍旧是他那一种洪亮快活的声气。在路上略谈了片刻，一同到了他的寓里坐了一会，他就拉我一道到了大赉公司的轮船码头。因为午前他刚接到了无线电报，诗人太果尔①回印度的船系定在午后五时左右靠岸,他是要上船去看看这老诗人的病状的。

当船还没有靠岸,岸上的人和船上的人还不能够交谈的时候,他在码头上的寒风里立着——这时候似乎已经是秋季了——静静地呆呆地对我说:"诗人老去,又遭了新时代的摈斥,他老人家的悲哀,正是孔子的悲哀。"

因为太果尔这一回是新从美国日本去讲演回来,在日本在美国都受了一部分新人的排斥,所以心里是不十分快活的;并且又因年老之故,在路上更染了一场重病。志摩对我说这几句话的时候,双眼呆看着远处,脸色变得青灰,声音也特别的低。我和志摩来往了这许多年,在他脸上看出悲哀的表情来的事情,这实在是最初也便是最后的一次。

从这一回之后,两人又同在北京的时候一样,时时来往了。可是一则因为我的疏懒无聊,二则因为他跑来跑去地教书忙,这一两年间,和他聚谈时候也并不多。今年的暑假后,他于去北平之先曾大宴了三日客。头一天喝酒的时候,我和董任坚先生都在那里。董先生也是当时杭府中学的旧同学之一,席间我们也曾谈到了当日的杭州。在他遇难之前,从北平飞回来的第二天晚上,我也偶然地,真真是偶然地,闯到了他的寓里。

那一天晚上,因为有许多朋友会聚在那里的缘故,谈谈说说,竟说到了十二点过。临走的时候,还约好了第二天晚上的后会才兹分散。但第二天我没有去,于是就永久失去了见他的机会

---

① 太果尔:今译"泰戈尔"。

了，因为他的灵柩到上海的时候是已经殓好了来的。

文人之中，有两种人最可以羡慕。一种是像高尔基一样，活到了六七十岁，而能写许多有声有色的回忆文的老寿星，其他的一种是如叶赛宁一样的光芒还没有吐尽的天才夭折者。前者可以写许多文学史上所不载的文坛起伏的经历，他个人就是一部纵的文学史。后者则可以要求每个同时代的文人都写一篇吊他哀他或评他骂他的文字，而成一部横的放大的文苑传。

现在志摩是死了，但是他的诗文是不死的，他的音容状貌可也是不死的，除非要等到认识他的人老老少少一个个都死完的时候为止。

一九三一年十二月十一日

〔附记〕上面的一篇回忆写完之后，我想想，想想，又在陈先生代作的挽联里加入了一点事实，缀成了下面的四十二字：

三卷新诗，廿年旧友，与君同是天涯，只为佳人难再得。

一声河满，九点齐烟，化鹤重归华表，应愁高处不胜寒。

一九三一年十二月十九日

扬州旧梦寄语堂

语堂兄：

　　乱掷黄金买阿娇，穷来吴市再吹箫，

　　箫声远渡江淮去，吹到扬州廿四桥。

　　这是我在六七年前——记得是一九二八年的秋天，写那篇《感伤的行旅》时瞎唱出来的歪诗；那时候的计划，本想从上海出发，先在苏州下车，然后去无锡，游太湖，过常州，达镇江，渡瓜步，再上扬州去的。但一则因为苏州在戒严，再则因在太湖边上受了一点虚惊，故而中途变计，当离无锡的那一天晚上，就直到了扬州城里。旅途不带诗韵，所以这一首打油诗的韵脚，是姜白石的那一首"小红唱曲我吹箫"的老调，系凭着了车窗，看看斜阳衰草，残柳芦苇，哼出来的莫名其妙的山歌。

　　我去扬州，这时候还是第一次；梦想着"扬州"的两字，在声调上，在历史的意义上，真是如何地艳丽，如何地够使人魂销而魄荡!

　　竹西歌吹,应是玉树后庭花的遗音;萤苑迷楼,当更是临春结绮等沉檀香阁的进一步的建筑。此外的锦帆十里,殿脚三千,后土祠琼花万朵,玉钩斜青冢双行,计算起来,扬州的古迹,名区,以及山水佳丽的地方,总要有三年零六个月才逛得遍。唐宋文人的倾倒于扬州,想来一定是有一种特别见解的;小杜的"青山隐隐水迢迢",与"十年一觉扬州梦",还不过是略带感伤的诗句而已,至如"君王忍把平陈业,只换雷塘数亩田","人生只合扬州死,禅智山光好墓田",那简直是说扬州可以使你的国亡,可以使你的身死,而也绝无后悔的样子了,这还了得!

　　在我梦想中的扬州,实在太有诗意,太富于六朝的金粉气了,所以那一次从无锡上车之后,就是到了我所最爱的北固山下,亦没有心思停留半刻,便匆匆地渡过了江去。

　　长江北岸,是有一条公共汽车路筑在那里的;一落渡船,就可以向北直驶,直达到扬州南门的福运门边。再过一条城河,便进扬州城了,就是一千四五百年以来,为我们历代的诗人骚客所赞叹不已的扬州城,也就是你家黛玉的爸爸,在此撇下了孤儿升天成佛去的扬州城!

　　但我在到扬州的一路上,所见的风景,都平坦萧杀,没有一点令人可以留恋的地方,因而想起了晁无咎的《赴广陵道中》的诗句:

　　　　醉卧符离太守亭,别都弦管记曾称,
　　　　淮山杨柳春千里,尚有多情忆小胜。

急鼓冬冬下泗州，却瞻金塔在中流，
帆开朝日初生处，船转春山欲尽头。

杨柳青青欲哺乌，一春风雨暗隋渠，
落帆未觉扬州远，已喜淮阴见白鱼。

才晓得他自安徽北部下泗州，经符离（现在的宿县）由水道而去的，所以得见到许多景致，至少至少，也可以看到两岸的垂杨和江中的浮屠鱼类。而我去的一路呢，却只见了些道路树的洋槐，和秋收已过的沙田万顷，别的风趣，简直没有。连绿杨城郭是扬州的本地风光，就是自隋朝以来的堤柳，也看见得很少。

到了福运门外，一见了那一座新修的城楼，以及写在那洋灰壁上的三个"福运门"的红字，更觉得兴趣索然了；在这一种城门之内的亭台园囿，或楚馆秦楼，哪里会有诗意呢？

进了城去，果然只见到了些狭窄的街道，和低矮的市廛，在一家新开的绿杨大旅社里住定之后，我的扬州好梦，已经醒了一半了。入睡之前，我原也去逛了一下街市，但是灯烛辉煌、歌喉婉转的太平景象，竟一点儿也没有。"扬州的好处，或者是在风景，明天去逛瘦西湖、平山堂，大约总特别地会使我满足，今天且好好儿地睡它一晚，先养养我的脚力吧！"这是我自己替自己解闷的想头，一半也是真心诚意，想驱逐驱逐宿娼的邪念的一道符咒。

第二天一早起来，先坐了黄包车出天宁门去游平山堂。天宁门外的天宁寺,天宁寺后的重宁寺,建筑的确伟大,庙貌也十分的壮丽;可是不知为了什么,寺里不见一个和尚,极好的黄松材料,都断的断,拆的拆了,像许久不经修理的样子。时间正是暮秋,那一天的天气又是阴天,我身到了这大伽蓝里,四面不见人影,仰头向御碑佛像以及屋顶一看,满身出了一身冷汗,毛发都倒竖起来了,这一种阴戚戚的冷气,叫我用什么文字来形容呢?

回想起二百年前,高宗南幸,自天宁门至蜀冈,七八里路,尽用白石铺成,上面雕栏曲槛,有一道像颐和园昆明湖上似的长廊甬道,直达至平山堂下,黄旗紫盖,翠辇金轮,妃嫔成队,侍从如云的盛况,和现在的这一条黄沙曲路,只见衰草牛羊的萧条野景来一比,实在是差得太远了。当然颓井废垣,也有一种令人发思古之幽情的美感,所以鲍明远会作出那篇《芜城赋》来;但我去的时候的扬州北郭,实在太荒凉了,荒凉得连感慨都叫人抒发不出。

到了平山堂东面的功得山观音寺里,吃了一碗清茶,和寺僧谈起这些景象,才晓得这几年来,兵去则匪至,匪去则兵来,住的都是城外的寺院。寺的坍败,原是应该,和尚的逃散,也是不得已的。就是蜀冈的一带,三峰十余个名刹,现在有人住的,只剩了这一个观音寺了,连正中峰有平山堂在的法净寺里,此刻也没有了住持的人。

平山堂一带的建筑、点缀、园囿,都还留着有一个旧日的轮廓;像平远楼的三层高阁,依然还在,可是门窗却没有了;西园的池水以及第五泉的泉路,都还看得出来,但水却干涸了;从前的树木、花草、假山、叠石,并其他的精舍亭园,现在只剩了许多痕迹,有的简直连遗址都无寻处。

我在平山堂上,瞻仰了一番欧阳公的石刻像后,只能屁也不放一个,悄悄地又回到了城里。午后想坐船了,去逛的是瘦西湖小金山五亭桥的一角。

在这一角清淡的小天地里,我却看到了扬州的好处。因为地近城区,所以荒废也并不十分厉害;小金山这里的临水之处,并且还有一位军阀的别墅(徐园)建筑在那里,结构尚新,大约总还是近年来的新筑。从这一块地方,看向五亭桥法海塔去的一面风景,真是典丽裔皇,完全像北平中南海的气象。至于近旁的寺院之类,却又因为年久失修,谈不上了。

瘦西湖的好处,全在水树的交映,与游程的曲折;秋柳影下,有红蓼青,散浮在水面,扁舟擦过,还听得见水草的鸣声,似在暗泣。而几个弯儿一绕,水面阔了,猛然间闯入眼来的,就是那一座有五个整齐金碧的亭子排立着的白石平桥,比金鳌玉,虽则短些,可是东方建筑的古典趣味,却完全荟萃在这一座桥,这五个亭上。

还有船娘的姿势,也很优美;用以撑船的,是一根竹竿,使劲一撑,竹竿一弯,同时身体靠上去着力,臀部腰部的曲线,和竹竿的线条,配合得异常匀称,异常复杂。若当暮雨潇潇的春日,雇一个容颜姣好的船娘,携酒与茶,来瘦西湖上回游半日,倒也是一种赏心的乐事。

船回到了天宁门外的码头,我对那位船娘,却也有点儿依依难舍的神情,所以就出了一个题目,要她在岸上再陪我一程。我问她:"这近边还有好玩的地方没有?"她说:"还有天宁寺、平山堂。"我说:"都已经去过了。"她说:"还有史公祠。"于是就由她带路,抄过了天宁门,向东地走到了梅花岭下。瓦屋数间,荒坟一座,有的人还说坟里面葬着的只是史阁部的衣冠,看也原没有什么好看;但是一部《二十四史》掉尾的这一位大忠臣的战绩,是读过明史的人,无不为之泪下的;况且经过《桃花扇》作者的一描,更觉得史公的忠肝义胆,活跃在纸上了;我在祠墓的中间立着想着,穿来穿去地走着,竟耽搁了那一位船娘不少的时间。本来是阴沉短促的晚秋天,到此竟垂垂欲暮了,更向东踏上了梅花岭的斜坡,我的唱山歌的老病又发作了,就顺口唱出了这么的二十八字:

　　三百年来土一丘,史公遗爱满扬州;
　　二分明月千行泪,并作梅花岭下秋。

　　写到这里,本来是可以搁笔了,以一首诗起,更以一首诗终,岂不很合鸳鸯蝴蝶的体裁么,但我还想加上一个总结,以醒醒你的骑鹤上扬州的迷梦。

　　总之,自大业初开邗沟入江渠以来,这扬州一郡,就成了中国南北交通的要道;自唐历宋,直到清朝,商业集中于北,冠盖也云屯在这里。既有了有产及有势的阶级,则依附这阶级而生存的奴隶阶级,自然也不得不产生。贫民的儿女,就被他们强迫做婢妾,于是乎就有了杜牧之的青楼薄幸之名,所谓"春风十里扬州路"者,盖指此。有了有钱的老爷,和美貌的名娼,则饮食起居（园亭）、衣饰犬马、名歌艳曲、才士雅人（帮闲食客），自然不得不随之而俱兴，所以要腰缠十万贯，才能逛扬州者，以此。但是铁路开后，扬州就一落千丈，萧条到了极点。从前的运使、河督之类，现在也已经驻上了别处；殷实商户，巨富乡绅，自然也分迁到了上海或天津等洋大人的保护之区，故而目下的扬州只剩了一个历史上的剥制的虚壳，内容便什么也没有了。

扬州之美，美在各种的名字，如绿杨村、廿四桥、杏花村舍、邗上农桑、尺五楼、一粟庵等；可是你若辛辛苦苦，寻到了这些最风雅也没有的名称的地方，也许只有一条断石，或半间泥房，或者简直连一条断石、半间泥房都没有的。张陶庵有一册书，叫作《西湖梦寻》，是说往日的西湖如何可爱，现在却不对了，可是你若到扬州去寻梦，那恐怕要比现在的西湖还更不如。

你既不敢游杭，我劝你也不必游扬，还是在上海梦里想象想象欧阳公的平山堂，王阮亭的红桥，《桃花扇》里的史阁部，《红楼梦》里的林如海，以及盐商的别墅，乡宦的妖姬，倒来得好些。枕上的卢生，若长不醒，岂非快事。一遇现实，哪里还有呢！

一九三五年五月

语堂附记：吾脚腿甚坏，却时时想训练一下。虎丘之梦既破，扬州之梦未醒，故一年来即有约友同游扬州之想。日前约大杰、达夫同去，忽来此一长函，知是去不成了。不知是未凑足稿费，还是映霞不许。然我仍是要去,不管此去得何罪名,在我总是书上太常看见的地名,必想到一到。怎样是邗江,怎样是瓜州,怎样是廿四桥,怎样是五亭桥,以后读书时心中才有个大略山川形势。即使平山堂已是一楹一牖,也必见识见识。

敬悼许地山先生

我和许地山先生的交谊并不深,所以想述说一点两人间的往来,材料却是很少。不过许先生的为人,他的治学精神,以及抗战事起后,他的为国家民族尽瘁服役的诸种劳绩,我是无时无地不在佩服的。

我第一次和他见面,是创造社初在上海出刊物的时候,记得是一个秋天的薄暮。

那时候他新从北京(那时还未改"北平")南下,似乎是刚在燕大毕业之后。他的一篇小说《命命鸟》,已在《小说月报》上发表了,大家对他都奉呈了最满意的好评。他是寄寓在闸北宝山路,商务印书馆编译所近旁的郑振铎先生的家里的。

当时,郭沫若、成仿吾两位,和我是住在哈同路,我们和小说月报社在文学的主张上,虽则不合,有时也曾作过笔战,可是我们对他们的交谊,却仍旧是很好的。所以当工作的暇日,我们也时常往来,做些闲谈。

在这一个短短的时期里,我与许先生有了好几次的会晤;但他在那一个时候,还不脱一种孩稚的顽皮气,老是讲不上几句话后,就去找小孩子抛皮球、踢毽子去了。我对他当时的这一种小孩子脾气,觉得很是奇怪;可是后来听老舍他们谈起了他,才知道这一种天真的性格,他就一直保持着不曾改过。

这已经是约近二十年以前的事情了。其后,他去美国,去英国,去印度。回来后,他在燕大,我在北大教书。偶尔在集会上,也时时有了几次见面的机会,不过终于因两校地点的远隔,我和他记不起有什么特殊的同游或会谈的事情。

况且,自民国十四年以后,我就离开了北京,到武昌大学去教书了;虽则在其间也时时回到北京去小住,可是留京的时间总是很短,故而终于也没有和他更接近一步的机会。

其后的十余年,我的生活,因种种环境的关系,陷入了一个绝不规则的历程,和这些旧日的朋友简直是断绝了往来。所以一直到接许先生的讣告为止,我却想不起是在什么地方,和他握过最后的一次手。因为这一次过香港而来星洲时,明明是知道他在港大教书,但因为船期促迫,想去一访而终未果。于是,我就永久失去了和他做深谈的机会了。

对于他的身世,他的学殖,他的为国家尽力之处,论述的人,已经是很多了,我在此地不想再说。我想特别一提的,是对于他的创作天才的敬佩。他的初期的作品,富于浪漫主义的色彩,是大家所熟知的;但到了最近,他的作风,竟一变而为苍劲坚实的写实主义,却很少有人说起。

他的一篇抗战以后所写的小说,叫作《铁鱼的鳃》,实在是这一倾向的代表作品，我在《华侨周报》的初几期上，特地为他转载的原因，就是想对我们散处在南岛的诸位写作者，示以一种模范的意思。像这样坚实细致的小说，不但是在中国的小说界不可多得，就是求之于一九四〇年的英美短篇小说界，也很少有可以和他比并的作品。但可惜他在这一方面的天才，竟为他其他方面的学术所掩蔽，人家知道的不多，而他自己也很少有这一方面的作品。要说到因他之死，而中国文化界所蒙受的损失是很大的话，我想从短少了一位创作天才的一点来说，这损失将更是不容易填补。

自己今年的年龄，也并不算老，但是回忆起来，对于追悼作故的友人的事情，似乎也觉得太多了。辈分老一点的，如曾孟朴、鲁迅、蔡子民、马君武诸先生，稍长于我的，如蒋百里、张季鸾诸先生，同年辈的如徐志摩、滕若渠、蒋光慈的诸位，计算起来，在这十几年的中间，哭过的友人，实在真也不少了。我往往在私自奇怪，近代中国的文人，何以一般总享不到八十以上的高龄？而外国的文人，如英国的哈代、俄国的托尔斯泰、法国的弗朗斯等，享寿都是在八十岁以上，这或者是和社会对文人的待遇有关的吧？我想在这一次追悼许地山先生的大会当中，提出一个口号来，要求一般社会，对文人的待遇，应该提高一点。因为死后的千言万语，总不及生前的一杯咖啡乌来得实际。

末了，我想把我的一副挽联，抄在底下：

　　嗟月旦停评，伯牛有疾如斯，灵雨空山，君自涅槃登彼岸。

　　问人间何世，胡马窥江未去，明珠漏网，我为家国惜遗才。

北国的微音

　　北国的寒宵，实在是沉闷得很，尤其是像我这样的不眠症者，更觉得春夜之长。似水的流年，过去真快，自从海船上别后，匆匆又换了年头。以岁月计算，虽则不过隔了五个足月，然而回想起来，我同你们在上海的历史，好像是隔世的生涯，去今已有几百年的样子。河畔冰开，江南草长，虫鱼鸟兽，各有阳春发动之心，而自称为动物中之灵长、自信为人类中的有思想者的我，依旧是奄奄待毙，没有方法消度今天，更没有雄心欢迎来日。几日前头，有一位日本的新闻记者，来访我的贫居。他问我："为什么要消沉到这个地步？"我问他："你何以不消沉，要从东城跑许多路特来访我？"他说："是为了职务。"我又问他："你的职务，是对谁的？"他说："我的职务，是对国家，对社会的。"我说："那么你就应该知道我的消沉也是对国家，对社会的。现在世上的国家是什么？社会是什么？尤其是我们中国？"他的来访的目的，本来是为问我对于日本对华文化事业的意见如何，中国将来的教育方针如何的——他之所以来访者，一则因为我在某校里教书，二则因为我在日本住过十多年，或者对于某种事项，略有心得的缘故——后来听了我这一段诡辩，他也把职务丢开，谈了许多无关紧要的闲话走了。他走之后，我一个人衔了纸烟想想，觉得人类社会，毕竟是庸人自扰。什么国富兵强，什么和平共乐，都是一班野兽，于饱食之余，在暖梦里织出来的回文锦字。像我这样的生性，在我这样的境遇下的闲人，更有什么可想，什么可做呢？写到这里我又想起T君批评我的话来了，他说"某书的作者，嘲世骂俗，却落得一个牢骚派的美名"。实在我想T君的话，一点儿也不错。人若把我们的那些浅薄无聊的"徒然草"，合在一处，加上一个"牢骚派"的名目，思欲抹杀而厌鄙之，倒反便宜了我们。因为我们的那些东西，本来是同身上的积垢、口中的吐气一样，不期然而然地发生表现出来的，哪里配称作"牢骚"，更哪里配称作"派"呢？我读到《歧路》，沫若，觉得你对于自家的艺术的虚视——这"虚视"两字，我也不知道妥当不妥当！或者用"怀疑"两字！比较的确切吧——也和我一样。不错不错，我这封信，是从友人宴会席上回来，读了《歧路》之后，拿起笔来写的。我写这一封信的动机，原是想和你们谈谈我对于《歧路》的感想的呀！

　　沫若！我觉得人生一切都是虚幻，真真实在的，只有你说的"凄切的孤单"，倒是我们人类从生到死味觉到的唯一的一道实味。就是京沪报章上，为了金钱或者想建筑自家的名誉的缘故，在那里含了敌意、做文章攻击你的人，我仔细替他们一想，觉得他们也在感着这凄切的孤独。唯其感到孤独，所以他们只好做些文章来卖一点金钱，或者竟牺牲了你来博一点小小的名誉，毕竟他们还是人，还是我们的同类，这"孤单"的感觉，终究是逃不了的，所以他们的文章里最含恶意、攻击你最甚的处所，便是他们的孤独感表现得最切的地方。名利的争夺，欲牺牲他人而建立自己的恶心——简单点说，就说生存竞争吧——依我看来，都是由这"孤单"的感觉催发出来的。人生的实际，既不外乎这"孤单"的感觉，那么表现人生的艺术，当然也不外乎此，因此我近来对于艺术的意见和评价，都和从前不同了。我觉得艺术并没有十分可以推崇的地方，她和人生的一切，也没有什么特异有区别的地方。努力于艺术，献身于艺术，也不须有特别的表现。牢牢捉住了这"孤单"的感觉，细细地玩味，由他写成诗歌小说也好，制成音乐美术品也好，或者竟不写在纸上，不画在布上壁上，不雕在白石上，不奏在乐器上，什么也不表现出来，只叫他能够细细地玩味这"孤单"的感觉，便是绝好的"创造"。

仿吾！这一段无聊的废话，你看对不对？我在写这封信之先，刚从一位朋友处的宴会回来，席上遇见了许多在日本和你同科的自然科学家。他们都已经成了富者，现在是资本家了。我夹在这些衣狐裘者的老同学中间，当然觉得十分的孤独，然而看看他们挟了皮箧，奔走不宁地行动，好像他们也有些在觉得人生的孤寂的样子。我前边不是说过了么？唯其感到孤寂，所以要席不暇暖地去追求名利。然而究竟我不是他们，所以我这主观的推测，也许是错了的。

我现在因为抱有这一种感想，所以什么东西也写不下来，什么东西也不愿意拿来阅读。有时候要想玩味这"凄切的孤单"，在日斜的午后,老跑出城外去独步。这里城外多是黄沙的田野,有几处也有清溪断壁,绝似日本郊外未开辟之先的代代木新宿等处。不过这里一堆一堆的黄土小冢,和有钱的人家的白杨松树的坟茔很多,感视稍微与日本不同一点。今晚在宴会的席上,在许多鸿儒谈笑的中间,我胸中的感觉,同在这样的白杨衰草的坟地里漫步时一样。不过有一点我觉得比从前进步了。从前我和境遇比我美满的朋友——实际上除你们几个人之外,哪一个境遇比我不美满?——相处,老要起一种感伤,有时竟会滴下泪来。现在非但眼泪不会滴下来,并且也能如他们一样地举起箸来取菜,提起杯来喝酒。不过从前的那一种喜欢谈话的冲动,现在没有了。他们入座,我也就坐,他们吃菜,我也吃菜。劝我喝酒,我就喝,干杯就干杯。席散了,我就回来。雇车雇不着,就慢慢地在黄昏的街道上走。同席者的汽车马车,从我身边过去的时候,他们从车中和我点头,我也回点一头。他们不点头,我也让他们的车子过去,横竖是在后头跟走几步,他们的车子就可以老远地上我前头去的。所以无避入岔路上去的必要。还有一点和从前不同的地方,就是我默默地坐在那里,他们来要求我猜拳的时候,我总笑笑,摇摇头,举起杯来喝一杯酒,叫他们去要求坐在我下面的一个人猜。近来喝酒也喝不大醉,醉了也不过默默地走回家来坐坐,吸吸烟,倒点茶喝喝。

今晚的宴会,散得很早,我回家来吸吸烟喝喝茶,觉得还睡不着,所以又拿出了周报的《歧路》来看。沫若!大卫生的诗,实在是作得不坏,不过你的几行诗,我也很喜欢念。你的小孩的那个两脚没有的洋囝,我说还是包包好,寄到日本去吧!回头他们去买一个新的时候，怕又要破费几角钱哩。

昨天一个朋友来说他读到《歧路》，真的眼泪出了。我劝他小心些，这句话不要说出来叫人家听见，恐怕有人要说他的眼泪不值钱。他说近来他也感染了一种感伤病，不晓得怎么的感情好像回返小孩子时代去了。说到这里，他忽而眼圈又红了起来叫了我一声："达夫！我……我可惜没有钱……"我也对他呆看了半响，后来他一句话也不说，立起身来就走，我也默默地送他出门去了。（这样的朋友，上我这里来的很多。他们近来知道了我的脾气，来的时候，艺术也不谈了，我的几篇无聊的作品和周报季刊的事情也不提起了。有几次我们真有主客两人相对，默默而过半点钟的时候。像这样的中间，我觉得我的精神上最感得满足。因为有客人在前头，我一时可以不被那一种独坐时常想出来的无聊的空虚思想所侵蚀，而一边这来客又不在言语，我的听取对话和预备回答的那些麻烦注意可以省去。）不过，沫若！我说你那一篇《歧路》写得很可惜，你若不写出来，你至少可以在那一种浓厚的孤独感里浸润好几天。现在写出了之后，我怕你的那一种"凄切的孤单"之感，要减少了吧？

仿吾！我说你还是保守着独身主义，不要想结婚的好！恐怕你若结了婚，一时要失掉你的这孤独之感。而这孤独之感，依我说来，便是艺术的酵素，或者竟可以说是艺术本身。所以你若结了婚，怕一时要与艺术违离。讲到这里我怕你要反问我："那么你们呢？你和沫若呢？"是的，我和沫若是一时与艺术离异过的，不过现在我们已经恢复了原来的孤独罢了……

嗳！嗳！不知不觉，已经写到午前三点钟了。

仿吾！沫若！要想写的话，是写不完的，我迟早还是弄几个车钱到上海来一次吧！大约我在北京打算只住到六月，暑假以后，我怎么也要设法回浙江去实行我的乡居的夙愿。若在最近的时期中弄不到车钱，不能够到上海来，那么我们等六月里再见吧！

一九二三年三月七日午前三时

给一位文学青年的公开状

今天的风沙实在太大了,中午吃饭之后,我因为还要去教书,所以没有许多工夫和你谈天。我坐在车上,一路地向北走去,沙石飞进了我的眼睛。一直到午后四点钟止,我的眼睛四周的红圈,还没有退尽。恐怕同学们见了要笑说我,所以于上课堂之先,我从高窗口在日光大风里把一双眼睛曝晒了许多时。我今天上你那公寓里来看了你那一副样子,觉得什么话也说不出来。现在我想趁着这大家已经睡寂了的几点钟工夫,把我要说的话,写一点在纸上。

平素不认识的可怜的朋友,或是写信来,或是亲自上我这里来的,很多很多。我因为想报答两位也是我素不认识而对于我却有十二分的同情过的朋友的厚恩起见,总尽我的力量帮助他们。可是我的力量太薄弱了,可怜的朋友太多了,所以结果近来弄得我自家连一条棉裤也没有。这几天来天气变得很冷,我老想买一件外套,但终于没有买成。尤其是使我羞恼的,因为恰逢此刻,我和同学们所读的书里,正有一篇俄国郭哥儿①著的嘲弄像我们一类人的小说《外套》。现在我的经济状态,比从前并没有什么宽裕,从数目上讲起来,反而比从前要少——因为现在我不能向家里去要钱花,每月的教书钱,额面上虽则有五十三加六十四合一百十七块,但实际上拿得到的只有三十三四块——而我的嗜好日深,每月光是烟酒的账,也要开销二十多块。我曾经立过几次对天的深誓,想把这一笔靡费戒省下来,但愈是没有钱的时候,愈想喝酒吸烟。向你讲这一番苦话,并不是因为怕你要问我借钱,先事预防,我不过欲以我的身体来做一个证据,证明目下的中国社会的不合理,以大学校毕业的资格来糊口的你那种见解的错误罢了。

引诱你到北京来的,是一个国立大学毕业的头衔;你告诉我说你的心里,总想在国立大学弄到毕业,毕业以后至少生计问题总可以解决。现在学校都已考完,你一个国立大学也进不去,接济你的资斧的人,又因他自家的地位摇动,无钱寄你,你去投奔你同县而且带有亲属的大慈善家H,H又不纳,穷极无路,只好写封信给一个和你素不相识而你也明明知道是和你一样穷的我,在这时候这样的状态之下,你还要口口声声地说什么"大学教育""念书",我真佩服你的坚忍不拔的雄心。不过佩服虽可佩服,但是你的思想的简单愚直,也却是一样的可惊可异。现在你已经是变成了中性——半去势的文人了,有许多事情,譬如说高尚一点的,去当土匪,卑微一点的,去拉洋车等事情,你已经是干不

---

① 郭哥儿:今译"果戈理"。

了的了,难道你还嫌不足,还要想穿几年长袍,作几篇白话诗、短篇小说,达到你的全去势的目的么?大学毕业,大学毕业以后就可以有饭吃,你这一种定理,是哪一本书上翻来的?

像你这样一个白脸长身、一无依靠的文学青年,即使将面包和泪吃,勤勤恳恳地在大学窗下住它五六年,难道你拿毕业文凭的那一天,天上就忽而会下起珍珠白米的雨来的么?

现在不要说中国全国,就是在北京的一区里头,你且去站在十字街头,看见穿长袍黑马褂或哔叽旧洋服的人,你且试对他们行一个礼,问他们一个人要一个名片来看看;我恐怕你不上大半,就可以积起一大堆的什么学士、什么博士来,你若再行一个礼,问一问他们的职业,我恐怕他们都要红红脸说:"兄弟是在这里找事情的。"他们是什么?他们都是大学毕业生吓。你能和他一样地有钱读书么?你能和他们一样地有钱买长袍黑马褂哔叽洋服么?即使你也和他们一样地有了读书买衣服的钱,你能保得住你毕业的时候,事情会来找你么?

大学毕业生坐汽车、吸大烟、一攫千金的人原是有的。然而他们都是为新上台的大佬经手减价卖职的人,都是有大刀枪在后面援助的人,都是有几个什么长在他们父兄身上的人,再粗一点说,他们至少也都是爬乌龟钻狗洞的人,你要有他们那么的后援,或他们那么的乌龟本领、狗本领,那么你就是大学不毕业,何尝不可以吃饭?

我说了这半天,不过想把你的求学读书、大学毕业的迷梦打破而已。现在为你计,最上的上策,是去找一点事情干干。然而土匪你是当不了的,洋车你也拉不了的,报馆的校对、图书馆的拿书者，家庭教师，看护男，门房，旅馆火车菜馆的伙计，因为没有人可以介绍，你也是当不了的——我当然是没有能力替你介绍——所以最上的上策，于你是不成功的了。其次你就去革命去吧，去制造炸弹去吧！但是革命是不是同割枯草一样，用了你那裁纸的小刀，就可以革得成的呢？炸弹是不是可以用了你头发上的灰垢和半年不换的袜底里的腐泥来调和的呢？这些事情，你去问上帝去吧！我也不知道。

比较上可以做得到，并且也不失为中策的，我看还是弄几个旅费，回到湖南你的故土，去找出四五年你不曾见过的老母和你的小妹妹来，第一天相持对哭一天，第二天因为哭了伤心，可以在床上你的草窠里睡去一天；既可以休养，又可以省几粒米下来熬稀粥。第三天以后，你和你的母亲妹妹，若没有衣服穿，不妨三人紧紧地挤在一处，体热互助的结果，同冬天雪夜的群羊一样，倒可以使你的老母不至冻伤，若没有米吃，你在日中天暖一点的时候，不妨把年老的母亲交付给你妹妹的身体烘着，你自己可以上村前村后去掘一点草根树根来煮汤吃。草根树根里也有淀粉，我的祖母未死的时候，常把洪杨乱日，她老人家尝过的这滋味说给我听，我所以知道，现在我既没有余钱，可以赠你，就把这秘方相传，做个我们两位穷汉，在京华尘土里相遇的纪念吧！若说草根树根，也被你们的督军省长师长议员知事掘完，你无论走往何处再也找不出一块一截来的时候，那么你且咽着自家的口水，同唱戏似的把北京的豪富人家的蔬菜，有色有香地说给你的老母亲小妹妹听听，至少在未死前的一刻半刻钟中间，你们三个昏乱的脑子里，总可以大事铺张地享乐一回。

但是我听你说,你的故乡连年兵燹,房屋田产都已毁尽,老母弱妹,也不知是生是死,五年来音信不通;并且现在回湖南的火车不开,就是有路费也回去不得,何况没有路费呢?

上策不行,次之中策也不行,现在我为你实在是没有什么法子好想了。不得已我就把两个下策来对你讲吧!

第一,现在听说天桥又在招兵,并且听说取得极宽,上自五十岁的老人起,下至十六七岁的少年止,一律都收,你若应募之后,马上开赴前敌,打死在租界以外的中国地界,虽然不能说是为国效忠,也可以算得是为招你的那个同胞效了命,岂不是比饿死冻死在你那公寓的斗室里,好得多么?况且万一不开往前敌,或虽开往前敌而不打死的时候,只叫你能保持你现在的这种纯洁的精神,只叫你能有如现在想进大学读书一样的精神来宣传你的理想,难保你所属的一师一旅,不为你所感化。这是下策的第一个。

第二,这才是真正的下策了!你现在不是只愁没有地方住没有地方吃饭而又苦于没有勇气自杀么?你的没有能力做土匪,没有能力拉洋车,是我今天早晨在你公寓里第一眼看见你的时候,已经晓得。但是有一件事情,我想你还能胜任的,要干的时候一定是干得到的。这是什么事情呢?啊啊,我真不愿意说出来——我并不是怕人家对我提起诉讼,说我在唆使你做贼,啊呀,不愿意说倒说出来了,做贼,做贼,不错,我所说的这件事情,就是叫你去偷窃呀!

无论什么人的无论什么东西,只叫你偷得着,尽管偷吧!偷到了,不被发觉,那么就可以把这你偷自他、他抢自第三人的,在现在的社会里称为"赃物",在将来进步了的社会里,当然是要分归你有的东西,拿到当铺——我虽然不能为你介绍职业,但是像这样的当铺,却可以为你介绍几家——里去换钱用。万一发觉了呢?也没有什么。第一你坐坐监牢,房钱总可以不付了。第二监狱里的饭,虽然没有今天中午我请你的那家馆子里的那么好,但是饭钱是可以不付的。第三或者什么什么司令,以军法从事,把你枭首示众的时候,那么你的无勇气的自杀,总算是他来代你执行了,也是你的一件快心的事情,因为这样地活在世上,实在是没有什么意思。

我写到这里,觉得没有话再可以和你说了,最后我且来告诉你一种实习的方法吧!

你若要实行上举的第二下策,最好是从亲近的熟人方面做起。譬如你那位同乡的亲戚老 H 家里,你可以先去试一试看。因为他的那些堆积在那里的富财,不过是方法手段不同罢了,实际上也是和你一样地偷来抢来的。再若你慑于他的慈和的笑里的尖刀,不敢去向他先试,那么不妨上我这里来做个破题儿试试,我晚上卧房的门常是不关,进出很便。不过有一件缺点,就是我这里没有什么值钱的物事。但是我有几本旧书,却很可以卖几个钱。你若来时,最好是预先通知我一下,我好多服一剂催眠药,早些睡下,因为近来身体不好,晚上老要失眠,怕与你的行动不便;还有一句话——你若来时,心肠应该要练得硬一点,不要因为是我的书的原因,致使你没有偷成,就放声大哭起来——

一九二四年十一月十三日午前二时

一封信

M君，F君：

　　到北京后，已经有两个月了。我记得从天津的旅馆里发出那封通信之后，还没有和你们通过一封信；临行时答应你们作的稿子，不消说是没有作过一篇。什么"对不起吓""原谅我吓"的那些空文，我在此地不愿意和你们说，实际上即使说了也是没有丝毫裨益的。这两个月中间的时间，对于我是如何的悠长？日夜只呆坐着的我的脑里，起了一种怎么样的波涛？我对于过去，对于将来，抱了怎么样的一个念望？这些事情，大约是你们所不知道的吧；你们若知道了，我想你们一定要跑上北京来赶我回去，或者宽纵一点，至少也许要派一个人或打一个电报，来催我仍复回到你们日夜在谋脱离而又脱离不了的樊笼里去。我的情感、意识、欲望和其他的一切，现在是完全停止了呀，M！我的生的执念和死的追求现在也完全消失了呀！F！啊啊，以我现在的心理状态讲来，就是这一封信也是多写的，我……我还要希望什么？

啊啊，我还要希望什么呢？上北京来本来是一条死路，北京空气的如何腐劣，都城人士的如何险恶，我本来是知道的。不过当时同死水似的一天一天腐烂下去的我，老住在上海，任我的精神肉体，同时崩溃，也不是道理，所以两个月前我下了决心，决定离开了本来不应该分散而实际上不分散也没有方法的你们，而独自一个跑到这风雪弥漫的死都中来。当时决定起行的时候，我心里本来也没有什么远大的希望，但是在无望之中，漠然的我总觉有一个"转换转换空气，振作振作精神"的念头。啊啊，我当时若连这一个念头也不起，现在的心境，或者也许能平静安逸，不致有这样的苦闷的！欺人的"无望之望"哟，我诅咒你，我诅咒你！……拿起笔来，顺了我苦闷的心状，写了这么半天，我也不知道说了些什么。像这样地写下去，我也不知道怎么才能把我胸中压住的一块铅铁吐露得出来。啊啊，M，F，我还是不写了吧，我还是不写的好……不过……不过这样地沉默过去，我怕今晚上就要发狂，睡是横竖睡不着了，难道竟这样呆呆地坐到天明么？这绵绵的长夜，又如何减缩得来呢？M，F！我的头昏痛得很，我仍复写下去吧，写得纠缠不清的时候，请你们以自己的经验来补我笔的不足。

"到北京之后，竟完全一刻清新的时间也没有过，从下车之日起，一直到现在此刻止，竟完全是同半空间的雨滴一样，只是沉沉落下。"这一句话，也是假的。若求证据，我到京之第二日，剃了数月来未曾梳理的长发短胡，换了一件新制的夹衣，捧了讲义，欣欣然上学校去和我教的那班学生相见，便是一个明证。并且在这样消沉中的我，有时候也拿起纸笔来想写些什么东西。前几天我还有一段不曾作了的断片,被M报拿了去补纪念刊的余白哩……所以说我近来"竟完全同半空间的雨滴一样,只是沉沉落下"也是假的,但是像这样的瞬间的发作,最多不过几个钟头。这几个钟头过后,剩下来的就是无穷限的无聊和无穷限的苦闷。并且像这样的瞬间的发作,至多一个月也不过一次,以后我觉得好像要变成一年一次几年一次的样子,那是一定的,那是一定的呀!

那么除了这样的几个钟头的瞬间发作之外,剩下来的无穷的苦闷的本体,究竟是什么呢?M!F!请你们不要笑我吧!实际上我自家也说不出所以然来。我不晓得为什么我会这样的苦闷,这样的无聊!

难道是失业的结果么?……现在我名义上总算已经得了一个职业,若要拼命干去,这几点钟学校的讲义也尽够我日夜的工作了。但是我一拿到讲义稿,或看到第二天不得不去上课的时间表的时候,胸里忽而会咽上一口气来,正如酒醉的人,打转饱嗝来的样子。我的职业,觉得完全没有一点吸收我心意的魔力,对此我怎么也感不出趣味来。讲到职业的问题,我觉得倒不如从前失业时候的自在了。

难道是失恋的结果么?……噢噢,再不要提起这一个怕人的名词。我自见天日以来,从来没有晓得过什么叫作"恋爱"。运命的使者,把我从母体里分割出来以后,就交给了道路之神,使我东流西荡,一直漂泊到了今朝,其间虽也曾遇着几个异性的两足走兽,但她们和我的中间,本只是一种金钱的契约,没有所谓"恋",也没有所谓"爱"的。本来是无一物的我,有什么失不失,得不得呢?你们若问起我的女人和小孩如何,那么我老实对你们说吧，我的亲爱她的和她的心情，也不过和我亲爱你们的心情一样。这一种亲爱，究竟可不可以说是"恋爱"，暂且不管它，总之我想念我女人和小孩的情绪，只有同月明之夜在白雪晶莹的地上，当一只孤雁飞过时落下来的影子那么浓厚。我想这胸中的苦闷，和日夜纠缠着我的无聊，大约定是一种遗传的疾病。但这一种遗传，不晓得是始于何时，也不知将伊于何底，更不知它是否限于我们中国的民族的？

我近来对于几年前那样热爱过的艺术，也抱起疑念来了。呀，M，F！我觉得艺术中间，不使人怀着恶感，对之能直接得到一种快乐的，只有几张伟大的绘画，和几段奔放的音乐，除此之外，如诗、文、小说、戏剧，和其他的一切艺术作品，都觉得肉麻得很。你看歌德的诗多肉麻啊，什么"紫罗兰吓，玫瑰吓，十五六的少女吓"，那些东西究竟有什么用处呢？垂死的时候，能把它们拿来作药饵么？美莱迭斯的小说，也是如此的啊，并不存在的人物事实，他偏要说得原原本本，把威尼斯的夕照和伦敦市的夜景，一场一场地安插到里头去，枉费了造纸者和排字者的许多辛苦，创造者的他自家所得的结果，也不过一个永久的死灭罢了，那些空中的楼阁，究竟建设在什么地方呢？像微虫似的我辈，讲起来更可羞了。我近来对北京的朋友，新订了一个规约，请他们见面时绝对不要讲关于文学上的话，对于我自家的几篇无聊的作品，更请求他们不要提起。因为一提起来，我自家更羞惭得窜身无地，我的苦闷，也更要增加。但是到我这里来的青年朋友，多半是以文学为生命的人。我们虽则初见面时有那种规约，到后来三言两语，终不得不讲到文学上去。这样地讲一场之后，我的苦闷，一定不得不增加一倍。

为消减这一种内心苦闷的缘故，我却想了种种奇特的方法出来。有时候我送朋友出门之后，马上就跑到房里来把我所最爱的东西，故意毁成灰烬，使我心里不得不起一种惋惜悔恼的幽情，因为这种幽情起来之后，我的苦闷，暂时可以忘了。到北京之后的第二个礼拜天的晚上，正当我这种苦闷情怀头次起来的时候，我把颜面伏在桌子上动也不动地坐了一点多钟。后来我偶尔把头抬起，向桌子上摆着的一面蛋形镜子一照，只见镜子里映出了一个瘦黄奇丑的面形，和倒覆在额上的许多三寸余长、乱蓬蓬的黑发来。我顺手拿起那面镜子向地上一掷，啪的响了一声，镜子竟化成了许多粉末。看看一粒一粒地上散溅着的玻璃的残骸，我方想起了这镜子和我的历史。因为这镜子是我结婚之后，我女人送给我的两件纪念品中的最后的一件。她和这镜子同时给我的一个钻石指环，被我在外国念书的时候质在当铺里，早已满期流卖了，目下只剩了这一面意大利制的四圈有象牙螺钿镶着的镜子，我于东西流转之际，每与我所最爱的书籍收拾在一起，随身带着的这镜子，现在竟化成一颗颗的细粒和碎片，溅散在地上。我呆呆地看了一忽，心里忽起了一种惋惜之情，几刻钟前，那样难过的苦闷，一时竟忘掉了。自从这一回后，我每于感到苦闷的时候，辄用这一种饮鸩止渴的手段来图一时的解放，所以我的几本爱读的书籍和几件爱穿的洋服，被我烧了的烧了，剪破的剪破，现在行箧里，几乎没有半点值钱的物事了。

有钱的时候，我的解闷的方法又是不同。但我到北京之后，从没有五块以上的金钱和我同过一夜，所以用这方法的时候，比较的不多。前月中旬，天津的二哥哥，寄了五块钱来给我，我因为这五块钱若拿去用的时候，终经不起一次的消费，所以老是不用，藏在身边。过了几天，我的遗传的疾病又发作了，苦闷了半天，我才把这五元钱想了出来。慢慢地上一家卖香烟的店里尽这五元钱买了一大包最贱的香烟，我回家来一时地把这一大包香烟塞在白炉子里燃烧起来。我那时候独坐在恶毒的烟雾里，觉得头脑有些昏乱，且同时眼睛里，也流出了许多眼泪，当时内心的苦闷，因为受了这肉体上的刺激，竟大大地轻减了。

　　一般人所认为排忧解闷的手段，一时我也曾用过的手段，如醇酒妇人之类，对于现在的我，竟完全失了它们的效力。我想到了一年半年之后若现在正在应用的这些方法，也和从前的醇酒妇人一样，变成无效的时候，心里又不得不更加上一层烦恼。啊啊，我若是一个妇人，我真想放大了喉咙，高声痛哭一场！

　　前几个月在上海作的那一篇春夜的幻影，你们还记得么？我现在回想起来，觉得近来于无聊至极，写出来的几篇感想不像感想小说不像小说的东西里，还是这篇夏夜的幻想有些意义。不过当时的苦闷，没有现在那么强烈，所以还能用些心思在修辞结构上面。我现在才知道了，真真苦闷的时候，连叹苦的文字也作不出来的。

　　夜已经深了。口外的火车，远远绕越西城的车轮声，渐渐地传了过来。我想这时候你们总应该睡了吧？若还没有睡，啊啊，若还没有睡，而我们还住在一起，恐怕又要上酒馆去打门了呢！我一想起当时的豪气，反而只能发生出一种羡慕之心，当时的那种悲愤，完全没有了。人生到了这一个境地，还有什么希望？还有什么希望呢？

图书在版编目（CIP）数据

故都的秋 / 郁达夫著 .—北京：作家出版社，2023.3
（作家经典文库）
ISBN 978-7-5212-1373-7

Ⅰ.①故⋯　Ⅱ.①郁⋯　Ⅲ.①散文集—中国—现代　Ⅳ.① I266

中国版本图书馆 CIP 数据核字（2021）第 049244 号

故都的秋

作　　　者：	郁达夫
责任编辑：	省登宇　周李立
装帧设计：	TT studio
出版发行：	作家出版社有限公司
社　　　址：	北京农展馆南里 10 号　　邮　编：100125
电话传真：	86-10-65067186（发行中心及邮购部）
	86-10-65004079（总编室）

E-mail:zuojia @ zuojia.net.cn
http://www.zuojiachubanshe.com

印　　　刷：北京盛通印刷股份有限公司
成品尺寸：142×210
字　　　数：200 千
印　　　张：9.375
印　　　数：001-7000
版　　　次：2023 年 3 月第 1 版
印　　　次：2023 年 3 月第 1 次印刷
ISBN 978-7-5212-1373-7
定　　　价：32.00 元

作家版图书，版权所有，侵权必究。
作家版图书，印装错误可随时退换。